新潮文庫

ダーク・レディ

下巻

リチャード・ノース・パタースン
東江一紀訳

新潮社版

ダーク・レディ

下巻

主要登場人物〔下〕

ステラ・マーズ………………検察局殺人課課長
アーサー・ブライト…………郡検事。ステラの上司
ジャック・ノヴァク…………麻薬犯罪専門の弁護士。ステラの元恋人
トマス・クラジェク…………スティールトン市長
ピーター・ホール……………ホール・デベロップメント社社長
トミー・フィールディング…　〃　役員
チャールズ・スローン………首席検事補
マイケル・デル・コルソ……捜査官。スローンの部下
ソフィア………………………マイケルの娘
ナサニエル・ダンス…………刑事部長
ジョニー・カラン……………麻薬課の警官
ケイト・ミチェリ……………検屍官
ティナ・ウェルチ……………娼婦
ナターシャ・ティルマン……ティナの仕事仲間
アーミン・マーズ……………ステラの父親
ヴィンセント・モロ…………麻薬組織のボス

PART THREE

TOMMY FIELDING

第三部

トミー・フィールディング

I

　ノヴァクの死から一週間経った日曜日、気がついてみると、ステラはダンスの第一報を受けたときと同じ場所にいた。自分の机の前で、積まれた書類と向き合っている。その変化のなさが、疎外感をいっそう募らせた。十三年のあいだ、ステラは検察官という職務の確実性に慰めを見出してきた。明確な境界、法の規範、必要に応じて熱意と思いやりとを配分しながら目前の審理をこなす義務。そういう日常の仕事があればこそ、家族との不仲を意識の隅に追いやり、ジャック・ノヴァクとの情事で傷ついた倫理観を修復することができたのだ。ところが、ノヴァクが殺害されたことで、過去が痛々しく現在を浸食し、突然、自分も含めて、信頼できる人間がひとりもいなくなってしまった。死に至る経緯はともかく、ジャックは不正行為の一端を担っていた。ほかにも、連座する人間がいたことは間違いない。また、トミー・フィールディングが麻薬を過剰摂取した事実は動かしがたいものの、性生活に淡白な仕事中毒の男が、スカーベリーの娼婦にヘロインの餌をちらつかせる釣り人に変身したという筋書きには、いまだ納得できる裏づけが得られていない。ステラにわかっているのは、このふたつの謎が、長年にわたる野心のせめぎ合い――モロの、ブライトの、スローンの、ダンスの、クラジェクの、ホールの野心――と深く結びついているということ、そして、それらの野心が、今度はステラの野心を脅かすかもしれないということだけだった。

ステラは内省を苦手としていた。過度に自分を追い詰めると同時に、自分を甘やかしがちな行為に思えるからだ。しかし、自分を欺くよりはましだろう。それに、みずからの動機の正当性を信じたい気持ちが強すぎて、一歩間違えば妄執に足を取られる危険があることも知っていた。

ステラは、職歴のなかで初めて、同僚に対して情報を伏せたまま行動しようとしていた。表向き、それには妥当な理由がある。紛失したファイル。警官を恐れる売春婦……。しかし、ほかにも理由があるのではないか。ジャック・ノヴァクの過去と現在にまつわる問いに、真の答えを見出すこと。そして、もしかすると、罪滅ぼしをすること。自分の力を、何度でも繰り返し証明すること。孤独な人生の軸となる事実――アーサー・ブライトの後継者という地位――を手に入れること……。

突然、ステラは自分のオフィスに耐えられなくなった。自分自身に耐えられなくなった。行き場がどこにもなく、ともに歩む人間が誰もいないことに、耐えられなくなった。

もちろん、猫はいつもそばにいる。ある意味では、父も。

気分はふさいでいるのに、口からは笑いが洩れた。このふたつの選択肢のうち、ステラをステラとして認識できるのは、四つ足の動物のほうだけだ。先週の日曜日は、父に面会に行かなかった。ジャック・ノヴァクが最後にもう一度、父と娘の仲を裂く役目を担ったわけだ――諧謔の棘がステラの胸を刺した。きょうは、アーミン・マーズの抜け殻のそばで過ごすことにしよう。それは訪問というより儀式だった。神を信じなくなった人間がミサに行くようなものだ。けれど、無言の父と過ごしていると、不思議な心地よさを感じることがあった。愛情を通わせる望みがついえたのと同様、ふたりの諍いもまた、遠い過去のものになったのだ。ただし、心の傷だけはべつで、ステラはそれを、ジャックの死によってあらためて思い知らされた。

内省はもうおしまい。父に会いに行って、それからうちへ帰ろう。

明かりの点いていない通路を歩きながら、かつて〝うち〟という言葉が指した場所を思った。ワルシャワの暗い家……。と、突然、子どもの声を耳にして、ステラは虚を突かれた。声の主が記憶のなかの存在でないと気づくまで、しばらく時間がかかった。

子どもが笑い始め、そこに男の声が加わった。耳慣れないのに、なぜか懐かしい響きを帯びたその声――父と娘の笑い声――は、マイケル・デル・コルソのオフィスから聞こえてくる。

ステラはけげんに思って、そちらへ足を向けた。

マイケルが机の前に坐っていた。仕事を中断させられ、苦笑しながら一枚の絵に見入っている。描き手は、あの晩窓越しに見えた美しい少女だ。あのときひどく切実だった目もとが、きょうは茶目っけをにじませて、得意げに細まっている。戸口に立ったステラは、親密なくつろぎの場面に居合わせた気の利かないよそ者の気分を味わわされた。

マイケルがソフィアに言う。「こんなふうに時間を操れたら、言うことないけどな」

自分がいることを知らせるべきだと、ステラは思った。「どんなふうに？」

ふたりが驚いて顔を上げ、それから、父が娘の顔を見た。「マーズさんにも、絵を見せてあげなさい」

娘が誇りと羞恥のはざまで迷い、ためらったあと、父親の機嫌を取るほうを選んだ。

「パパがお仕事してたから、つまらなくって。だから、一日を短くしちゃったの」

ステラは絵をじっくりと眺めた。七歳の子どもの絵にしては、マイケルのオフィスの窓から見える風景が、現実に即してきちんととらえてある。何棟かの建物、雲、湖、淡い光を放つ太陽。ただ、実際にはかなり上空にあるはずの太陽だけが、絵の中では、湖の向こうに沈みかけていた。「ね、もうおうちに帰る時間でしょ」と、ソフィア。

ステラは驚きの笑みを浮かべた。子ども時代の自分は、まったくおもしろみがないわけではなかったが、もっと散文的だった気がする。マイケルに向かって、「想像力があるというのは、きっと、こういうことね。わたしも見習って、帰ることにするわ」

ソフィアが父親のほうを向き、腰に手を当てて、威張ったふうに言う。「ほらね」

これもまた、驚きだった。ステラはソフィアのことを、引っ込み思案で、少し甘えたところのある娘だと思っていたのだ。何を根拠に、そういう勝手な推測をしたのだろう？　マイケルが娘に言い聞かせるように説明した。「絵の中では夜かもしれないけど、パパのオフィスはまだ昼で、仕事が残ってるんだよ」

ソフィアの顔つきが一変する。ステラの記憶にある険しい表情が目もとに浮かんだ。クレヨンを置いたかと思うと、体をくねらせながらマイケルの膝（ひざ）にのぼり、父親の首筋に顔をこすりつける。「そんなの、いや。ずっとひとりで遊んでたんだから」

マイケルが目を閉じた。その胸中をよぎる孤独への思いが、ステラにも一瞬だけ感じ取れた。やがて、子どもに甘い父親の顔になって、ソフィアの額にキスをする。

それを〝残念賞〟と受け取った娘が、今にも泣き出しそうな顔で、「ボウリングに行くって、約束したのに」

連れていってあげて。ステラは思わず胸の内でつぶやいた。『約束した』というひと言に、特別な重みがあった。父親の言葉が真実であってほしいという切なる願い……。マイケルの背負う荷の大きさが胸に迫ってきた。去っていった妻への断ちきれぬ愛情。母に見捨てられた子ども。「ソフィア」ステラは呼びかけた。「もう一枚、絵を描いてみない？」

ソフィアが横目で不信のまなざしを向けた。瞳が語っている——あたしの気をそらそうとしてる。あたしはパパだけが欲しいのに……。ステラは説明した。「あなたとパパがボウリングをしている絵よ。描き終えるころには、パパの仕事も終わると思うわ」

少女の顔に表われた失望の思いに劣らず、ステラもばつの悪さを味わった。すかさずマイケルが言う。「それはいいな。パパもできるだけ早く仕事をかたづけるから」

この人は、わたしの不手際を埋め合わせてくれようとしている……。首を巡らしたソフィアが、父親の顔をじっと見た。ステラは瞬間的に、不穏なものを感じた。不自然に老成した子どもが、自分の顔色をうかがってほしいと望みながら、父親の顔色をうかがっている。やがて、ソフィアが向き直り、ステラにクレヨンを差し出した。「描いて」観念した声で言う。

ステラはクレヨンを受け取った。これから数分間、ソフィアの意向はともかく、父親を気づかう大人びた娘に手を貸すことで、その娘を気づかうことになるのだろう。

「悪いね」マイケルがふたりに言った。

ジーンズをはいたふたりは、そろって床にあぐらをかいた。しっかり者の少女だったステラ自身の昔の姿に比べると、ソフィアははかなげに見える。紙に数本の線を描き入れたところで、ステラはべつのことを思い出した。自分は、もうこれぐらいの歳のころから、受け身になるのが——自力でこなせるはずのことを、他人にしてもらうのが——大嫌いだった。

ボウリングのレーンを描き終えて、少女にクレヨンを返した。「ピンはうまく描けそうにないわ」

ソフィアが紙をじっとにらむ。やがて、驚くほど慎重に一連の線を描き出した。ピンというより、バースデー・ケーキに立てた蠟燭に見える。そのあいだ、マイケルの視線を意識して、ステラは落ち着かない気分になった。マイケルは、この少女のそばに母親がいたころのことを考えているのかもしれない。時間つぶしを手伝う第三者ではなく、自身の幼少期の記憶以外に子どもに関する知識がほとんどない女でもなく……。

父の病状が今ほど悪くなかったら、自分の人生はどうなっていただろう。もしかすると、この娘ともじょうずに付き合って、適切な行動をとり、適切な言葉をかけることができたかもしれない。

ソフィアはまず、男性の姿を描いていた。ふたりめの人物は、もっと小さな体格と黒っぽい巻き毛から判断して、ソフィア本人らしい。絵の中の娘は片手でボウリングの球を持ち、父親も別の球を手にしている。

その父娘から少し離れた端のほうに、ソフィアが三番めの人物を描き始めた。

ステラは好奇心に駆られて見守った。視線を感じたかのように、ソフィアの手が止まる。それから、線が描き足され、ワンピースと、なだらかに流れる女性の髪になった。

声を抑えて、ステラは尋ねた。「これは誰？」

「ママよ」少し考えて、「あたしたちがボウリングするのを、オーストラリアで観てるの」

七歳にもなれば、それが言葉どおりの真実ではありえないことを知っているはずだ。日没を描いても時間を動かせないのと同じように……。しかし、夢物語めいた内容に似合わず、声音は生気に乏しかった。

ステラは、口にすべき言葉をひとつも思いつかなかった。今できるのは、ソフィアが母親の肖像を完成させるのを、しかるべき敬意をもって見守ることだけだ。

ふいに、マイケルがふたりのほうを向いた。「さあ終わった。もう出られるぞ」

絵に没頭しているソフィアは返事をしない。マイケルが娘の関心を引こうと、いかにもあわただしそうに書類を鞄に投げ込み始める。ようやく娘が顔を上げた。「三人で行ける？」

その〝三人〟めが、絵に描かれた想像上の母親ではなく、自分のことだと気づくまで、ステラはしばらく時間がかかった。少女はこちらを見ていない。

しかし、マイケルのほうは、彫りの深い造作の中からきまじめな視線を向けている。

「いっしょにどうですか？」

泳ぐ才もないのに、底知れぬ深い湖水の際に立たされた気がした。ソフィアがおずおずと、ステラのほうを向く。

ステラはアーミン・マーズのことを思った。父の精神は闇を漂い、娘を待っているという意識もないだろう。ソフィアに向かって、「本気？　わたし、ボウリングはかなりの腕よ」

リトル・イタリーの〈フィオレ・レーンズ〉は、家族連れ、年配者、十代の若者のカップルや団体で賑わっていた。夕刻が近づくにつれて、場内の喧騒が増していく。歓声、笑い声、球が転がる音、ピンが倒れる音。ステラは立て続けに三ゲーム勝った。

「ほんとにうまいのね」ソフィアが言う。

ステラは口もとをゆるめた。マイケルとソフィアのような相手に勝つのはたやすかった。ソフィアは運動が得意なタイプではない。速足で踏み込んでいって、重い球を落とすように手から離すので、球は弾んでスピードを殺され、進む方向も定まらなかった。かたやマイケルは、まさに力任せだった。マッチ棒のようにピンを飛ばすことで点が加算されるなら、ボウリングの殿堂入りも夢ではないだろう。ただし、正確さに難がある。一投めの猛攻を耐えしのいだピンに、二投めがかすりもしないことが多かった。

「わたしはポーランド系なの」ステラはソフィアに明かした。「うちのほうでは、みんな大まじめにボウリングをやるのよ。あれでうまくならなかったら、おかしいわ」

事実は少し違う——ハイスクール時代のステラは、敗北を恐れるがゆえに、妥協せず頑張り抜く運動選手だった。周囲の少女たちからも一目置かれていた。冷静で自分を見失わず、他人への助言も惜しまないので、どのチームでもリーダーになった。ボウリングがうまいのも、さほど興味があるわけではなく、他人に負けるのが我慢できないからだ。ところが、ステラの言葉を聞きつけたマイケルが、からかうような笑みを投げてよこした。

「ブレク市長の〝ボウリング大会〟の話を、ソフィアに聞かせてやってください」

その古い実話を、ステラはさしておもしろいと感じたことはない。ポーランド絡みのジョークが流行ったころの話で、スティールトンに伝わる幾多の民族性の神話のうち、ワルシャワ住民の偏屈さを物語るものだった。けれど、ソフィアは、大人同士の軽口に参加できるのがうれしいらしい。ステラは、ベンチに坐った少女の隣りに腰を下ろした。

「ブレクというその市長さんは、わたしたちの町の出身だったの。ある日、アメリカ合衆国大統領が、市長と奥さんをホワイトハウスの夕食会に招いた。ホワイトハウスのことは知っている？」

ソフィアが腕を組み、じれったいというそぶりを見せる。「もちろん。大統領が住んでるとこでしょ。能なしの法律屋さんたちといっしょに」

落ちをちゃんと理解しているわけではないが、冗談を言っているという自覚はあるらしい。確証を得ようと、目の端で父親のほうを盗み見ている。マイケルが娘の背後に腰掛けて、「生意気な子は、つかまえておかないとだめかな――」

娘は身をよじらせて抵抗したが、父親の両腕にかかえ込まれた。父親の認可を得て安心したところで、ふたたびステラのほうを向く。「市長さんは、どうしたの？」

乾いた笑みを浮かべて、ステラは横目でマイケルを見た。「招待を断わったの。その晩は、奥さん主催のボウリング大会があったから」

ソフィアがとまどいを見せる。「それでおしまい？」

「おしまいじゃないわ。あなたのパパがいちばん好きなところを話しただけ」

「あとのお話は？」

「そのときの大統領は、あの悪の化身、リチャード・ニクソンだった」もう一度マイケルの視線をとらえ、ことさら深刻めかした表情で質問した。「ニクソンがどんなあだ名で呼ばれていたか、知っている？」

「どんなあだ名？」

「ゴッドファーザー」

マイケルが顔をしかめた。ソフィアの視線が、ステラから父親に移る。ひそかな揶揄(やゆ)

の応酬をおもしろがっているのだ。「さあ」ステラは少女を誘った。「ボウリングのこつを教えてあげるわ」

少女が一瞬迷い、ひどく厳粛な面持(おもも)ちでステラを見つめてから、マイケルの膝に体をさらにすり寄せた。「パパに教えてもらう」

心ならずも、その拒絶が少し胸にこたえた。気を取り直して、冷やかしぎみに言う。「パパでだいじょうぶかしら？」

ソフィアはやり返してこなかった。口をつぐんで、自分でも理解できない感情と闘っているようだ。小さな声で、「マーズさんには、うちに来てほしいな。お食事をしに」

その言葉に、ステラの心は揺れた。ソフィアもマイケルも、こちらと視線を合わせようとしない。娘は混乱しているように見えた。父親の表情は動かず、目は半ば閉じられている。ソフィアの混乱は、ある部分、自分の役割から発しているように見えた。マイケルを頼り、独占したがっていると同時に、消えた母の代理を務めて、妻と娘のふた役をこなしているのだ。何に由来するものであれ、ステラとしては、そういう力学に加担したくはなかった。そのとき、意外なことに、ソフィアがぽつりと言った。「お願い」

ステラは思わず、指先で少女の頬に触れた。マイケルが、首筋に押しつけられた娘の頭頂に目をやってから、ステラに視線を戻す。その目に浮かぶ懇願の色が娘への思いに発していることを、しぐさが物語っていた。

「メニューはスパゲッティです」マイケルがさりげなく言う。「いつも余分に作るんですよ。ソフィアが母親並みに食べるんで」

整然とした、けれど手狭な住まいだった。入ってすぐのリビングと、ささやかなダイニング。窮屈そうなキッチンには、ガス焜炉と、うなりをあげて冷却に精を出す古い冷蔵庫。マリアとの生活を記念する場所という趣があった。奨学金を返済しながらローンで購入したのだろう。調度類も、外見より機能を重視したものがそろっている。生活ぶりが目に浮かぶようだった。毎晩のように自宅でパスタと安ワインの夕食をとり、贅沢を我慢して、マリアが抱き続けてきた夢――郊外の自宅、ソフィアの弟か妹――のために貯蓄をする……。ひとつ、確かなことがあった。ここにステラの居場所はない。

マイケルがキッチンに立ち、ワインを使ったスパゲッティ・ソースの香りが漂うなか、ソフィアがステラを自分の部屋に案内した。

そこには、ほかの場所より温かみが感じられた。部屋自体は狭く、自然光はほとんど入らないものの、枕やクッション、ベッドカバー、カーテンの華やかな彩りが、明るさの熱を放っている。書棚には本があふれ、ベッドは人形に覆われていた。ベッドわきのナイト・テーブルに、マリアの写真があった。

ステラは目を奪われた。写真の女性は、現実味がないほどに美しい。豊かな清流を思わせる髪が繊細な目鼻立ちを引き立て、唇は劣情を寄せつけないくらい完璧な形を保っている。それは写真館で撮影されたものだった。家族写真にありがちな、淡く感傷的な照明に包まれた姿は、美化された殉教者、中世の物語に登場する生贄の処女として通りそうだ。ただし、瞳だけは別だった。無雑な黒いまなざしが、胸を突くような激しさで甘い照明を切り裂いている。怒れる聖人の表情などというものが、この世に存在するのだろうか……。

ソフィアがじっと見ていた。ステラはそちらに向き直って言った。「あなたはお母さん似ね」

ソフィアが首を傾けて、ステラの目の色を探る。情報を求めるそのしぐさが、ステラの心を揺さぶった。この娘は、現実のマリア・デル・コルソのこと――あの絵の外で暮らす母親のこと――を、赤の他人でさえ自分より知っているのではないかと、気を揉んでいるのだ。

しばらくのあいだ、ふたりはただ見つめ合っていた。「パパのお手伝いをしましょう」ステラは促した。

夕食はボウリングほど気楽なものではなかった。

蠟燭の明かりを灯した木のテーブルを、三人で囲んだ。テーブルの拡張板は取りはずされ、父娘ふたりに足りる大きさに変えてある。ステラは、ふたりの日ごろの暮らしぶりや食卓での話題を推し量ろうと努めた。ソフィアに友人や学校のことを尋ねてみても、心を留守にした子どもにありがちな、おざなりの答えしか返ってこない。食事が終わるとすぐ、断りを言ったうえで、さっさと自分の部屋に引っ込んでしまった。マイケルは申し訳なさそうに、自分の皿の模様をじっとにらんでいた。

気詰まりな沈黙のなかで、ステラは何を言うべきかを模索した。しかし、どんな言葉も的外れに思える。自分はマイケルの上司にすぎない。来るべきではなかったのだ……。

マイケルが唐突に言った。「やっぱり、母親のことを思い出してしまうんでしょう」

ステラの気分を軽くするつもりだとしたら、逆効果だ。「なぜ、そう思うの？」

「ぼくらはいつも三人で食事をしてました。夕食が終わると、あの子が本を持ってきて、ぼくかマリアが読んでやるのが習慣でした」言葉を切ってワインを飲み、ふたりのあいだで揺れる蠟燭の炎に目を凝らす。「出ていく数カ月前から、マリアは本を読まなくなりました。しばらくのあいだ、ソフィアは母親の手に本を押しつけてたんですが、ある晩、ぷっつりとそれをやめました」

ステラは押し黙った。この住まいにはマリアの影がつきまとっている。死人の霊よりもっと色濃く……。ステラは、きまりの悪さも忘れて、父と娘のどちらが同情に値するかと自問した。ソフィアだろう。子ども時代に負った傷は、理解力を欠く分だけ深く残る。理屈で癒(いや)すことはできない。

一瞬の間があいたあと、父親としての勘が働いたのか、マイケルが廊下に目をやった。ちょうど明かりの途切れた位置にソフィアがたたずみ、こちらをじっと見ている。

ステラは、自分がこの家の均衡を崩していること、そして目には見えずとも、マリア・デル・コルソが強い牽引(けんいん)力を発揮していることを、あらためて感じた。やがて、ソフィアが明かりの中に足を踏み出し、ステラからマイケルへと視線を移す。手に一冊の本を押しつけられたステラは、みぞおちにせつないうずきを感じた。

「この本、読んでくれる？」ソフィアがきいた。


ようやく本を読み終えて、ソフィアが眠りについたあと、ステラはリビングルームにいるマイケルを見つけた。赤ワインを飲んでいる。コーヒー・テーブルに、ステラのグラスも用意してあった。マイケルがグラスを手渡しながら言う。「ご指名みたいになって、申し訳ありません。ぼくの役目なのに」

「どういたしまして」カウチの反対側の端に腰を下ろして、「いつもあの本を？」

「いつもじゃありませんけど、しょっちゅうですね。マリアがよく読んでたもので」

その言葉には、ステラへの要求がソフィアにとって大きな心の負荷だったという含みがあった。しかし、それ以上の説明はない。

「あなたが戻ってくる前に、フィールディングのことを考えてたんです」

話題の替えかたが唐突だったが、ことによると、マイケルのほうも、ステラを私生活に立ち入らせすぎたと感じているのかもしれない。「どんなことを?」

「いかに清廉潔白だったか、と。汚点と言えるのは、スティールトン二〇〇〇の建設を仕切ってたことだけでしょう」坐ったまま脚を組み、グラスを揺らす。「ぼくもあなたと同じ意見です。あんな死にかたをするのは、どうも腑に落ちない」

ステラはワインをひと口飲んだ。スカーベリーを訪れたことを隠しておくのは、この部下に対して不誠実な気がしてきた。「これから話すことを、伏せておいてもらえる? とりあえず、わたしがひととおり考えをまとめるまでは」

マイケルが探るようなまなざしを向ける。「わかりました」

ステラは手短に、名の知れない娼婦のことを話した。その女が警察を恐れていること。ティナ・ウェルチがフィールディングの車に乗り込んだときのようす。説明するあいだ、マイケルはなんの質問もはさまず、じっと耳を傾けていた。

「辻褄は合いそうですね」聞き終えてから口を開く。「まずジョニー・カランが、スカーベリーを車で流すフィールディングを見かけてる。その二日後の夜、ひとりの娼婦が、フィールディングの車に乗って出かけるティナ・ウェルチを目撃した。原因はともかく、フィールディングの人生は狂い始めていた」

「でも、なぜ、ティナはついていくことにしたのかしら。仲間の娼婦の話では、かなり渋っていたみたいなのに」

「相手を見たんじゃないですか。どうしてもヘロイン代が欲しい夜に、清潔な車に乗った清潔な男が現われて、現金をちらつかせた。これはついていくしかない」さらに深くソファに腰かけて、天井を仰いだ。続く場面を頭に描いているらしい。「注射器はハンドバッグに入ってるし、どこでフィールディングにヘロインを買わせればいいかもわかってる。そこにまず寄ってから、ふたりでフィールディングの自宅に向かう」

「そして、過分な量のヘロインを摂取した？　なんのために？　麻薬の使用歴もなかったはずのトミー・フィールディングが、突然、ささやかな衝動に身を任せようと思い立ったわけ？　なるほど、ティナ・ウェルチという麻薬中毒の娼婦と知り合ってから、一時間以上は経っていた。命を預けるほどの信頼関係を築くには、じゅうぶんな時間よね」

マイケルが笑い声をあげる。ステラは笑わず、言葉を継いだ。「フィールディングは偏頭痛を理由に、七時十分に退社。独り者らしく、ビールとサンドイッチで夕食をすませた。テレビをつけてバスケットの試合でも観るのならわかるけど、スカーベリーまで三十分も車を走らせるのは、自然な行動だとは思えない」ワイングラスを置いて、「人がこんなふうに死んだときは、たいてい、こうなると思っていたと言いだす人間が五、六人はいるものよ。今回は、まだひとりもいない」

マイケルの顔から、おもしろがるような表情が消えた。「筋の通ることばかりとは限りませんよ。ぼくもケイト・ミチェリの剖検報告は読みましたし、今や目撃者もいる」

「その目撃者は、知っていることを全部話していないかもしれない」

マイケルが肩をすくめる。「風紀課の話は、ちょっと被害妄想ぎみに思えます。なぐさみに売春婦を殺し回る警官は、そんなに大勢いないでしょう。ただ、ティナのことに関しては、何も隠してないような気がしますよ」

確かにそのとおりだ。ステラは無言でワイングラスをにらんだ。マイケルが慎重な声で言う。「で、あなたは、引き続きスティールトン二〇〇〇に探りを入れる気でいる」

ステラはためらった末にうなずいた。細かい説明はしない。

マイケルも黙り込んだ。ステラの思考の筋道を追っているらしい。しばらくしてから、

「麻薬絡みの五件のファイルは、見つかりましたか？」

その質問は、ステラの虚を突いた。型どおりの確認のような形を取りながら、もっと個人的な問いかけが裏に聞き取れる。あなたのほんとうの狙いは何で、誰を疑ってるんですか？　しかし、話したくても話すわけにはいかない。「いいえ。あきらめたわ」

マイケルは依然、ステラの顔をじっとうかがっていた。ソフィアに見つめられたときと同様、値踏みされているような気分になる。「もう遅いから、失礼するわ」

唐突な言葉に、マイケルは面食らったようだった。萎縮に近いためらいの表情が顔をよぎる。やがて、みずから迷いを払拭するように、決然とした口調で言った。

「きょうのことは――ソフィアによくしてもらって、ほんとうに感謝してます」姿勢を正して、ステラの顔をのぞき込む。「ほかに用事もあったでしょうに。でも、あの子を見てると、お祖母ちゃん以外の女性と過ごすのはいいことだと思えます。好意的に接してくれる、ただの友人と」

ステラは頬をゆるめた。「ええ、ソフィアには大いに好意を感じているわ。偉そうなことは言えないけど、あなたはうまくやっていると思う」

その言葉を噛み締めるマイケルの瞳に、曖昧な色が差した。マリアへの連綿とした思いが、いやでも感じ取れる。去っていった女の影が、まだこの家には貼りついているのだ。

「ソフィアによろしく伝えて。楽しかった、と」

ステラはそそくさとマイケルの家を出た。

2

翌日の朝早く、ステラは車でスティールトン・ハイツへ向かった。曲がりくねった坂をのぼる。背後にはスティールトンの街があった。赤錆に彩られた製鋼所が並ぶ谷間、コンクリートの幹線道路、低層の倉庫群、砂岩を使った古いオフィスビルと、ガラスと鉄鋼でできた強靭な高層ビルとの混在、湖岸にそびえつつある球場、その手前に広がる東地区のわびしい町並み。やがて木立に囲まれた丘に差しかかると、いきなり街景色が遠のいて、葉を落とした木々のあいだにのぞく幽界のようになった。

この一帯には、二十世紀初頭の様式を伝える、どっしりとした箱型の三階家が並ぶ。そのたたずまいには、時の重みがあった。製鋼業の第一世代が得た富によって建てられ、住む人の替わった今も、母体となった街を見下ろしている。この特権的な眺望も、第二、第三の世代を経て徐々にありがたみを減じ、街そのものを蔑むピーター・ホールのような上流の人士は、煤煙の届かない静穏で広壮な地へと移り住んでしまった。衰退に責任を感じずにいるためには、その対象が視界に入らないようにするのが良策だ。

トミー・フィールディングの家があるナイツブリッジ・コートも、同時期に造成された一郭だが、家々の意匠は趣きが異なり、ボストン風の外観を持つ三階建てのタウンハウスが、狭い煉瓦敷きの通りの両側に並んでいた。年代が古いので車庫はなく、スティールトンのきびしい冬には不便だが、若いホワイトカラー層好みの洒落た雰囲気が漂っており、また、フィールディングの家の側からは、街と湖とが一望できる。

フィールディングの住まいは、通りの右側に並んだ六軒のうち、奥から二番めの家だった。ステラはその前に駐車して、車を降りた。

玄関の扉は犯罪現場を示すテープで封鎖されている。飾られたリースに、四週間足らず前のクリスマスの名残を認めて、ステラは胸がうずくのを覚えた。飾ったままにしておいたのは、娘のためだろうか。ソフィアと同じ七歳の娘——まだクリスマスが神秘の日であり、魔法でおもちゃが届く年齢だ。ステラの幼いころも、そうだった。製鋼所に灯がともり、まだ人生を自分の手中にしていたアーミン・マーズが、こっそり娘たちへのプレゼントを用意していたころ……。あの家は、もう父の記憶から消えてしまった。

目の前の家は、予想どおり、手入れが行き届いていた。刈り込んだ低木に、ペンキを塗った鎧戸。裏庭は煉瓦敷きのテラスになっていて、錬鉄製のテーブルと椅子が置いてある。来年の春には、そこから望む夜景の中に、球場の明かりが見えたはずだ。

主の死という事実が、早くも家屋全体を包み込んでいた。暗く静まり返り、カーテンが閉ざされている。十一日前、フィールディングは、ティナ・ウェルチをスカーベリーからここまで連れてきた。その姿を見た者はいない。ふたりはこの清潔な住宅地に影のごとく忍び入り、翌朝、死体となって発見された。こうして現場に立つと、その映像がこれまでにも増してステラの胸を騒がせた。

ふたりの死体を発見したのは家政婦だった。ジャック・ノヴァクの家政婦は、匿名の通報者のおかげで、その役を引き受けずにすんだ。どちらの家でも、本人以外に鍵を持っていた者はいないようだ。なのに、ミッシー・アレンの言葉を信じるなら、ジャック・ノヴァクを最後に訪ねた人間も、なんの痕跡も残さず家に出入りしている。ただひとつ、ノヴァクの死体以外は。

ステラは車に戻ると、スカーベリー地区に向かった。

人影のない町。娼婦たちの姿も見当たらない。古ぼけた各商店の窓は、防犯用の金網で覆われている。変わらないのは、寒風と、前に見たホームレスの男だけだ。今、その男は、ごみ収集容器のわきの路地にうずくまっている。ステラは想像力をかきたてて、ティナ・ウェルチに迫るフィールディングの白いレクサスと、静けさの中の密談を頭に描いた。

腕時計を確かめる。スティールトン・ハイツから、早朝の軽い渋滞を縫ってここまで来るのに、三十四分かかっていた。

検察局に向かう途中で、自動車電話からナサニエル・ダンスの自宅に連絡を入れた。

送話器の向こうの声には、歓迎の意も、煙たがるようすも感じられなかった。

「フィールディングの抽斗（ひきだし）から出てきたポルノ雑誌を覚えている？」

「ああ。どこを開いても、裸の黒人女ばかりのやつだな」

ステラは赤信号で停車した。「家政婦はあれに見覚えがあったの？　あるいは、似たような本や雑誌に」

「いや、なかった」

「ノヴァクがＳＭ行為に入れ込んでいたかどうかを調べたとき――ポルノショップや過去の郵便物を当たったとき――に、フィールディングのことも調べてみた？」

返事がないのは、考え込んでいるせいだろう。質問を反芻（はんすう）する姿が目に浮かぶ。ステラの意図をきき返してはこなかった。「二、三日くれないか。こちらから連絡する」

職場に着いて真っ先にしたのは、コーヒーを淹（い）れることだった。その次は、ケイト・ミチェリに連絡すること。

別の電話を終えるケイトを待つあいだ、窓外の球場に目を向ける。まだ八時半にならないせいか、円形の球場に人の姿はなく、クレーンにもブルドーザーにも動きはない。九時になれば、息を吹き返すことだろう。

アマチュアだらけのクリスマスツリー。ポール・ハーシュマンはそう言っていた。そこに携わる人間は、全員が利益を保証されている……。

ミチェリが電話に出た。

「細かい質問だけど」ステラは言った。「トミー・フィールディングがハム・サンドイッチを消化するまで、どれぐらい時間がかかったのかしら?」

「〝最後の晩餐〟ね。完全には消化していなかったと思う。でも、剖検の記録を見てみないと。なぜ、そんなことを?」

「死亡した時点で消化は止まるはずよね。できれば、サンドイッチを食べてからどれだけ時間が経っていたかを知りたいの」オフィスを歩き回りながら、「スカーベリーに行ってティナを拾い、スティールトン・ハイツへ戻るには、少なく見積もっても一時間はかかる。ヘロインを買うのに寄り道したら、もっとかかったでしょうね」

「最初に自宅へは帰らなかったのかもしれない」

「そうかしら? じゃあ、まず娼婦を拾って自宅へ帰り、ハムサンドを作ってビールを注いで、それからヘロインを打ったということ?」

ミチェリが笑った。「彼が空腹で、ティナのほうは食欲がなかったのかもしれない。

彼が極端なもてなしべただったのかもしれない」しばし間をあけて、「ごめんなさい。あなたの言いたいことはわかるつもり。納得できる筋書きが欲しいんでしょう？　この事件で、それが望めるのならね」

ステラは口にしなかったが、ティナの友だちの娼婦は、フィールディングのレクサスを十時半ごろ見かけたと言っているのだ。「当日、フィールディングは偏頭痛を訴えて、七時に会社を出ている。そのあと何があったのかが、わからないのよ」

「サンドイッチを追いかけても、たいしたことはわからないと思う。でも、調べてみて、電話するわ。二、三時間の猶予(ゆうよ)をちょうだい」

体内に活力がみなぎるのを感じる朝だった。カフェインの効きめで神経が活発に働き、頭に次々と課題が浮かぶ。マイケルのオフィスの前を三度めに通りかかったとき、部屋の主の姿が目に留まった。

外套(がいとう)を金属製のコート掛けに掛けているところだった。ステラを見て、頬をゆるめる。

「ゆうべはどうも。あらためてお礼を言います」

職務にまつわる思考をさえぎられて、ステラはぎこちない笑みを返した。「ソフィアはどう？」

「けさは上機嫌でした。でも、あの子は気分屋ですからね」そこでステラの気分を察したらしく、「で、何か？」

ステラは腰を下ろした。「ジャック・ノヴァクのことをずっと考えているの。つまり、不審な支払いと変則的な訴訟結果のこと。そもそもそこに行き着いたのは、わたしがノヴァクの下で働いていたころの記憶がきっかけなの。古い事件ばかりなのは、そのせいよ」

「なるほど。だけど、ダンスは最近の問題点を見つけられずにいるんでしょう？」

ステラはうなずいた。「進行中の問題点はね」と訂正して、「でも、あなたやソール・ラヴィンの話では、ここ十年で麻薬取引の状況はきびしくなってきて、ヴィンセント・モロも、当局と商売敵の双方からたいへんな圧力を受けている。ノヴァクにも当然、審理操作の成果をあげてモロの身の安全を図るよう、圧力が強まっていたはずよ」

マイケルが思案顔になる。「十年は長いですね。何を探すかはっきりわからないまま、山と積まれた書類を丹念にめくっていかなくてはならないわけですから」

「ノヴァクの財務記録をとば口にしたらどうかしら。クラウン・リムジンと同様、多額の〝相談料〟が払い込まれていたら、その時期の訴訟記録を徹底的に当たってみる」

マイケルが迷いを見せた。「それでも、かなり時間を食いますよ。係争期間の長い訴訟もあるでしょうし」

ステラは考え込んだ。「最近四年間に限定しましょう」その四年のあいだ、アーサー・ブライトが郡検事を務め、途中で、現首席検事補のチャールズ・スローンが麻薬関連の事件を担当しなくなったことには、触れずにおいた。しかし、マイケルがその関連性に気づくかどうかは、予測がつかない。

しばし口をつぐんだあとで、マイケルが言った。「ノヴァクが何かへまをして、そのせいで殺されたと考えてるんですね？」

「あるいは、何かを知っていたせいで殺されたか。ほかに、考えられる線はある？」

「どうでしょう」一瞬考えたあと、好奇の色もあらわにステラを見つめる。「ダンスのほうの収穫は？」

「何もなし」

マイケルは納得していないようだが、それ以上質そうとはしなかった。「けさは市役所へ行くつもりだったんです。スティールトン二〇〇〇から提出された、ＭＢＥ規定の遵守報告書を調べようと思って。どちらを優先しますか？」

いつもこうだ、とステラは胸の中でつぶやいた。この職場では、人手の足りたためしがない。今回のように、一触即発の事件を扱っているときでさえ、ステラは絶えず取捨選択を迫られ、絶えずチャールズ・スローンへの口実を用意させられている。迷った末に答えた。「球場のほうにして。そちらを進めているあいだにモロが消えるわけではないし、ノヴァクが生き返るわけでもないわ」

3

　四時過ぎ、マイケルがステラのオフィスに顔を出して、机の上にひと束の書類を置いた。「ここに書かれたとおりなら、スティールトン二〇〇〇は社会正義の権化ですね」

「これは何？　詳しく話して」

「まあ、紙の足跡です」マイケルが書類を四つの山に分け、一番めを指差す。「これがホール・デベロップメントと市のあいだで交わされた契約書で、スティールトン二〇〇〇の仕事の三十パーセントをＭＢＥに委託すること、そして作業員の三十パーセントを少数民族系から採用することが謳ってあります」

　次に、ホールと、アライアンス社という少数民族系のゼネコンとの契約書」三番めの山に指先を向けて、「こちらが、ホール・デベロップメントから提出された月間遵守報告書で、ＭＢＥ規定の遵守目標が達成されていることを証明するものです」

　ステラに読めるように書類の向きを逆にしてから、『ホール・デベロップメント・コーポレーション』というロゴの下の署名を指し示した。設計図に書かれる文字のように精密に、几帳面な筆記体で『トマス・R・フィールディング』と記されている。

「最後が、市のMBE規定監査官の署名が入った証明書で、フィールディングの報告に間違いがないことを保証するもの。報告書一通につき、一通の証明書があります」

マイケルは腰を下ろして、ステラが書類に目を通すのを待った。フィールディングの報告書は精細なもののようで、月ごとの細かい数字が数ページにわたって並んでいた。これまでに耳にしたフィールディングの人物像から推して、別段意外なことではない。なのに、マイケルは何かを期待するように、ステラの反応を見守っていた。

「それで、どこが問題なの？」

「ひとつは、フィールディングの報告書の日付です」

ステラはふたたび報告書を一枚ずつあらためた。プロジェクト開始から十一カ月間、十月分までの報告書が、各月末から二週間以内に提出されている。ところが、もう一月も半ばになるというのに、十一月分と十二月分が見当たらない。

ステラは顔を上げて、マイケルに目を向けた。「一カ月の遅れね、でも、一月半ばに死んだわけだから……」

「ホールと市との契約書を見てください。二ページめに、遵守報告書の提出日のことが書いてあります」

ステラは言われたとおりに読んだ。「〝遵守報告書は、各月末日より十営業日以内に提出することとする〟

ここから何がわかるの？」

「わかりきったことだけです。フィールディングは遅れていた。あるいは、ぱったりと報告書を提出しなくなった」

ステラはしばし口を閉ざして、ピーター・ホールと面談したとき、わきに書類が積んであったことを思い返した。〝いかなる理由があったにせよ、トミーは自分の仕事をやりかけのまま遺していったんです〟

マイケルが先を続ける。「もうひとつは、ホールと、少数民族系のゼネコンであるアライアンス社との契約の条項です。

これが一般的な慣行なのかどうかはわかりません。しかし、ホールと市の認定により、アライアンスは、規定どおりに少数民族を参入させた場合、例の節減分のうち、ホール・デベロップメントの取り分の十パーセントを手に入れる。これは、うまくすると数百万ドルの収入増になります」

ステラは考え込んだ。「アライアンス社に関して、何かわかっていることは？」

「社長の名前だけですね。その契約書に署名している人物です」

ステラは手早く契約書の最後のページを開いた。アライアンスの社長は、ローレンス・J・ロックウェル。思わず苦笑が洩れる。

「ラリー・ロックウェル。往年の名中堅手は、球団の少数民族系オーナーというだけでなく、こういう肩書きも持っていたのね。建設に直接関わっている」

マイケルが膝に両手を置いたまま身を乗り出して、ステラの顔を見つめた。「そして、ボーナスをごっそりかき集める。フィールディングが報告書を提出しているかぎり」

「報告書に何か不正があったということ？」

マイケルが首を振る。「報告書に関するかぎり、フィールディングの仕事ぶりは脱帽ものです。しかし、ハーシュマンも言うように、舞台の中央にいた人間ですからね」

黙り込んだステラは、もう一度、最後の報告書の日付をにらんだ。十一月九日。死ぬ二カ月前だ。「なぜ、提出が遅れたのかしら。偏頭痛のせい？　どう見ても、フィールディングは先延ばしをするタイプではないのに」

マイケルは答えなかった。フィールディングの死にかたが、ステラの頭にはずっと引っかかっていた。理由は明らかだ。あまりにも故人に似つかわしくないうえに、そのわけを説明できたはずの唯一の人間が、死んでしまったから。

行き詰まりを感じたステラは、窓辺に近づいて、球場の建設現場に視線を据えた。ハーシュマンの言葉が頭に浮かぶ。〝本件に携わるスティールトンの人間は、全員が利益を保証されている〟

しばらく経ってから、ステラはきいた。「以前あそこに何があったか、覚えている？」

「たいしたものはなかったでしょう。古い倉庫が一棟か二棟、廃線になった操車場と、使われてない私設の飛行場。購入するのも、更地にするのも、さして費用はかからなかったと思います。あそこを建設地に選んだことで、市の予算は節約できたはずですから、いい敷地だったと言えるんじゃないですか」

「ただし、風が強くて、春になっても寒い。カナダの気候の影響をまともに受ける場所だから」マイケルのほうを向いて、「あの敷地を市がいくらで買ったか、わかる？」

「いいえ。でも、調べればわかります」

「知っておきたいわ。それと、あそこへ行ってみましょう。トミー・フィールディングが見ていたものを、自分の目で見てみたいの」

伝言を確認すると、ケイト・ミチェリから一件あった。ステラは急いで連絡を入れた。

ミチェリの声には当惑が聞き取れた。「剖検記録を見直したんだけど」と、前置きなしに切り出す。「フィールディングはサンドイッチをほとんど消化していない。食後すぐに死亡したということになるわね」

「すぐって、どれぐらい？」

「一時間も経っていないと思う」

ステラは念を押した。「つまり、ティナを拾ったあとで食べたとしか考えられない。

なおかつ、注射を打つ直前」

「そのようね……失礼、ステラ。わたし、スカーベリーに行かないと」

「何があったの？」

「ごみの収集容器から娼婦が見つかった。ダンスの話では、喉を切られているらしい」

とたんに、ステラは寒けに襲われた。「現場で会いましょう」


冷えびえと暮色の募る黄昏どき、ステラは現場に到着した。

花屋通りの横丁付近に警察の車両が群がり、薄闇に赤いライトをきらめかせている。半開きにした車のドアから流れる警察無線の会話が、通り過ぎるステラの耳に入った。横丁に向けられた別の車のライトが、あたりを暗い黄色に染めて、迫り来る宵の帷へと溶け込んでいく。

薄暗がりのなか、ダンスとミチェリがごみ収集容器のわきにそろって立ち、鑑識の職員が容器の内部をのぞくのを見守っていた。通りの反対側では、ふたりの私服警官が、ステラがけさ見かけたホームレスの男と話している。低く交わされる声、警察無線の単調な機械音。その静けさのなかで、ステラのヒールの音が、汚れたアスファルトの上に響いた。

ダンスが顔を上げた。わずかに見開いた目に、意外そうな表情がよぎる。ここで何をしているんだ？　そう言いたげだった。ステラのほうも同じ疑問を抱いていた。刑事部長が腰を上げるほどの事件とは思えない。

「何があったの？」

ダンスがホームレスの男を顎で示す。「あの男がここで食べ物を漁っていて、女を見つけた。事の次第はまったくわからないらしい。結果はひと目でわかったようだが」

ステラは鑑識の職員から懐中電灯を借りると、収集容器に近づいて内部を照らした。ボール箱と紙コップ、ファストフードの包み紙が折り重なったなかに、女が横たわっている。最初に脚が見えた。ステラは、明かりをゆっくりと女の顔に向けた。

女はステラをじっと見据えている。しかし、もはやその瞳は、丸い焦げ跡ではなかった。そこに宿る生命が燃え尽きるとともに、くすぶった怒りも消えてしまったのだ。身を凍りつかせて、ステラは見つめ返した。

女の喉は深く切り裂かれていた。生者にはありえない角度で、首から上がねじれている。

ステラは振り返ってダンスにきいた。「この女性の名前は？」

「ナターシャ・ティルマン。運転免許証には、そう書いてある」

「ほかに、わかっていることはある？」

ぎらつく明かりの中に、ミチェリが足を踏み出した。猛禽にも似たその顔つきが、いつにも増していかめしく見え、ゴヤの肖像画を連想させる。「死後しばらくここに放置されていたようね。ゆうべからだと思う。体が冷たいし、硬直も始まっているから」

ステラはホームレスの男のほうをうかがった。「あの人は、いつからここに？」

「早朝から。確かな記憶はないみたい。腕時計を家に忘れてきたんでしょう」

ステラは両腕を体に回して、寒さに耐えた。けさ、ここを通り過ぎたとき、ティルマンの死体はすでに数時間、この中に放置されていたのだ。死んだのはおそらく、昨夜、ステラがマイケルの家を出たあとだろう。

その前の晩、ティルマンはステラの車の中にいた。今思えば、ステラに協力するというより、ティナ・ウェルチの死にまつわる思いに、収まりをつけたかったのだろう。

あのとき、誰かに見られたのだろうか？　ステラは無言で鑑識の職員を見つめた。その手がティルマンのレインコートのポケットを探る。爪切り用の鋏がてのひらで光った。

どんな死にかたをしたにせよ、身を守ろうと動くいとまもなかったらしい。おぼろげながら執拗な自責の念が、ステラの胸に取りついた。

ダンスが近づいてきた。冷気で息が白く曇っている。「この件に何か関わりが……？」

ステラは見つめ返した。「ウェルチがこのブロックで商売をしていたの」それ以上のことは説明しなかった。

4

翌朝早く、ステラとマイケルは、検察局からスティールトン二〇〇まで歩いた。

寒い朝だった。ふたりのコートがエリー湖からの強風にあおられて、洗濯物よろしくはためく。ステラの顔は感覚を失っていた。マイケルと同じように、手にはスタイロフォームのカップのコーヒーがある。薄く苦い液体を味わうと、全身に温もりが広がった。

「最悪だな」マイケルがこぼす。「ほんとに春が来るんですかね」

完成前の球場が、廃墟（はいきょ）のような姿を現わした。その前面に、戦火を浴びた焼け野原を思わせる更地が広がる。焼け跡と違う点は、宙にそびえるクレーン、轟音（ごうおん）をたてるセメント・ミキサー、鋼材や挽材（ひきざい）を載せたトラックが見えて、指図する男の声が遠くに聞こえることだ。それはステラにとって、数カ月前まで静寂と衰退に支配されていた土地が息を吹き返すその拍動だった。

ふたりは球場が落とす影の中に立ち止まり、天空に向かう鉄鋼の骨組みを見上げた。オフィスの窓からは、縮尺模型か子どもの組み立て玩具（がんぐ）のように見えたが、実際にその裾に立ってみると、迫力に満ちた重量感に圧倒される。

「すごいな」マイケルがつぶやいた。

ステラもうなずいた。工事現場の手前には、三メートルほどの高さの金網の柵が間に合わせに張ってあり、トラックや土木機械や重機が出入りできるよう、両開きの通用門が設置されている。ステラとマイケルは通用門まで行き、制服を着た黒人の警備員に身分証を示した。

警備員が、風と寒さで充血した目を向けながら、敵意のにじむ慎重さでふたりの顔を検分する。それから、待つようにと言った。ふたりが震えながら待っていると、警備員が白人の男をひとり連れて戻ってきた。金属製のヘルメットから黒い乱髪をのぞかせ、しわばんだその細い顔は、一片のビーフ・ジャーキーを連想させた。

男はチャック・パノスと名乗った。ゼネコンのファレリ・ブラザーズに勤める現場監督だという。寒風に言葉をちぎられたように、ひどく口数が少ない。

「アライアンス社と話がしたいんです」ステラは用向きを告げた。「アライアンスの監督を探すのに協力してもらえませんか」

パノスが腕を組み、わずかに体を傾ける。「今ここにいるかどうか、わからんね」

相手より体格がよく、頭半分背の高いマイケルが前に出た。温厚さを消し去り、かすかだが見逃しようのない威嚇の表情を浮かべる。「トレーラーがあるはずでは？」

それは質問でも要望でもなかった。パノスがマイケルを上目づかいに見て、肩をすくめたあと、何も言わずに先に立ち、現場へ向かった。

三人は巨大な鉄の塔門の裾に出た。上方に鋼材と鉄線が網状に組まれた足場があり、そこから作業員たちの声が聞こえてくる。すり鉢型をした球場の内部では、無数の轍（わだち）の残る凍土の上を、クレーン、掘削機、セメント・ミキサーが行き来していた。左手には、建設会社や下請け業者の社名が記されたトレーラーハウスが半円状に並んでいる。パノスを先頭に、古びたトレーラーを何台か通り過ぎてから、アライアンスと記されたトレーラーに着いた。パノスがそこで立ち去らず、トレーラーのドアをあけて中に入ったので、ふたりもあとに続いた。

整然とした、殺風景な内装。数脚並んだ合板の机の上にはほとんど書類が見当たらず、廃校の教室を思わせた。車内には若い黒人女性がひとりいるだけで、一台きりの電話機が置かれた机の前に坐（すわ）っている。パノスが親指でステラとマイケルを示しながら、「おたくのボスに、お客さんだ」

黒人女性がメタルフレームの眼鏡越しにパノスの顔をうかがう。「スペインさんですか？　今、留守ですけど」

マイケルがパノスと女性のあいだに割って入った。「いつ戻る予定ですか？」

女性がかすかに肩をすくめる。一瞬置いて、ステラは名刺を机に載せ、穏やかに、しかしきっぱりと伝えた。「スペインさんに、電話をよこすよう伝えてください」

パノスがドアをあけて、わきにどいた。ステラとマイケルが出るのを待ってから、自分も外に出てドアを閉める。

「スペイン氏はここに常勤しているのかしら？　もしくは、ほかの誰かが」なにげない口調で、ステラはきいた。

視界の隅に、含み笑いをするマイケルの姿が映った。上方の足場で働く作業員たちに目を凝らしている。「仕事の具合によりけりだね」パノスがぞんざいに答えて、通用門へ向かった。そのあとを追いながら、ステラは、マイケルがついてこないのに気づいた。

マイケルはアライアンス社のトレーラーのそばに立ったまま、両手をポケットに突っ込んで、ことさら興味深げに、ゆっくり周囲を見回している。見たところ、聞こえないほど小さく口笛を吹いているらしい。

腰に手をあてたパノスが、いらだたしげにマイケルをにらんだ。

マイケルは意に介していない。しばらくして、ステラたちに追いついた。

パノスが通用門をあける。ふたりが表に出ると、背後でがちゃりと金属音が響いた。

ふたりは黙って、古典装飾様式の建物――前面の見栄(みば)えが内部のお粗末さを隠している職場――に向かって歩いた。「で、何に気づいたの？」ステラはきいた。

「電話機が一度も鳴らなかった」向き直って、「あの現場で、黒人を見ましたか？」

「警備員。受付の女性。足場にひとり」

マイケルがうなずく。「たぶん、あすには戻ってくるんでしょう」しばらく口をつぐんでから、「黒人は寒いのが苦手だって、父がよく言ってました」

自分のオフィスに戻るとすぐ、ステラはポケットベルでダンスを呼び出した。机の上の電話機が鳴るまでに、五分とかからなかった。

「ダンスだ」おなじみの声。気乗りしない調子に聞こえるが、ステラにははっきりと、感情を排そうとする意志の動きが感じ取れた。

「ティルマンの件はどう？」

「たいした収穫はない。ゆうべはあのブロックで、ひとりで商売をしていたようだ」いったん言葉を切ってから言い足す。「近くの店員が、煙草を吸いに路上に出たとき、車に乗り込むティルマンの姿を見かけている。古い型の茶色いぼろ車で、メーカーはわからなかったらしい」

「車から出てくるところも見たの？」

また言葉が途切れた。しばらくたって、「車は走り去った。ティルマンを乗せて」

「それでおしまい？」

「ティルマンが目撃されたのは、それが最後だ。今のところは」

ステラは考え込んだ。「ティルマンは戻ってきたはずよ。ほかの場所で喉（のど）を切り裂かれたのなら、犯人がわざわざスカーベリーに戻って、死体をごみ容器に投げ込んだりするはずがない」

「まあ、そうだろうな」

その語調が、これまでにない響きを帯びた。無言の非難だろうか？　ステラは話題を変えることにした。「フィールディングのことを調べたとき、建設現場には行ったの？」

「もちろん」

「アライアンス社の誰かと話をした？」

「うむ。スペインという男だ」

「ほかに、トレーラーにいた人間は？」

ダンスが落ち着いて答えた。「スペイン。受付。それに、経理係らしき人物だな」

「作業員についてはどう？　じゅうぶんな数の少数民族がいたと思う？」

「数えたわけじゃないが、そうだな、何人かいた。何が言いたい？」声が険しくなる。

「あんたも、あそこに行ってみたんだな？」

ステラは一瞬口ごもった。「ええ」はっきりと答えてから、「どこを向いても、〝真っ白〟だった。アライアンスのトレーラーは、まるでゴーストタウン」

ダンスが曖昧（あいまい）に鼻を鳴らす。ステラは重ねてきいた。「あなたがアライアンス社を訪ねるとき、向こうはそのことを知っていたの？」

ダンスは質問の意図を推し量ろうとしているようだった。「知っていた。前もって連絡を入れておいたんだ。幹部の人間に会いたかったからな」

「仲立ちをしたのは、誰？」

「ホールだ」

ステラは礼を言って、電話を切った。

オフィスの戸口に、マイケルが立っていた。

先刻とはうって変わって、顔に逡巡と気後れの表情が浮かんでいる。「お願いしにくいんですが、車を貸してもらえませんか？　学校から、ソフィアが吐き気を訴えてると連絡があって……。きょうは両親が買い物をする日で、ぼくはバスで来たんです」

口調に、鬱積したいらだちが表われている。職務に没頭していたところへ、時と場所を選ばない子どもの緊急事が舞い込み、そのせいで、ステラには当然の日用品が、自分にとっては贅沢品だという事実をあらためて思い知らされたのだ。おそらくマイケルは、他人にあまり娘の話をしたことがなく、今も気まずそうな顔をしている。切羽詰まって、ソフィアを知るステラに頼み事をしてきたのだろう。

「ええ、どうぞ」ステラは答えて、バッグから鍵束を取り出した。「大きな病気じゃないといいけど」

「だいじょうぶでしょう。子どもは、すぐ気持ち悪くなったりしますから」鍵束を受け取って、「これから球場の敷地の売買について調べるつもりだったんですが……」

「この次でいいわ」笑顔で応じた。「七時までには戻ってね。車のキーと、家の鍵も付いているの。ここに泊まるのはごめんだから」


マイケルが戻るまでの三時間は、あわただしく過ぎた。〈プレス〉のリアリーが、ジャック・ノヴァク殺害事件の〃進展〃について探りを入れてきたのを受け流した。その後、次々にかかってくる電話の合間に、思考の断片が浮かんでは消えた――フィールディングの死、ティルマン殺害、そしてスティールトン二〇〇〇のあいだに、もし関係があるとすればそれはどういう性質のものか。局内の誰が、例のファイルを持ち出したのか。ダンスに対する漠然とした疑念……。それから、さらに時間をかけて、なぜティルマンと会ったことをマイケルだけに打ち明けたのかと、自分に問いかけた。

精気を失ったようすのマイケルが入ってきて、鍵束を机の上に置いた。

「ソフィアはどうだったの？」

「元気でした」息をついてから、どさりと坐り込み、眉間（みけん）に深い皺（しわ）を寄せる。「何を考えてるか、わかりますか？　あの子は具合なんて悪くなかった。ぼくが駆けつけるかどうか、試しただけなんです」

ステラは相手の表情に目を凝らした。数時間前はあれほど自信に満ちていた人間が、ここまで弱々しく見えるとは、よほどのことだ。声を抑えて、「あるいは、仕事を放り出すかどうか？」

マイケルの口もとがゆがみ、げんなりした顔つきになる。「たぶんそれも。ええ、たぶん、そうでしょう」体が椅子(いす)に沈み込んで見えた。「今ぼくが心から望んでるのは、あなたに一杯おごることです。そして、自分にも一杯」

警戒心と親愛の情とがせめぎ合うのを感じながら、ステラは見つめ返した。「その件も、この次にしましょう」

5

マイケルが土地の登記に関する調査を終えるまで、さらに二日が——ステラにとっては、変化に乏しく、もどかしい二日が——経った。そして、その日の午後五時にようやく、ふたりそろってブライトとスローンに目通りがかなうことになった。

「レイクフロント社のことを説明して」ステラはマイケルに託した。

検事室の会議用テーブルを見回す。郡検事は、三人の部下から少し離れた端の席についていた。選挙運動に一日を費やしたあとでも身ぎれいで、ダブルのスーツもまだ形が崩れていない。かたやスローンは、整えていないベッドのようだった。服にはしわが寄り、ネクタイはねじ曲がり、柔らかい詰め物のような腹がシャツの前身頃を膨らませている。ふたりの共通点といえば、神経を集中させていることだけだ。

マイケルが話を始めた。「レイクフロント社は、球場建設地の地主でした。そして、今でも、その周囲の土地を所有してます」

スローンがブライトを横目でうかがう。「ぐるりを全部？」

「そういうことです」

ふたたびマイケルのほうを向いて、スローンが疑わしげなだみ声を発した。「いつ、そうなったんだ？」

「すれすれのタイミングですね」マイケルが冷静に答える。「クラジェクがホールとの取り決めを公表し、有権者に吹き込む直前です」

ステラは身を乗り出して、ブライトに言った。「事前に知っていた人間がいるわけです。クラジェクの計画と、球場が建つ場所を。そして、安く買い、高く売った」

ブライトが眼鏡をはずし、ぼんやりと布でふく。視線はテーブルに注がれているが、頭の中には思考が渦巻いているようだ。「差額はどれぐらいだ？」と、スローン。

ステラが目を向けると、マイケルが答えた。「利益にして、約五百万ドル」

検事が眼鏡をかけ直した。穏やかな口調でマイケルにきく。「レイクフロントの実体は？」

「土地の登記書の署名は、コンラッド・ブリーム。素性はともかく――」皮肉をこめて、「明らかに、目先の利く商売人ですね。予知能力があると言ってもいいほどに」

「さもなければ、表看板だな」スローンが郡検事のほうを向いた。「これはもちろん、クラジェクも承知のことですよ、アーサー。市役所の賃貸料を四年分賭けてもいい――レイクフロントとは、〝クラジェクの仲間〟の同義語です」

「かもしれん」ブライトが慎重に答える。「だが、単に情報を聞きつけたという可能性もある。地上げのプロだとすれば、なおさらだ。ダウンタウンで、あそこ以外に球場の候補地になりそうな場所があるかね？」ステラに向き直って、「メディア界のわが友人たちは、なぜ、レイクフロントのことに目が行かないのだ？」

「紙の足跡だからでしょう」マイケルが口をはさんだ。「レイクフロントは、ほとんどの場合、土地の所有者となる企業を買収してから、その企業名で土地を売却してます。二日がかりで調べあげて、やっと書類の見かたがわかりましたよ」

スローンがブライトに問いかけた。「何もにおわないと言うんですか？　これはろくでもない土地転がしで、そこからたんまり儲けた人間がいるんですよ」

「誰のことだね？」ブライトが仰々しく言う。

ステラは答えた。「それは、レイクフロントの実体しだいでしょう。マイケルは、突き止めるのにしばらく時間がかかりそうだと言っています」

「州の法人局に出向かなくてはなりません」マイケルが補足する。「出向いても、成果が得られるとは限らない。架空の子会社が芋づる式に現われて、最後は、どこの誰が所有者とも知れないビミニ島の法人組織に行き着く、ということも考えられますね」

「いやいや、それでも役に立つぞ」スローンが語調を強めた。「そこまで手間をかけるやつがいるとすれば、よほど後ろ暗いことをやっているわけだろう」

ブライトがスローンを見た。「誰のことだね？」低い声で繰り返す。

このやり取りは野望と野望との対立だ。それも、ふたりが普段ステラに観戦を許しているものより、露骨なぶつかり合いだった。民主党の予備選挙が市長選の趨勢を決めるのは間違いないが、それはまだ三カ月先のこと。ブライトは、懸命にあがいているように見られるのを恐れ、かたやスローンは、ブライトの敗北を――跡目を継ぐ望みが絶たれるのを――恐れている。そして、この件に限っては、ステラもまた、スローンと立場を同じくしていた。しかし、心情はブライトのほうに傾いている。ブライトはいまだ郡検事の立場にあり、その慎重さがあってこそ、検察局の面目も保たれているのだ。

「クラジェクにきけばいいでしょう」スローンがなおも言い張った。「次の討論会で、質問を直接ぶつければいい」

「レイクフロントとは何かと、きき返されたらどうする？　『情婦』のチャールズ・ロートンのように、トムの耳もとで〝コンラッド・ブリームという名に心当たりは？〟とささやくのかね？」

スローンは挑発に乗らなかった。「大陪審を開いて、ブリーム氏の尻を証人席に据えるんです」

「なんのために？」辛辣さをあらわにして、「証人を召喚するからには、前もって尋問の筋道を練っていないと……」

「筋道は決まっているでしょう」スローンがやり返す。「レイクフロントの社主は誰か？　なぜ土地を買い始めたのか？　その土地を前もって買えと指示したのは誰か？」

ステラは口をはさんだ。「ついでに、答えも決まっていてほしいものね。ブリームの正体を知ることが、現時点での最低条件でしょうけど」

ブライトがマイケルに言う。「その線で動いてみてくれ。法人局を当たるのは、そのあとだ」スローンのほうを向いて、なだめるように、「対立候補のあら探しに大陪審を利用するわけにはいかないのだよ、チャールズ。きみにもわかっているはずだ」

普段はせわしない首席検事補が、動かずにじっとしている。ゆっくりと、しかし強い調子で、「あらを探すのが、大陪審の目的でしょう？」

「選挙を間近に控えた時期に、それはできない。手持ちの材料が少なすぎる」

しばしの沈黙。「材料は増やせるかもしれません」ステラは勇を鼓した。「少なくとも、トミー・フィールディングにつながる有力な材料を」

ブライトがはっとした表情を見せ、それから、さらに用心深い口調で、「それは？」

「少数民族系のゼネコン、アライアンス社です。社長はラリー・ロックウェル」間を置いて、スローンを横目でうかがう。「二日前、球場に行ってみました。アライアンスは現場にトレーラーを置いていますが、社員はほとんどいませんでした。現場全体を見渡しても、アフリカ系アメリカ人の数は、今のこの部屋と同じぐらいなんです」

ブライトの顔に、乾いた笑みが浮かんだ。「クラジェクは黒人社会の救世主を標榜しているのだよ、ステラ。なんともありがたきスティールトン二〇〇だ」

「フィールディングが書いた規定遵守報告書――市で認証された報告書――が、そのありがたさを示しています。ただ、フィールディングは二カ月分の書類を処理しないまま死んでしまいました」声に険を含めて、「前にたしか、実力のある黒人系の建設業者が仕事にありつけなかったというお話をなさっていましたが……」

ブライトが苦い顔で窓外に目を向ける。スローンがステラにきいた。「ラリー・ロックウェルが万能の金看板だということか？」

「それはわからないわ。今わかっているのは、アライアンスがスティールトン二〇〇〇に手を貸してMBEの規定を満たし、その見返りに、節減分からたっぷり分け前を得ていること。ただし、フィールディングが報告書を提出して、監査官の承認を受けることが条件になるけど」

ブライトがふたたびこの会話に意識を集中していた。スローンがきく。「アライアンスのほかに、潤うのは誰だ？　MBEが働かずに金を取り、アライアンスがそれを助けて金を取るんだとしたら、ホール・デベロップメントは二重にかもにされていることになるぞ」

マイケルが口もとをゆるめた。「確かに」

「しかし」ブライトが割って入る。「フィールディングはホールの代理人として報告書を提出し、市もそれを承認していたのだ。フィールディングと監査官が共謀してホールをかもにしていたというなら、話はべつだが」

スローンがうなずいた。「残念ながら、ラリー・ロックウェルはどう見ても、単なるお飾りのようですね」

ステラはブライトに向かって、何食わぬ顔で言った。「ロックウェルの尻を大陪審の証人席に据えることなら、できるかもしれません。それが大陪審の目的でしょうから」

ブライトが、温かみを欠いたけたたましい声で笑った。スローンが敵意をむき出しにしてステラをにらむ。「話を持ち出したのは、きみだぞ。いったい、われわれにどうしろと言うんだ？」

ブライトが片手を挙げた。白人警官に暴行を受けた黒人青年ロドニー・キングの悲しげな口まねで、「〝みんなで仲よくやっていくことはできないんでしょうか？〟」

遠回しな皮肉が、叱責よりも効果をあげた。スローンとステラが口をつぐんだところで、マイケルがブライトに言う。「フィールディングの資料の見直しから始めます。遵守報告書の控え、それに、アライアンスや少数民族系の下請けからの請求書などを」

ブライトの視線がマイケルからそれて、ステラの顔に据えられた。「フィールディング殺害の線が濃厚になれば、疑問の数もかなり絞られてくるはずだ」

揺るぎない視線を返しながらも、ステラは胸がひやりとするのを感じた。ブライトにうそをつくのは本意ではない。どうかすると、ナターシャ・ティルマンとの面談をマイケル以外の全員に伏せていることを忘れてしまいそうだった。そして、気後れからか、ほかの曖昧な理由からか、マイケルにまだティルマンの死を伝えていないことを……。この部屋にいると、ナターシャ・ティルマンなど存在しなかったかのように思えてくる。ブライトやスローンが——おそらくダンスの口から——ティルマンの件を聞いたかどうかも、推測がつきかねた。

眉をしかめたブライトが、しばし沈黙を引き伸ばした。やがて、低い声で、「ジャックの事件については、何か進展が……？」

「何もありません」ステラは答えた。「殺人者も、動機も。筋道が立ちません」

ブライトがまたぼんやりと表情を曇らせた。気を取り直すように、「ブリームのことを調べあげてくれ。それから、フィールディングの記録を。いずれホールも、きみたちの動きに気づくだろうが、できるだけ意図を曖昧にして、慎重に行動してほしい」

話は終わりだと、ブライトの態度が告げていた。ステラの正面では、スローンが指で髪をすきながらテーブルをにらんでいる。検察業務のこういう側面に、理解が及ばないのだ。同情心もなく、ステラはそう思った。捜査はあくまで、ステラの領域だ。

マイケルがオフィスまでついてきた。廊下を振り返ってから中に入り、ドアを閉める。

「どう思う？」ステラはきいた。

マイケルがドアにもたれた。「あなたの考えは？」

ステラはかぶりを振った。「アーサーと仕事をするようになって、もう十三年も経つのに、いまだに彼の手の内がつかめない。でも、慎重に進めろというのは正論ね。今のところたいした手札はないし、スティールトン二〇〇〇に関する大陪審は、アーサーの面目をつぶしかねない。相手がラリー・ロックウェルとなると、スローンも強くは出られないでしょうし」

マイケルが頬をゆるめる。「かなり荒っぽいやりかたでしたね」

でも、ルールの枠の中で闘ったのよ、とステラは胸の内でつぶやいた。ルールとは何か、知ることをあきらめるまでは……。肩をすくめて、「欲しいものは手に入れたわ。とりあえず、今のところは」

一瞬、マイケルがもの問いたげな表情を向ける。「さて」ステラは言った。「何本か、電話をしないと」

マイケルは去りなずんでいた。「ひとつ、ききたいことが……」

ティルマンのことを問われるのに備えて、ステラは気持ちを引き締めた。「どうぞ」

「ソフィアに……」言いさして、はにかんだ笑みを口もとによぎらせる。「いや、ぼくたちふたりに、時間を割いていただけないか、と……。今度の土曜日の午後にでも」最後の言葉は、遠慮がちに付け足された。忙しいのは承知しているから、無理を言うつもりはない、と。ステラは虚を突かれて、返答に詰まった。「どうしようかしら」仕事を盾に、断ろうという気にはなれなかった。その事実と声音とが、迷いのありかを告げていた。マイケルがしばらく考え込む表情を見せてから、気持ちを決めたように口を開く。

「この先、ぼくにも新しい友人ができるでしょう。もちろん、ソフィアにも。その人たちがマリアの代役を務める必要はないんです」

飾りのない物言いに、ステラは心を温められた。それでも、熟慮を要する事柄が山積している。「考えさせて」と返事をした。

ひとりになったステラは、自分が示した反応を懸命に分析しようとした。ソフィアに、そして――素直に認めるなら――マイケルに好意を感じていなければ、事は簡単だっただろう。しかし、考えは少しも前に進まなかった。〝友人〟という言葉がマイケルにとってどういう意味を持つか定かではないが、部下である男性に対して自分が差し出せるのは、節度を保った友情だけだろう……。

電話をかける用があったことを思い出した。まずは、ダンスだ。

「フィールディングのことで話し合っていたの。チャールズとアーサーとわたしで。何か、聞いておくことはある？」

漠然とした問いに対して、ダンスは具体的な答えを返してきた。「ポルノ雑誌のことを言っていただろう？　何も出てこなかった。予約購読をしたり、ポルノショップをうろついたりという形跡はない。『黒い女神たち』は、もらい物かもしれないな」

「おかしいと思わない？」ステラはこだわった。

長い沈黙のあとに、低い声が響く。「あんたは、おかしいと思っているんだな？　テイルマンの件と同様に」

ステラは椅子に坐り直した。刑事部長が抑揚を欠いた声で言う。「いつでも話してくれ、ステラ。その気になったら」

返事をする前に、電話が切れた。


自宅までの運転時間が長く感じられた。

考え事をしながら、玄関への階段をゆっくりとのぼる。無意識にドアをあけ、中に入って無意識に閉めた。と、靴底が何かを踏みしだくのを、足の裏と耳の両方で感じた。たじろぎつつ、壁にある照明のスイッチに手を伸ばす。触れ損ねたあと、手探りでスイッチを入れた。いつもどおり、アルコーヴとリビングルームの照明が同時に点く。

足もとに、〝プラハの嬰児〟が落ちていた。胴体が砕けて散らばり、頭がもげている。聖衣だけが無事だった。

目に涙があふれた。母を喜ばせた贈り物が……。クリスマスの母の思い出。マーズ家に不意打ちのような破綻が訪れる前の……。

ほかにも異状があるのに気づいた。大きな異状。壁のスイッチだ。

衝撃が毛穴をくすぐった。

ステラは毎晩、家に入ると同時に壁のスイッチを上げて、両方の明かりを点ける。ひとり暮らしの女ならではの習慣だった。暗い家が、指を一本動かすだけで、明るく安全な場所になる。しかし、今夜は違った。

家の中は暗かったのに、スイッチはすでに上がっていた。ステラが帰宅する前に侵入して像を壊した人間が、それぞれの照明をじかに点け、出るときに壁のスイッチを上げて消したのだ。うっかりか、故意にか……。

家は静まり返っている。

スターがいない。すぐに脚にすり寄ってきて、食事をねだるか、構ってほしがるはずなのに……。猫の安否への懸念だけが、ステラを今、ここに踏みとどまらせていた。

息を整えて、侵入者のたてる音がしないかと耳をそばだてる。

何も聞こえない。

神経を研ぎ澄まして、一階を探し始めた。リビングルーム、食堂、キッチン。ドアと窓も調べてみた。侵入の形跡も、猫の気配もない。

そろそろと階段をのぼった。のぼりきったところで、ためらい、おののきながら、通路の明かりを点ける。

寝室には誰もいなかった。ベッドカバーの裾が乱れ、わずかに窪んでいる。

背後に視線を走らせたあとで、ひざまずいた。ベッドの下の暗闇から、緑色をした猫の眼球が見つめ返してくる。

ここまで来た誰かが、追い込んだのだ。

ステラは手を伸ばした。人差し指が舐められるのを感じて、すばやくスターを抱き寄せた。慰めの言葉をささやきかける。「もうだいじょうぶ。わたしがついているから」

立ち上がって、スターを抱いたまま、ほかの場所も調べた。

誰もいない。

勇気を奮い起こして階下に戻り、猫に餌をやった。アルコーヴにひとりたたずんで、壊れた像をじっと見つめる。

ステラはやっとの思いで破片をかたづけた。明けがたまで眠れなかった。

6

土曜日の朝、ステラは自分のオフィスにいた。

窓の外には、黄昏を思わせる灰色が広がる。吹き降りの霙が霧のように宙を舞って街の風景を濁らせ、そのなかに、ドルイド教の遺跡よろしく、球場の塔門が突き出していた。ステラの机の上には、犯行現場で撮ったトミー・フィールディングとティナ・ウェルチの写真が雑然と並べてある。

新たな発見は何もない。フィールディングは相変わらず眠りに囚われたアドニスで、ウェルチも相変わらず潤いのない倦み疲れたようすを漂わせ、その腕には、相変わらず注射針が刺さっている。とはいえ、大きな変化があった。ステラはフィールディングとスカーベリーとをつなぐ証人ふたり――カランとひとりの娼婦――に会っていて、そのうちのひとり、車に乗り込むウェルチを目撃したほうが死んだ。そして、誰かがステラの家に侵入した。

絶えず跳ね回っているスターが、小像を蹴飛ばして、自分でその結果におびえたという可能性もある。しかし、今になってみると、照明のことも、侵入者の動機についても、確信が持てた。何も盗まれず、小像以外は何も動かされていなかった。あれは警告なのだ。ステラに身の危険を感じさせる一方で、もしブライトや警察に訴え出た場合には、被害妄想と映るよう仕組まれていた。もはや誰を信じることもできない女が相手なら、造作もない脅しの手立てではないか。

　トミー・フィールディングの写真に目を凝らす。穏やかな顔つきだ。ハム・サンドイッチをつくり、ビールを半分飲むところは想像できるが、その前に車でスカーベリーに向かったり、その直後にウェルチから注射を打たれたりする姿は想像できない。それと同じように、ジャック・ノヴァクが黒いストッキングをはく場面、悪意に満ちたセックスの相手からクロゼットに吊るされる場面も、思い描くことはできなかった。

　あの晩、ジャックに電話をかけたのは誰なのだろう？　ミッシー・アレンとの享楽を中断させるほどの権威を持ち、なおかつ、二杯のスコッチを用意させるほど親しい知人とは？　あるいは、アレンがうそをついているのだろうか？　ふいに、別の考えが湧き起こった。ジャックを殺害した犯人も、ステラの家に侵入した人物も、痕跡を残していない。発見されるのを意図したものだけだ。砕かれた像と、体の一部を切断された死体。

　ステラは職業別の電話帳を開いて、家庭用の警報機を扱う企業を二社選び、電話をかけた。そして犯行現場の写真をかたづけてから、車に乗ってワルシャワに向かった。

聖スタニスワフ教会に入ると同時に、抱きかかえられるような感覚を味わった。少女が頭上数十メートルに及ぶ天井の薄暗い広大さを仰ぐ姿を見ていると、同じ年ごろの自分が、この場所でだけ感じていた畏敬の念がよみがえった。やがて、意外なことに、ソフィアがステラの手を取った。

その華奢な造りが伝えてくる脆さに、ステラははっとした。そんな感触を覚えるのも、子どもと接した経験があまりに少ないせいで、みずからの幼少期の幻影に包まれながら、夢見心地でいたからだろう。

そもそも、自分がここにいるのが意外だった。マイケルから電話があり、三人で昼食をとらないかと誘われたのは、けさのことだ。静かすぎるキッチンに立っていたステラは、母の小像の置いてあった場所をぼんやり眺めながら、深い考えもなく、ソフィアがワルシャワを訪ねたことがあるかどうかと尋ねたのだった。

そして今、ステラはソフィアのわきにひざまずいている。「どう？」

「大きすぎて、怖い」少女が答えた。

わたしも怖いの。ステラは胸の中でつぶやいた。言葉にできないほど、自分でもわからないほど、怖いのよ。「わたしもそうだったわ。そのあと、ここがどんなにすてきな場所かをよく考えたおかげで、穏やかな気持ちになれたの。その話をしてもいい？」

少女が厳粛な面持ちで考え込んだ。やがて、両腕を突き出す。ステラは記憶をたぐって、それが信頼のしぐさであることを思い出し、相手の欲求を汲み取った。難なく抱き上げた体は、はかないほどに軽く、肱に少女の息づかいが感じられる。

マイケルの存在を忘れて、ふたりは身廊にたたずんだ。

ステラは小声で話して聞かせた。製鋼所で働く人々がここに集うようになった経緯。フレスコ画の謂われ、そして、ステラの曾祖父のような人々と家族たちが、いかに節約と自己犠牲を重ねてその費用を捻出したか。その後三世代にわたって、ステラの妹であるケイティの式も含め、ここで催された結婚式のようす……。ステラは、当たり障りのない話を選んだ。神話の残酷さや、ステンドグラスに描かれた聖スタニスワフの殺害については省略し、実の妹の結婚式に招かれなかったという現実にも触れなかった。話の合間には、自分が望み焦がれていた子ども時代を描いてみせた。

それは日常から抽出されたものだった。結婚式、ダンスパーティー、学校生活、キャベツや、母が作るピロシキの匂い――じゃがいもとチーズが詰まった半月型の柔らかな生地、母の誇りの源である味、それゆえに秘伝とされたレシピ……。除外されたのは、父の不機嫌、母の恐れ、あるがままの娘を直視できない両親と、それがもとで長女の心に育まれた決意、などの要素だった。不快な真実をあえて告げる必然性はない。ソフィアが求めているのは、ステラの声の穏やかな響きなのだから。

　しばらくしてから、ふたりは赤柏材(あかがしわ)でできた古い信徒席に腰を下ろした。ステラの過去の物語にあやされて、ソフィアはもう落ち着きを取り戻している。真実の全体像がどれほど痛々しいものであろうと、この教会は、今もステラと切り離せない場所だった。幾千のポーランド人の誕生、死亡、洗礼、婚姻の事実が記された何冊もの革装の記録簿。建物のわきにある〝永遠に忘れまじ(ク・ヴィエチュネイ・パミエンチ)〟と刻まれた慰霊碑には、ステラの大叔父も含めて、第二次大戦の戦没者七十二人の名が残されていた。一都市への、今なお続くポーランド人たちの貢献——アマサ・ホールの強欲さの副産物——に、当のホールの子孫たちは与(くみ)していない。ゆるやかなやすらぎのなかに、ステラは、殺人や裏切りや内心の不安からの逃げ場を見出(みいだ)した。こうして他人の娘と寄り添って坐(すわ)り、今、その隣りに少女の父親が腰を下ろす。三人のほか、教会に人の姿はなかった。

　ややあって、マイケルが遠慮がちに口を開いた。「お母さんみたいに、ピロシキを作れるんですか？　それとも、お母さんは誰にもレシピを教えなかったとか？」

　先刻の話を聞いていたらしい。ステラは笑みをこぼした。「訴追のほうがずっと得意だけど、ソフィアが手伝ってくれれば、なんとか作れるかも」

　ステラとソフィアの合作は、ヘレン・マーズの手になるきれいな半月型のピロシキから生まれた突然変異種のような体裁になった。それでも、ステラの家のキッチンに漂う香りは、紛れもなく母の手料理と同じものだ。

「出来の悪さをパパに内緒にしてくれるなら」ステラは言った。「わたしも言わないわ」

ソフィアに出来の良し悪しが判断できるはずもない。しかし、その目は、秘密を共有する喜びに輝いている。大人との関わりで子どもが何をいちばん望むかを、ステラは思い出した。一人前に扱われることと、自力で愛顧を勝ち取ることだ。ソフィアが木のへらを使って、フライパンに載った不恰好なピロシキをつつき始める。「これでいい？」

ステラは事務的に考えた。料理も医学も原則はほとんど同じだ。〝害なきが何より〟。その基準でいうなら、ソフィアがこの夕食らしきものをだめにする恐れはないに等しい。ふと、今のわが身をその基準に照らしてみたい気持ちになった。心もとない孤独な思いをかかえながらソフィアと向き合い、ことによるとあまりに安易に自分と重ね合わせているこの見知らぬ女が、果たして〝害なき〟存在と言えるのだろうか。

「上出来よ」ステラは請け合った。

食事のあとはマイケルが洗いものを引き受けた。ソファに坐ったステラとソフィアのあいだで、スターが伸びをする。少女に撫でられると、猫はいぶかしげにステラの顔を見た。

「スターはどこから来たの？」と、ソフィア。

ステラは、どこかの地下室で飢死しかけていた猫が、発見され、動物愛護協会に保護された顚末を話した。ソフィアはじっとスターを見ながら、口をはさまずに聞いていたが、最後の救出のくだりになると、猫に頰を寄せて言った。「もうだいじょぶよ」

そのようすを見て、ステラは、子どもから大人への道筋にある大小さまざまの岐路に思いを巡らした。人はそれぞれ、何かの星の下に生まれる。ステラ自身も、両親にとってそもそも異質な存在として生まれてきたような気がしていた。けれど、ソフィアの生は、母親に見捨てられたことで平衡を失い、父親とのあいだに、互いの傷をかばい合う重い責務を介在させてしまったのだ。そんな少女が、知り合ったばかりの大人の女を相手に、これほどくつろいだ時間を過ごしているのが不思議だった。

「うちでは猫ちゃんを飼えないの。世話をする人がいないから」

ソフィアの表情は読めなかった。長い睫毛に覆われた、七歳という年齢には稀なほど潤いのあるまなざしは、スターにじっと据えられている。しかし、その口調に、同情を買おうという意図は感じられなかった。単なる事実を述べつつ、子どもとしてのソフィアは猫を欲しがり、女性としての、父親のパートナーとしてのソフィアは、自分たちが置かれた状況を甘受している。

「スターは一日じゅうひとりぼっちだけど、気にしていないみたいよ」

ソフィアが顔を上げて、ステラを見た。「でも、マーズさんがいるでしょ」ビデオテープを持ったマイケルが、戸口に立っていた。いつからそこで見ていたのかはわからない。ソフィアに向かって、「『ベイブ』を観ようと思って、持ってきたんだ。ビデオデッキがどこにあるか、マーズさんに聞いてごらん」

大人ふたりは居間のソファに坐って、スコッチをロックで飲んだ。ソフィアは二階のステラの寝室で、子豚のベイブが絶体絶命の危機を逃れる姿を見守っている。マイケルの計算では、少なく見積もっても十五回目ということだった。

「奇跡的な救出劇というやつが大好きなんです」マイケルが顔をしかめる。「救う役と救われる役、どちらに自分を投影しているのだろう。「スターの話も、夢中で聞いていたわ。でも、子どもはたいていそうでしょう」

マイケルが首を振って異を唱えた。「それだけじゃない。相手があなただからですよ」

違うわ。わたしは自分が可愛いくて、仲間が欲しいだけ……。しかし、あえて説明したくなかった。黙ってもうひと口スコッチを飲むと、体に温もりが広がった。

「あなたは、どんなふうだったんですか？」

ステラは声をあげて笑った。「七歳のころ？　お転婆だったわ。今も全然変わっていない、と思う人もいるでしょうね。近所の女の子たちとは、あまり共通点がなかった」

マイケルが口もとをゆるめる。「その子たちと同じようになりたかった？」

「なれるとは思わなかった」素直に答えた。「でも、運がよかった。成長するにつれて、そのことでわたしを嫌う人は、ひとりもいなくなったみたい」

近所のワンダ・ルトスラウスキーに、賞賛と紙一重の口調で〝媚びない子猫〟と呼ばれていたことは、話さなかった。生まれながらのリーダーで、誰が後ろからついてきているか、振り返って確かめることもしない少女だと評され、おかげで派閥争いやつまらない嫉妬に悩まずにすんで気が楽だったということも、話せなかった。その代償が孤独であり、周囲の目には、誰ひとり、何ひとつ必要としない人間と映ったとしても、自他ともに認める存在でいられることが、埋め合わせとなった。ただし、ジャック・ノヴァクに対するときだけは、あるべき自分を判断するのに、他者の顔色をうかがっていた。あれ以来、自我が傷つくほどの距離に人を近づけたことはない。

マイケルがステラの顔を見つめる。「今でも、幼なじみの人たちと顔を合わせることはあるでしょう？」

「たいていは、教会でね」父の言いつけを自分の意思であるかのようにかたくなに守り続けて、聖スタニスワフに足を向けなかった時期については、触れなかった。「みんな、自分の子どもの話をするわ」笑みを浮かべて、「それから、殺人事件の裁判のことをいろいろききたがる。いまだに、わたしのことを〝スター〟と呼ぶ友だちもいる」

マイケルも笑みを返して、「ラテン語の〝星〟から来てるんですね」

ステラはうなずいた。「九年生のバスケットボールのチームにいたとき、マーガレット・ストゥパクに、自分の名前が大嫌いだっていう話をして以来よ。人の記憶って、おかしなものね。ワルシャワの外では、誰もわたしをそんなふうに呼ばないわ」

「だから、その名前を猫に貸してやった、と」

手を伸ばして、ステラはスターがいちばん喜ぶ額を撫でてやった。「いいえ。この子が取ったのよ」

それからしばらくのあいだ、ふたりは言葉を交わさず、リビングルームの照明が織り成す光と影のなかに坐っていた。マイケルは会話のための会話を欲していないらしく、それがステラには心地よかった。ソフィアが必要としていたのも、この感覚だったのだろう。時間をともにするだけでステラが満たされ、それ以上何も望まないという感覚。

「マリアのことだけど」ステラは沈黙を破った。「ソフィアはよく母親の話をするの？」

マイケルが自分のグラスをじっとのぞき込む。「それほどじゃありませんね。たいていは思い出話です」

先を続けるべきかどうか、ステラはしばし迷った。「ソフィアは――」思い切って言う。「あの子は、母親が戻ってこないのを知っているのね」

「なぜ、そんなことを？　あの子が不安定だから？」

「ええ。それに、あなたを気づかっているようだから」口調を和らげて、「あなたの心にも傷があることを、ソフィアは知っているんだと思う」

マイケルが沈痛な表情を浮かべ、ソファの上でもぞもぞと身動きをする。自信に満ちあふれた男くさい一面と、父親としての心もとないようすとの落差が、今またステラの胸を打った。

ステラはぐっと膝を乗り出し、けれど口調は平静を保った。「ソフィアといると、あの年ごろの自分を思い出すの。言葉に置き換える前に、いろいろなことを感じ取っていたころ。両親がどんなに不幸かとか、父の怒りは不安の表われなんだとか……。あなたは、うちの両親にまねができないほど深く、ソフィアのことも、自分のことも理解している。でも、ソフィアだって、いろいろなことを感じ取っているはずよ。マリアがあなたたちにした行為は、隠しようがないと思うの。大事なのは、その苦しみからソフィアを解放してあげること。あなたにできる最良のやりかたで」

マイケルが目をすぼめて、ソファをじっとにらむ。「だから、あの子はあなたといるのが好きなのかもしれません――あなたは前向きで、痛みを引きずらない」ふいに真顔になって、ステラの顔を見上げた。「それに、あなたがそばにいると、あの子はぼくの心配をしなくてすむのかもしれない」

「それは、わたしにとっては少し心配な状況ね」

「なぜです？」

ステラは息をついた。「その気がなくても、知らないあいだにソフィアを失望させていたという結果になりそうだから。それこそ、あの子が望まない事態でしょう」

マイケルが唇の端に笑みを浮かべる。「マリア幻想の代わりに、今度はステラ幻想を胸に宿すというわけですか」

そう言われて、ステラは自分の懸念が厚かましすぎたことを感じた。「ソフィアが代理を欲しがるように仕向けてはいけないわ。そういう感情には、別のはけ口を見つけるべきよ。だから、きょう、あなたたちに会っていいものかどうか、迷ったの」

暗がりに輝く茶色い瞳のせいで、マイケルの顔が、やつれたように、けれど優しげに見える。「それなら、そのことについて話すべきかもしれません」

淡々とした静かな口調。なのに、ステラは勘が働き、肌が火照るのを感じた。

「娘のためだけにお願いしたわけじゃない。自分のためでもあったんです」

ステラは無言で相手を見つめた。

マイケルが首をかしげる。「あなたを困らせたくはないんですが……」

かぶりを振って、「困ってはいないわ」

「でも、意中の人がいるのでは……」

「いいえ。誰もいない」ステラはやるせない気持ちで考えた――マイケルなら、良識の掟を理解してくれるはずだ。温かみを欠くものではあっても、それは、ステラにとって至上の枷だった。「わたしたちは同じ職場で働いているのよ。どれだけ多くの職場恋愛が、お互いの顔も見られないような結末を迎えると思う？」

「ぼくがそんなふうにふるまうと思いますか？」と応じたあと、声を和らげる。「ぼくはあなたと時間をともにするのが好きで、あなたに惹かれてる。こんな気持ちになるのは、マリアが家を出て以来、初めてです」

峻烈な感覚が駆け抜け、ステラはマイケルと愛を交わす自分を胸に描いた。衝撃が喉をふさぐ。自分をごまかせるほど初心ではないし、だからこそ逆に、マイケルへの気持ちを単なる友情だと信じおおせてきたのだが、今、そのうそが露呈した。

「わたしも、あなたとともにする時間が好き」やっと言葉が口から出る。「ソフィアのことも、とても好き。でも、友だち以上のものになろうとしたら、お互いを傷つけ合うだけだわ。あなたはマリアを――少なくとも、胸の中にあるマリアの像を――まだ愛している。それに、わたしはとても身勝手な女だから、あなたにもソフィアにもふさわしくない」

マイケルは片腕をソファの背に掛けた。穏やかな声で問う。「本気で、自分のことをそんなふうに思ってるんですか？」

いいえ、と言いたかった。しかし、確信が持てなかった。「あなたは十二歳のときに、マリアを選んだ。そしてこれからは、三十代で選んだ相手と過ごさなければならない。でも、その相手の人となりを知るには、しばらく時間がかかるはずよ」

マイケルがテーブルにグラスを置き、身を寄せてくる。片手がステラの腕に軽く触れた。ニューヨークの夜のことが頭に浮かぶ。初めて、そして最後に、マイケルが触れた夜のことが。「試せることもあるでしょう?」と、マイケル。

ステラは答えなかった。自分の心臓の鼓動が聞こえる。

ゆっくりと、マイケルが手の位置を上げて、ステラのうなじをそっと支えた。互いの顔が近づき、ステラは、相手の目をのぞき込んでから目を閉じた。顔をそむけはしなかった。

マイケルの唇は温かく弾力があり、かすかにスコッチの味がした。ステラは身を委ね、一瞬だけキスを返した。そしてうつむく。それでも、ぬくもりの余韻は去らなかった。

マイケルがささやく。「ただ時間だけを、ぼくにください」

ステラは身を離して椅子に深く坐り、じっとマイケルの顔に見入った。「わたしにも、時間が必要だわ。考える時間が。心の準備ができていなかった」

マイケルの指がそっと顔に触れる。ステラはおどけた表情をこしらえた。「もう子豚の映画が終わるころよ。二本立てを観せる必要はないと思うわ」

頬をゆるめたマイケルが、「ようすを見てきます」眠り込んだ娘がおぶさっていた。「結末は階段の暗がりを下りてくる父親の背中に、眠り込んだ娘がおぶさっていた。「結末は知ってるはずですから」

微笑みながら、ステラはドアをあけた。マイケルが言う。「ありがとう。いろいろと。ふたり分のお礼を言います」

「こちらこそ」

一瞬、ふたりを引き留めたくなった。壊された小像のことや、つけ狙われている不安を、マイケルに打ち明けられたら……。けれど、思い直して戸口にたたずみ、ふたりを見送った。下方の歩道を進む父娘の影が、駐めてある車に近づいていく。

家に入って鍵をかけたあと、ステラは知らず知らずのうちに、〝プラハの嬰児〟の置き場所にできた空白をじっと見つめていた。

その晩は眠れなかった。マイケルとソフィアのことが頭から離れず、マイケルにかき立てられた官能が、どうにも静まってくれない。

あらゆる音が耳に入ってきた。通りがかりの車がたてるくぐもった排気音、古い暖房器が蒸気を吹き出すうなり。目を覚ましたスターが、毛づくろいをしたあと、ふたたび眠る前に喉を鳴らす響き。そのとき、ブレーキをかける音と、急にエンジンを止めたときの、むせるような音がした。

車のドアを閉じる音や、歩道に響く足音がしないかと、耳を澄ませる。

何も聞こえない。

明かりを点けずにクロゼットまで歩き、ローブを羽織って窓際に近づいた。

眼下の歩道によどむ闇を、三軒先の街灯が淡く照らし出している。ただし、マイケルの車があった場所には、見覚えのない車が駐まっていた。古くて特徴のない、日本製とおぼしき濃色の小型車。近隣の住民のものではない。

そのまましばらく、ステラはその車から目を離さなかった。それから、寝室の戸口に行くと、廊下の明かりをつけた。

驚いた猫が、目をしばたたく。一瞬待ったあと、ステラは窓辺へ戻った。窓に近づくと同時に、ふたたびエンジンをかける音がした。

先刻の場所が空いていた。テールランプの赤い光が遠ざかっていく。ヘッドライトを消していることだけが、どうにか見て取れた。

ベッドの縁に腰かけて、二日前の侵入者のことを思い返す。

どこも壊さずに、どうやって侵入したのか……？　部屋の空気が、急に冷たくなったような気がした。

7

翌朝の明けがた、疲労でざらつく目をこすりながら、ステラは走りに出かけた。すでに昇った太陽はくっきりと輝き、湖から吹きつける寒風が、吐く息を白く曇らせる。道路の下方、左手にある低い崖(がけ)の裾(すそ)の湖岸では、打ち寄せる波が岩に砕け、白い飛沫(ひまつ)を上げていた。前方に目をやると、はるかかなたに、子どもの玩具(おもちゃ)のような高層ビル群がきらめく。あたりには誰も見当たらず、風音(かざおと)のほか何も聞こえなかった。

走りながら、ステラは後方に目をやった。

トヨタ製とおぼしき茶色いぼろ車がついてくる。かなり距離があるせいで、運転手もナンバープレートも識別できなかった。見た目がひどく汚く、レッカー移動される廃車寸前の車に見えた。ただし、今にも止まりそうな速度とはいえ、自力で動いている。ステラは首を戻してまた街のほうを向き、走り続けながら三十秒数えた。それから、肩越しに振り返った。

まだこちらに向かってくる。同じ距離を保ちながら、同じ速度で走っていた。

ステラの全身が張り詰めた。

すばやく選択肢を頭に巡らす。立ち止まって、あの車が止まるかどうかを確かめることもできる。しかし、今はひとりきりだ。これが偶然ではなく、身に迫る危難だとしたら、防護のすべはないに等しい。気がつくと、車は数秒で追いつく距離に近づいていた。

ステラはだしぬけに湖岸沿いの道からそれ、家へ向かう横道に入った。

ふたつの街区を、後ろを振り返ることなく駆け抜ける。家に入り、閉めたドアにもたれかかると、風に冷やされた顔に汗が伝い落ちた。車はもう視界になかった。

アーミン・マーズは、暗がりに坐(すわ)っていた。

ステラはいつもと同じく、初めの数秒間、死に向かい合ったかのように身がすくむのを感じた。なぜ自分が無意識のうちにそっと歩き、穏やかに話しているのか、その理由はわからない。大声を出しても、なんの不都合もないのに。

父はもう長いあいだ、こんなふうに心の奥底に引きこもり、目に何も映さず過ごしていた。動きは痛々しいほど緩慢で、見ていると、それぞれの所作を完遂できないのではないかと心配させられる。サンドイッチを食べ終えるのに、数分ですむこともあれば、数時間かかることもあった。食べ残しを手にしたまま、もう忘れているのかと思うと、ふたたび手が動きだす。まなざしは依然として虚(うつ)ろだった。

病に抗おうとする断続的な兆候は、すでに消えていた。例えば、何かを思い出すために、同じ言葉を何度も書き連ねたメモ用紙。ヘレン・マーズの写真をじっと見つめて過ごす時間——結局は、記憶を取り戻せないことにひどくいらだち始めるので、ステラはその写真をよそへやってしまった。そして、自分とステラの関係を尋ねる、癇癪交じりの質問。「わたしはあなたの娘よ」と説明すると、娘を認めなかった長い歳月を追想し始めるのだった。

今、娘は父の前に坐っていた。かすかに姿勢を正した父のしぐさで、ステラの存在を認識していることがわかる。無害な音を遠くに聞いたかのような動きだ。かつて怒りの炎を宿していた黒い瞳には、関心も敵意も浮かんではいない。

「お待たせ」ステラは父に声をかけた。

娘の声は、薄れるにはあまりに深く刻まれた記憶を呼び覚ますのか、それとも、廊下から流れてくるテレビのうなりと同じくらい、意味のない雑音に聞こえるのか？　医者たちにもそれはわからず、ステラも気にかけてはいない。こうして父を訪ねるのは、自分自身を、そして同様に父を、人間として遇する営為だった。だからこそステラは、ナース・センターの清潔さや、病室の明るさ、熟練した忍耐強い付添い人が父を名前で呼び続けることを重視している。だからこそ、ここの費用を支払っているのだ。

「こんにちは、父さん」もう一度、声をかけた。

返答はない。ステラは苦笑を洩らした。かつて娘が抱いていた父親像——娘を拒絶すると同時に、恐れていた父——を思えば、この沈黙には優しさすら感じられる。ここにいる父は、怒りの涸れた抜け殻であり、黙って娘の話に耳を傾け、気にかけてくれている……そんな他愛のない想像を、ステラは心の隅に育んでいた。

「今週はさんざんだったわ」ステラはこぼした。「まだジャックの事件も解明できないし、なくなったファイルも見つからない。フィールディングの事件でも、唯一の目撃者が喉を切られて死んでしまった。他人を信用したり、自分の行動について話したりするのはやめたわ。自分のことさえ、信じられないくらい。

そうそう、〝プラハの嬰児〟像のこと、覚えている？　誰かが家に入り込んで、ばらばらに壊してしまったの。今、その連中が、わたしのあとをつけているのよ」

アーミン・マーズが娘の声に応ずるように、体の向きをわずかに変える。互いの視線が合ったことにうろたえたステラには、一瞬、身震いする程度の短いあいだ、父が以前の父に戻ったように見えた。

父の手を取って、ささやきかける。「聞こえるの？」

父は身じろぎもしない。ステラの夢想——古い願望の再生——の中では、この動作が、娘の言葉に全神経を傾けている証拠だった。ステラは顔をそむけた。

「ある男の人がいてね……」

聞こえていないのは承知していた。これまで、父の症状が一段進行するたび、さらなる悪化のしるしを受け入れてきたのだ。当初、父はステラを、ワルシャワの友人、それも六歳のときからの知人だと思い込んだ。やがて、その友人のことも忘れてしまった。次に、ごく簡単な選択を迫るだけでいらだつようになった。そして、話せなくなる直前には、何に対してもいらだたなくなった。かつて娘が望んでやまなかった受容の構えを、ようやく身につけたのだった。

「名前はマイケル。娘がひとりいるの」小さく声に出す。

ステラは両手で父の片手を握り続けていた。父のもう一方の手が、体のわきから持ち上がり、鎌首をもたげた蛇さながらに、くねくねと動く。あまりにゆるやかなそのしぐさは、手が独自の命を持っているようだった。

「わたし、その人を好きになれそう。ふたりを、好きになれそうなの。でも、踏み出すのが不安で……」言葉を切り、父の膝(ひざ)と握り合った手をじっと見つめ続けながら、抑えた声できく。「父さんも、そんな思いをしたの？」

長い沈黙が訪れた。みずからの告白が、返答を望めない質問が、頭の中にこだまする。そのとき、父の空いたほうの手が、先ほどと同じもどかしい動きでふたたび持ち上がり、ステラの両手に重ねられた。

ステラの目に涙が湧(わ)き上がる。もう一度顔をのぞき込むと、父は眠りに落ちていた。

家に入りながら、ステラは周囲に目を走らせた。荒らされたようすはなく、スターも脚にすり寄ってくる。壁のスイッチも、普段どおりだ。

猫に餌をやろうとキッチンに入ると、留守番電話に伝言が残っていた。たちまち胸が躍る。その気分の変わりようは、自分でも意外なほどだった。マイケルだろう。

再生のボタンを押した。

「こんにちは」ソフィアの声がする。「きのうは、パパもあたしも、楽しかったです」背後にくぐもった声が響く。ソフィアが何か言い足すことがあるかと問うと、父親の声がした。「とても、楽しかったです」

再生が終わったとき、ステラは声を出さずに笑った。それから二階に上がり、ＣＮＮのニュースを観た。

8

朝一番のコーヒーを注ぐ間もなく、受付から内線が入った。〈プレス〉のダン・リアリーが待っているという。「こちらに通して」と答えたあと、三十秒で準備を整えた。

マスコミに対するステラの方針は単純だ――絶対にうそをつかず、話せないことがある場合は、そう伝える。とはいえ、ノヴァクとフィールディングの件については細心の注意が必要だろう。ステラ自身の野心も絡むのだから、なおさらだ。リアリーは、殺人ではなく市政に関する記事を担当している。一歩間違えれば、チャールズ・スローンに有利な足がかりを与えたり、アーサー・ブライトの評判を下げたりするような、まずい結果になりかねない。しかし、リアリーが戸口に現われたとき、ステラの顔には、平静さと歓待の表情しか浮かんでいなかった。

「ご用件は？」

リアリーが椅子に坐る。細身の体軀に、鋭角的な顔立ちと、白いものが混じり始めた髪。記者にありがちな、おもねるような態度を示すことはない。油断のなさと疑り深さ、押しの強さを使い分けるのが、この男の常套手段だ。「ジャック・ノヴァクのことです。ちょっとした情報を仕入れましてね。まずは、あなたにきくのが筋だと思ったので」

頭の中でかすかに警鐘が鳴る。「わかったわ」

椅子に深く坐り直したリアリーが、メモと鉛筆を取り上げて、目を向けた。抑揚のない口調で切り出す。「あなたとノヴァクは、恋人同士だった」

ステラは胆が据わるのを感じた。法廷につきものの不意打ちに慣らされたおかげで、今では無意識にそんな反応をするようになっていた。危機に見舞われると、感じるより先に思案を巡らす。「陳述のように聞こえるけど、それは質問でしょう？　最近のジャックは、とても口数が少ないはずだから」

相手の笑みには、穿鑿を生業とする人間のまっすぐな客気が感じられた。「知っているのは、ご当人たちだけではありませんよ」

「おや、そう？　わたしたち以外の誰？」

「それは明かせませんね」口調に不遜の色合いが濃くなる。「で、事実なんですか？　違うんですか？」

「事実とは？　わたしの言質を取って、下世話なうわさ話をスキャンダルに昇格させようというの？」冷静な声音を保ちながら、「煙に巻く気はないのよ。あなたがものにしたと思っているねたと、その出所を教えてくれれば、質問には答えるつもり。例えば、ふたりの関係は、いつから始まったことになっているの？」

リアリーが椅子の上で、パンチをかわすように上体を傾けた。「あなたの口から聞かせてくださいよ。情報源が信頼に足るかどうか、確かめたいので」

「情報源？　あなたに情報源があるとは思えない。あなたが何かをつかんでいるとは思えないの」口調を険しくして、「そこまでわたしのことをよく知っているわけではないでしょう？　だから、知るための後押しをしてあげるわ。わたしはうそをつかないし、純情ぶるつもりもない。あなたは、誰かに利用されているのよ」

リアリーがむっとした表情を浮かべたが、さすがに敏腕記者らしく、それを虚勢に転じようとはしなかった。「匿名の電話があったんです」

「内容は？」

「あなたは何年かノヴァクと付き合っていた。そういう関わりを持つ人物に、客観的な捜査は期待できないだろう、と」

ステラは相手をにらみつけた。「わたしたちの〝関係〟は、いつ終わったことになっているの？　それを聞けば、記憶がよみがえるかもしれない」

リアリーは冷静で、うろたえるようすもない。「それは言いませんでしたね」

「だから、あなたはわたしに認めさせたがっている。わたしは認めないし、語らないわ」

肩をすくめて、「わたしは真っ先にここに来たんですよ。行き先はほかにもあったのに」

「あら、ご心配なく。あなたの質問には答えるつもりよ。でも、その前に、こちらからもききたいことがあるの。簡単な質問。例えば、その電話の主は男か女か」

返事に詰まったリアリーが、自分の上着から、ありもしない糸くずをつまみ取る。

「わからないんです」

いやみを返そうとして、ふとある映像が頭に浮かび、ステラは言葉を呑み込んだ。首を吊られ、鏡の中で揺れていたジャック。あのとき、ミチェリが言った。『電話をかけてきた人間は、性別がわからないように声を変えていたでしょうけど』。「どんな感じの声だった？」さりげなく尋ねる。

「しゃべりの速度を落とす機械を使っていたようで、低く、はっきりしない声でした」

好奇の響きが聞き取れた。「ボリス・カーロフ演じるフランケンシュタインみたいな」

あるいは、ジャック殺害犯みたいな、とステラは胸の中で言い足した。「あなたは直通の電話番号を持っている？」

ステラの意図を読んで、関心をそそられたような顔つきになる。「ええ」

「その電話は、直通でかかってきたの？　それとも、回されてきた？」

「直通でした」

「番号を知っているのは……？」

「わたしの家内。それにあなたがた——つまり、取材相手です」

「一般市民なら、受付を通すでしょうね」しばし考え込んでから、「どうやら、あなたは何もつかんでいないわけではないらしい。その電話の主は、わたしを困らせたくて、性別を知られたくなくて、なおかつ、あなたの直通電話番号を手に入れることができる。これは何を意味すると思う？」

「あの電話をかけてきた——もしくは裏で指図した——のは、あなたを郡検事にしたくない人物……」

「でなければ、単にわたしを事件の捜査からはずしたいのか」

「かもしれない」消極的な同調のしるしに、ひきつった笑みがよぎる。「なぜなら、あなたとノヴァクのことが事実で、その人物は、そのことを知っているから」

「そして、わたしが否定しないことも知っている」ひと息ついて、「始めていい？」

うなずいたリアリーが、ことさらジャーナリストらしく、鉛筆の先をメモに当てる。

「ロースクールに通っていたころ」ステラは話し始めた。「わたしは、ジャックの事務所で弁護士補助員として働き、学校を卒業する直前、一九八六年に辞めた。

それまでの約一年半、わたしたちは男女の間柄でもあった。詳しく説明する気はないけれど、いっしょに住んでいなかったことは言っておくわ。十三年前、わたしがここで働き始めてからは、偶然にしか顔を合わせなかった。わたしが一度も麻薬課に配属されなかったから。

二年前、わたしは殺人課の課長に任命された。そして二週間前、ジャックが誰かに殺され、その事件をわたしが担当することになった。以上でおしまい」

「おしまいではありませんよ。ノヴァクはあなたの元恋人で、元雇い主で、あなたの今の上司の友人でもあり、ごく最近、異様な死を遂げている。こういう事実は、あなたが客観的でいることの妨げになりませんか？」

ジャックにまつわる苦い記憶が、ステラの脳裡に去来した。モロの訪問。殺されたハイチ人。地下の資料室を調べる原因となった一連の審理……。確かに、自分は客観性を欠いている。この事件とは切っても切れない関係にある。だからこそ、最後には自分の力で解決できると思うし、だからこそ、誰かがそれを邪魔したがるのだろう。義憤の気持ちをかき立てて、切り返した。「倫理上の問題があると言いたいの？　十三年も前に終わった交際と今回の事件とがどうつながるのか、説明してもらえるかしら」

相手の出かたを探るつもりだった。しかし、情報源からなんの示唆もなかったのか、リアリー自身に明かす気がないのか、曖昧な答えしか返ってこなかった「倫理の問題ではありませんよ。単なる良識ですよ。ブライト検事としては、政治的にたいへん親しかった人物が犠牲者なんですから、ノヴァクと個人的に近くない人間を担当させたいと思うのが普通でしょう。検事自身とあなた、両方のためにね」

初めて不快感を表に出しそうになって、ステラは気持ちを抑え込んだ。公正なる政治の擁護者を自認するダン・リアリー――。ステラ自身の感情が絡んでいなければ、こういう事態が襲いかかってくることは予測できたはずだ。ブライトとのあいだに、共通の問題をかかえているのだから……。「殺人課の責任者として、局の仕事に支障が出ないよう努めるわ」

リアリーが眉を上げた。「いずれにせよ、わたしはこのことをあしたの記事にするつもりです。ついては、電話の返事をいただけるよう、ブライト検事に伝えてください。もしご自分の考えを有権者に伝えたいのであれば」

記者が去ったあと、ステラは机をじっとにらんだ。

大きな難局だ。とりあえず、誰がどんな目的でリアリーに通報したかは問題ではない。ステラは送話器を手に取って、ブレンダ・ウォーターズに内線をかけ、速やかにブライトの所在をつかんでくれるよう頼んだ。

スティールトン・パレス・ホテルの中二階でブライトをつかまえたときには、正午を回っていた。検事は、家庭内暴力防止基金の資金集めのために講演を行なう直前だった。その福祉活動は、ステラにとっても重要な意味を持つ。ごく個人的な理由で上司を遅刻させてしまうかと思うと、自責の念に駆られた。舞踏室の入口近くで、選挙運動員がひとり、やきもきしながら待っている。ブライトが冷静に応じてくれたことが救いだった。

「十三年前か」思いやりを感じさせる、穏やかな声。「そんなことを覚えているのは、いったい誰だ？」

「候補は多くありません。わたしの家族、ジャックの受付係と秘書。それに、わたしが打ち明けた相手──あなたですね。ジャックが誰かに話したかもしれませんが、当時のわたしは人付き合いが少なかったので、わたしの口からは誰にも話していません」

ブライトが横目で返すまなざしには、繊細さとえぐるような鋭敏さが同居していた。

「犯行現場にいたとき、ナット・ダンスが知っているように感じました。どうやって知ったのかは、わかりませんが」

金縁の眼鏡越しの視線が、鋭さを増す。「過去から逃れるすべはない。きみも、いまだに逃れられずにいる。きみがジャックの麻薬絡みの裁判のことを掘り返すにあたって、スローンがあれこれ言うのも、すべてそこなのだ」

ステラは腕を組んだ。「〝そこ〟を追求するのに、チャールズはどこまでやると思いますか？」

「リアリーに電話をするところまで、と言いたいのかね？」ブライトの背筋が伸び、顔つきが険しくなる。「チャールズはけっしてそんなことはしない。第一にあの男は、きみが思っているほどの策士ではない。第二に、きみの足を引っ張ることは、わたしの足を引っ張ることだ。そもそも、わたしはきみとジャックの関係をチャールズには話していない。その必要もなかった。きみが麻薬課への配属を望まなかったからな」

黒人特有の、軽快だが皮肉な調子で、「いいかね、お嬢さん。頭の中を整理するとしよう。われわれはともに、ノヴァクに関わる問題を背負い込んだ。きみは自分の問題をわたしに隠したことはない。だから、責めはすべてわたしにある。いつものように」

ステラは何も答えなかった。今も隠し事をかかえていて、それが上司の赦免の言葉をいっそう聞きづらくするとは、とても言えなかった。

「きみを今降ろすとしたら、それは事件後のきみの行動が理由であるべきだ。さもないと、〈プレス〉がここぞとばかりに、わたしが当初から知っていた事柄をほじくり返すだろう。わたしの体面にも、きみの体面にも傷がつく。お互い、手に入れたい地位というものを持つ身だ。

だから、リアリーにはこう言うつもりだよ。ステラ・マーズは望みうる最高の部下であり、それゆえに殺人課の長を務めているのだ、と。その当人が今回の件を扱えると言っている以上、リアリーとしては反証を示す必要がある。そして、きみが司法試験を受ける前にジャックと交際していたという事実は、反証の要件を満たさない」

その言葉に感謝しながらも、ステラは、おびえた猫のこと、壊された像のことを思い返していた。「わたしもそう思います。でも、誰かがわたしをつけ回しているんです」

ブライトが、補佐役のほうを一瞥(いちべつ)する。そして向き直り、かすかに口もとをゆるめた。

「つけ回されているのは自分だと、ほんとうに思っているのかね？」

答えられずにいるうちに、ブライトが背を向け、舞踏室へと歩き出す。演説を控えた候補者の姿だった。


「調子はどうです？」マイケルが言った。

ステラは顔を上げて、戸口に立つ相手に目をやった。ためらいがちな笑みと、問いかけるようなまなざし。ステラは、喜びと当惑、そして迷いを同時に感じた。「最高とは言えないわね。ドアを閉めてもらえる？」

ドアを閉じたマイケルが、気がかりな表情で腰を下ろす。「何かまずいことでも？」

「まず、〈プレス〉とのあいだにちょっとした問題が持ち上がった」腕を組んで、「わたしは、ノヴァクの下で働いていたとき、あの人と付き合っていたのよ。匿名の電話がダン・リアリーにかかってきて、そのことを伝えたらしいわ」

さまざまな心の動きが、マイケルの顔に表われた。驚愕(きょうがく)、関心、ほのかな嫉妬(しっと)……。

視線はステラの目から離れない。「だとすると、ノヴァク殺害の捜査は楽じゃなかったでしょう」

「楽ではなかった。あの人が死んだせいで、考えたくもないことを次々に思い返す羽目になったわ。当時でさえ、あの人については知りすぎていたし、多くの疑いも持っていた」ひと息ついて、うわずりそうな声を抑える。「ジャックとのことは、わたしにとっていい経験ではなかった。みじめな時期だった。自分を見失っていたの」

マイケルが真剣なまなざしを注いだ。「ノヴァクのせいで？」

「わたしには、ほかに誰もいなかったのよ、マイケル。ジャックはそのことを見抜き、わたしの弱点も見抜いた。でも、あの人がわたしを利用したのと同じくらい、こちらもあの人を利用した。ジャックの力添えがあったから、わたしは父から解放されたし、ここでの職にも就けた」

「その一方で、ひどい仕打ちも受けた？」

どう答えたらいいかわからず、ステラは口ごもった。思いを吐露することにも、その見返りに同情を得ることにも、慣れていない。恐れと欲求とが錯綜し、平静さの土台を揺るがしていた。「そうね」とだけ言う。

触れたいと願うように、マイケルが身を乗り出したが、叶わぬことと悟ったようだった。「あなたについて知りたいことが、山ほどある。今すぐここを飛び出して、どこかで話ができればいいのに……」

ステラは首を振った。「それも、同じ職場にいることの難点ね。わたしたちは、こうしてドアを閉めて坐り込み、ジャック・ノヴァクについて話している。密かに抱き合えばすべてがかたづくとでもいうように」笑みをこしらえて、「わたしは抱いてもらうことを望んでいるのかもしれないわ。でも、わたしの務めは、誰があの人を殺したのか、なぜ殺したのかを突き止めることよ。もちろん、わたしがつけ狙われるその理由も」

マイケルが考え込むように目を伏せた。「ブライトに話したんですね？」

「アーサーは、わたしがここで働き始める前から、ジャックとのことを知っているの。わたしをこの件から降ろすつもりはないと言っていたわ」

マイケルが顔を上げて、問いたげな視線を向ける。

「無謀だと思う？」ステラはきいた。

「友人として答えていいですか？　悪いほうに転ぶと、無謀だったということになるでしょうね。特に、あなたの野心に関しては」

自分でも承知していたが、マイケルの口から真実を聞かされると、気持ちが沈んだ。

「この件を避けるわけにはいかないのよ」

「明らかに避けてほしがってる人間もいます」

あなたが知っている以上に、とステラは声に出さずにつぶやいた。「それなら、力を貸してくれる？」

「何をすれば……？」

「ジャックのファイルの扱いを、保留にしてあったわね。当初の予定どおり、あのファイルを、それも最後の数年間のものを、重点的にもう一度よく調べてほしいの。おかしな支出や、操作された事件、とにかくジャックのほかに不正を働いた人間がいそうなところを。そう、警官とか、判事とか」

測るような視線をステラに据えたまま、マイケルが自分の鼻をこすった。「またモロのことに立ち戻る気ですね？」

「その必要がないと納得できるまでは」

マイケルが口をつぐむ。しばらくしてから、「わかりました。スティールトン二〇〇〇のほうは後回しにします」

その声には、勢いを削がれた不満がにじんでいた。「今現在、球場建設に関して、何か目新しいことはある？」

「たいしたことは何も。レイクフロントの社長、コンラッド・ブリームについて調べたところです。ブリームは税理士で、不動産、主に共同住宅を扱ってます。クラジェクとの明確なつながりはなし。クラジェクへの献金の記録にも、ブリームやレイクフロントの名はありません」いったん言葉を切ったあと、口調が鋭くなった。「献金者名簿に、アライアンスの名がありました。思わぬ収穫です」

「ロックウエル所有の少数民族系建設会社？　思わぬ、というほどではないでしょう」

マイケルの不満の原因は、そこにあるらしい。「ホール・デベロップメントに乗り込んで、フィールディングの記録を調べたいのね？」

　マイケルがうなずく。「少なくとも、文書提出命令を送るべきです。特に、アライアンス関連の書類が失われるようなことがあると困ります」

「アーサーの決裁を仰がないと……。政治的判断の部分が大きすぎるわ。でも、向こうも書類は破棄しないでしょう。そんなことをすれば、ＭＢＥの規定遵守に対する補助が受けられなくなる」

　マイケルが疑うような表情を見せた。口には出さなくとも、ここに至って、ステラの判断や優先順位のつけかたに疑問を感じているのは間違いない。ステラは改めて、今以上にマイケルとの仲を進展させることの弊害を肝に銘じた。声を和らげて、「スティールトン二〇〇〇の捜査を忘れたわけじゃないわ」

　困惑を表に出すまいとするマイケルの努力がはた目にわかり、ステラはますます息が詰まった。ぎこちない笑みを浮かべて、「ほら、もうわたしと口を利かなくなっている」

　マイケルが声をあげて笑い、ステラの気持ちをほぐした。真顔になって、「何より、ぼくはあなたを理解したい。もう二度と、人を見誤りたくないんです」

　立ち上がったマイケルが、ポケットに手を入れ、小さなゴム製の鼠を取り出す。「ソフィアからスターへのプレゼントです。ひとりぼっちで留守番してるのは寂しいだろうって」

あれほど露骨にソフィアを疎ましがっていた気ままなスターが、当の少女の同情を買ったのかと思うと、おかしかった。しかし、投影というのは、子どもにはよくある心理機制だ。「スターのはしゃぎっぷりを、今夜電話で報告すると伝えて」

マイケルが頬をゆるめる。「それはありがたい。スターが気に入ってくれるといいんですが」

ステラも笑みを返した。「謹んでスターのスポークスマンを務めるわ」

にこやかな表情で、マイケルがオフィスを出ていった。一時的に張り詰めた気持ちも、とりあえず和らいだらしい。

ステラの気持ちは、しかし和らがなかった。ノヴァクの事件は、あまりに深くステラの過去と絡み合っている。恋人候補としてのマイケルが興味を示すのも無理はない。それを別にしても、同じ職場にいると、緊張や誤解、重圧が生まれる。ドアを閉めてふたりきりでいたことも、周囲に気づかれないとは言い切れない……。

電話の鳴る音が、思考に割り込んできた。

「ピーター・ホールです」電話の向こうの声が名乗る。「お願いしたいことがありまして。ぜひ、色よいご返事をいただきたい」

我の強さを押し出しながらも折り目正しいその口調に、ステラは、意外にも心を揺さぶられた。だが、その理由をゆっくり考えている時間はない。事務的に応じた。「どの程度のお願いでしょう？」

「昼食をごいっしょに。あすはどうです？」

さらに意外なのは、ここで返事に詰まったことだった。「どういうことでしょう？トミー・フィールディングのことで、ですか？」

「お望みなら、そうします。しかし、わたしは、あなたのことをお話ししたいんです」とまどったステラが黙り込むと、ホールが言い足した。「お付き合い願えませんか？」

立ち上がったステラの胸中で、警戒心と好奇心が交錯した。違う状況下でなら、ホールとの昼食を断るいわれはない。とはいえ、ホールのほうにも、ステラに誘いをかけるいわれはないはずだ。現下の問題は、立場上のことだった。間接的にではあれ、ステラはホール・デベロップメントを調査中の身なのだ。しかし、逆に考えれば、何かを知るのにいい機会かもしれない。なぜホールが接触してきたのか、その理由も含めて。

「わかりました」肚(はら)を決めて、そう返答した。

9

ホール・デベロップメントの役員室は、ガラスと鋼鉄から成る四十階建ての高層ビルの最上階にあり、ピーター・ホールのオフィスに張られた一面ガラスの窓からは、湖岸地域が一望できる。ステラとホールは、部屋の隅に置かれた円形のガラスのテーブルについて、窓の外を眺めた。市役所、裁判所、暗い灰色によどむエリー湖の水面。真下に球場が見下ろせ、角度が急すぎるせいで、ステラはめまいを覚えた。

ホールがステラの視線を追う。「だから、ここにオフィスを構えたんです。われわれにとってあの球場は、単なる抽象的概念でも、青写真の束でもありません。何もないところからあの球場が建ち上がるのを、見守ってきたんです」

口ぶりに、控えめな情熱がこもっていた。自作に言及する芸術家か映画監督のようだ。身に着けたブルー・ジーンズとデニムのシャツが、その印象を補強している。豊かなブロンドの髪を無造作に額に垂らした姿は、目前の仕事に夢中で取り組む男のものだった。人目を気にしない態度のせいで、恵まれた容貌がいっそう際立って見えた。

「どういう気持ちがするものなんでしょう？」ステラはきいた。

ホールがステラを正面から見つめる。「わたしの曾祖父は、この街に製鋼所を建てました。以後三世代、わが一族は鉄鋼で生計を立ててきました。この二世代、つまり父とわたしの代には、この街が滅びかけている事実に目をつぶってしまった。この球場によって、わたしたちは、ふたたび何かを築き上げているという実感を取り戻せるんです」

その簡潔な説明が、ステラの耳に皮肉のこだまを残した。なんの不足もない富豪だったホールの父親が、ステラの父親を苦境に立たせたのだ。しかし、ホールが描いているこの街の再生、ことによると自己の再生も、ステラが求めているものと同じだった。

「湖岸地域についてはどうですか？　何か計画が……？」ステラはきいた。

質問の意図を測るようにためらいの間があいたが、それも一瞬のことだった。「トム・クラジェクが計画を立てています。球場がうまくいけば、もうひとつ、新たなプロジェクトが始まるでしょう。レストラン、商店、そしてたぶん、ショッピングモール……。市長は、湖岸地域をひとつの財源だと言っています」

だとすると、マイケルの見通しが正しいのだろうか。この球場は、周辺の地主の懐を潤す、不動産ゲームの第一段階なのかもしれない。ステラはサラダをつついてから、室内を見回した。ホールの机の上に、十代前半とおぼしきブロンドの少年と少女の写真が載せてある。束の間、ホールの私生活に気を引かれたが、すぐ自分の用件に意識を戻した。「この街の不動産業者は、すべてご存じなんでしょうね？」

ホールが改めて静かなまなざしを投げた。紫がかったブルーの瞳が、長い睫の下からのぞく。何より強くステラの心に迫るのは、そのさりげない雰囲気だった。しかし、最も巧みなはかりごととは、まったくそれらしく見えないものなのかもしれない。「現に営業している不動産業者なら、すべて知っています。少なくとも、めぼしい業者は」

「レイクフロントという会社に聞き覚えがありますか？　あるいは、コンラッド・ブリームという名の税理士に」

小首をかしげ、かすかに口もとをゆるめて、「両方とも存じません。検察官に尋問されているような気になるのは、なぜでしょうね」

「検察官としておききしたんです。ただし、あなたに関わる尋問ではありません」

ホールがミネラル・ウォーターを飲んだ。品のいい物腰だが、好奇心を隠すそぶりはまったくない。「きのうの電話で、トミーのことをおっしゃっていましたね」

ステラはうなずいた。「なんでもないことかもしれませんし、彼の死の真相が見た目どおりのものではないという証拠もありません。でも、フィールディングがMBEに提出する報告書を二カ月分滞らせていたのを、ご存じでしたか？」

「ええ」声に初めて屈託の響きが混じる。「その遅れを、今取り戻そうとしているところです」

「提出を遅らせるような人でした？」

ホールがステラの視線をとらえた。「いいえ」間を置いて、唐突に言い足す。「アライアンスのことを気にしているんですね？」

あきれるほどの直截さだ。ステラはきき返した。「あなたはどうなんです？」

ホールが顎を撫でた。テーブルをにらむ目が、思案げにすぼまる。「わたしはただ、どう話せばいいかを気にしているだけです」

ステラは待った。証人になりそうな相手には助け舟を出すものではないと、もうずいぶん前に学んでいたからだ。その思惑を察したかのように、ホールが顔を上げて微笑む。

「この話をしても、あなたは驚かないでしょうね」前置きをしてから、「わたしには建設すべき球場があり、市長には勝つべき選挙がありました。だから、ホール・デベロップメントとしては、建設工事の三十パーセントを確実に少数民族へ割り振る必要があったんです。そこでわれわれは、ラリー・ロックウェルに白羽の矢を立てました。

ロックウェルは世界一の少数民族系建設業者でしょうか？　それは疑わしいですね。では、アライアンス社との契約は、われわれにとって、そしてスティールトンにとって、経済的な負担となるものでしょうか？　これはもう、疑うべくもありません。

トミーも同じ考えでした。彼の職務は、アライアンスに担当分の仕事をさせて、分け前を受け取らせること。と同時に、わが社の予算超過を最小限に抑えることでした」

相手の率直さに感応するように、ステラも率直な問いを発した。「アライアンス社は現実に担当分の仕事をこなしたんですか？ あるいは、アライアンス傘下のほかのMBE業者が……？」

ホールがしばし、冷ややかな視線を注ぐ。やがて口を開くと、「あなたがきいているのは、トミー・フィールディングが、わが社と市の監査官の目を掠めて不正を働いたのか、ということですか？ そんなことをする人間だとはとても思えないのに、と？」

ステラは首を振った。「わたしがきいているのは、不正があったかどうかです。それがどう進められたのか、誰の仕業かについて、なんの見解も持ち合わせていません」

穏やかな声音のほかに、この問いかけを侮辱と区別するものはなかった。それでも、ホールの自制心は揺るぎを見せない。「検察局には、わが社より豊富に資料が揃っています。疑問があれば、答えは手に入るでしょう」息を継いだあと、初めて声に棘を含ませて、「それが市民としての美徳に関わるもので、市長選に関わるものでないかぎり」

まじろぎもしないその目を、ステラはじっと見返した。「この質問の出所は、アーサーではありません。わたしです」

視線をそらさず、ホールがおもむろにうなずく。「では、わたしにできるのは、わが社の資料を用意することですね。提出命令は不要です。一週間もあれば用意できますよ」

心憎いまでにまっすぐな対応だ。弁護士も、先延ばしも、言い逃れもなし。ステラは言った。「では、一週間後に、こちらから連絡します」

「わかりました」ステラの皿に目を走らせて、「食が進まないようですね。違うものを持ってこさせましょうか？」

「いえ、結構です。ありがとう」

ステラのことを話したいから、この席を設けたということだった。しかし、ステラとしては、今以上のことを知りたがっているそぶりを見せる気はない。あたかもいとまを告げるように、ナプキンをテーブルに載せた。

ホールが背を伸ばし、当惑ぎみの笑みを浮かべて、ステラの顔をうかがう。「お招きした理由があったんですが、あなたのご質問のせいで少々話しづらくなりました」

ステラは懸命に笑みを繕った。「だとしたら、お詫びします」

心を決めかねるようにステラを見つめたあと、ホールが唐突に口を開く。「ダン・リアリーのコラムを読みました。あなたの邪魔をしたがっている人間がいるようですね」

完全に虚を突かれた。例の記事は、覚悟していたほどひどい内容ではなかった。匿名の通報、ステラの是認、ブライトの擁護、ステラの業績の詳述。そして、今のところ、テレビ局からの電話取材が一件あっただけだ。ステラは、新聞社への通報を威嚇射撃、記事のほうを〝膿出し〟ととらえていた。ホールも同じ解釈をしたらしい。

「実は、喜んでいるんです」ステラは言った。「十三年前までさかのぼらないと醜聞にぶち当たらないほど、自分が平凡な人生を送ってきたということを。まさに白骨化した色恋沙汰(ざた)ですものね」

ホールが両手の指先を合わせた。「立候補の意思に変わりはありませんか？」

ステラは好奇の色を隠さずに相手を見つめた。「なぜ、そんなことを……？」

「あなたを取り込む気はありませんから、ご心配なく。実のところ、一時間前に比べると、話す意欲がうんと萎(な)えてしまっているんですが、言いたいことはふたつあります」

ステラは一瞬迷ったが、誘惑に抗(あらが)えなかった。「うかがいましょう」

「まず、チャールズ・スローンが狡猾(こうかつ)な拝金主義者だということです。この街の政界をむしばむ悪徳を、すべて体現している。私利私欲に走る。袖(そで)の下の受け渡し。そして、未来を見通す力は皆無」言葉を切って、口もとをゆるめる。「反論してみますか？」

ステラは知恵を絞り、ホールの郡検事に対する嫌悪(けんお)感を逆手にとって、申し分のない返答をひねり出した。感情を込めずに、「スローンはアーサー・ブライトとは違う、とだけ言っておきます」

ホールが唇を嚙(か)み、やがて笑いだす。魅惑的な女の繰り出す機知に、下心の矛先をかわされた男の役を、みごとに演じきっていた。「一本取られましたね。第二戦に持ち込んでもかまいませんか？」

「どうぞ」

「あなたもまた、アーサー・ブライトとは違う」真顔に戻って、「あなたが球場建設を支持していることは知っています。だから、公正な判断を下せるかたとして信頼できる。声を大にして言っておきますが、こちらが求めるのはそれだけです。そして、わたしがスローンよりあなたに好感を持つ理由も、そこに集約されています。

この街の政治は、息も絶え絶えの状態です。人種間の争い。利益団体同士の争い。ローマが燃えているさなかに、さもしいネロどもが、財宝の奪い合いに興じている。トム・クラジェクすら例外ではありません。あの男は理想家ではなく、五十一パーセントの票を積み上げるすべを心得ているにすぎない――有利な争点をかぎ分ける術です。政治的信条という面では、ブライトに軍配を上げたいぐらいですよ。わたしと同じように考える有権者の数が多ければ、ブライトが市長になってもおかしくはない」身を乗り出し、声を和らげて言い足す。「それが、あなたのことにつながります」

「どうやって……？」

「ブライトが市長になれば、あなたが後釜に据わるチャンスが出てくる。ダン・リアリーはともかく、〈プレス〉があなたを後押しする可能性だってあります。今まで聞いたかぎりでは、あなたの理念は正しいと思います。消費者を守り、家庭内暴力の罪を問い、義務を果たさない父親たちの責任を追及する。検察官の職務を単なる〝警官と泥棒ごっこ〟で終わらせない姿勢があります。しかし、スローンは何年もかけて準備を整えています。人脈を作り、人前に姿を見せ、スティールトンの黒人政治家をひとり残らず味方につけている。ただし、最も重要な人物だけは別かもしれませんが」ふたたび声を低めて、「ブライトはひたすら沈黙を守り続けていますね。彼があなたを支持する見込みはあるんですか？」

答えるべきかどうか、ステラは迷った。しかし、ホールの率直な態度、ステラが掲げる職務方針への理解、市政を見据える観察眼の確かさには、関心を引かれた。「ええ。見込みなら」

「ブライトの推薦は、確かに有益でしょう。しかし、勝つつもりなら、好むと好まざるとにかかわらず――ちなみに、わたしは好みませんが――資金作りは欠かせない。コンサルタント、通信、広告、テレビ、ラジオ、運動員、事務所などを購う資金です。若くて認知度の劣る候補者がスローンと闘うには、どれも必要な武器でしょう」

その分析は、ステラの気を滅入らせると同時に、的を射たものでもあった。目減りしていく貯金、老耄を重ねる父、悪感情剝き出しの妹のことが、頭をよぎる。「経済面での援助は望めません。郡の選挙では、五百ドルという献金の枠があります。自腹を切るといっても、たかが知れているし。立候補した場合は、手持ちの資金で精いっぱい戦うしかないでしょうね」

ホールは相変わらずこちらに目を据えている。「誰か、参謀はいるんですか？」

「いいえ。まだ」

「わたしが考えていたのはそこです。そこが穴になっていますから。ブライトが市長に当選した場合、仮の後継者は、どうやって選ばれるんです？」

「特別選挙が行なわれます。でも、まず最初に、民主党の地区委員二千人ほどが投票を行ない、党の候補者を選びます」難関を列挙するうちに、気分がささくれ立つのを感じた。「わかっています。その投票が実質上の選挙となることも、投票者の大半がスローンと昔なじみであることも……」

「なるほど。では、資金に限界があるという事実は、地区委員による投票に関して、どんな意味を持つでしょう？」

いきなり現実に殴りかかられたような気がした。羞恥と屈辱を、と同時に、奥深い本能に逆らう希望の兆しを感じた。まっすぐにホールの目をのぞき込んで、抑えた声で言う。「わたしには何もない、と言いたいんですね」

そっとなだめるように、ホールがステラの手に触れた。「あなたが何を考えているかはわかります。だから、それがわたしにどう見えるのか、知ってもらいたいんです。

わたしはこの街のことを深く気にかけています。チャールズ・スローンが司法の頂点に立つところは見たくありません。そして、わたしは知っています。ひとりの魅力的な候補者が、テレビやラジオに頻繁に登場し、なおかつ本選挙を戦い抜くだけの軍資金を手にすれば、どんなに鈍い地区委員でも、票を投じたくなってしまう」声が熱を帯びてくる。「そういう事態が起これば、選挙戦はすっかり様相を変えるでしょう。

本来なら口にするべきことではありませんが、スティールトン二〇〇〇については、どうか隅々まで調べてください。わたしが案じているのは、何かが——例の暴露記事とか、資金不足とか、ブライトのスローン支持表明とかが——あなたを戦いの場から追い出してしまうことです。あなたに踏みとどまってもらうための助力は惜しみません」

ステラは自分の感情を整理しようと努めた。法を信ずる気持ち、誘惑への不安、目の前にいる特権階級の男への不信感。そして人生で初めての、まばゆいばかりの展望——自分の野心が金銭の制約を受けなくてすむという突然の期待感。それがどういう心持ちのものか、ピーター・ホールに想像できるだろうか。相手の顔をうかがうと、そこには、自分の信念に沿って応援したいという意欲しか浮かんでいなかった。「ありがたいお言葉です。でも、聞かなければよかったと思っています」

申し出を拒まれた有力者の怒りが返ってくるのを覚悟した。しかし、ホールはゆっくりとうなずく。「わかります。抜け穴を利用するのは、理想的な解決策ではないですからね。しかし、チャールズ・スローンを選ぶのも、理想的な解決策とは呼べませんよ」

立ち上がって、窓辺に近づく。ほっそりした色白の横顔に髪がもつれかかった姿は、大海原を眺めているかのようだった。

「金が何をするか、わかりますか？」おもむろに口を開く。「さらなる金を生むんです。わたしは、指一本動かさなくても金持ちでいられたでしょう。そして、球場が完成したあかつきには、さらに金持ちになるはずです。

あなたは自分で自分を創っている。わたしは、曾祖父に創られました。べつに不満はありませんが、わたしには、意義のあるやりかたで金を使うことしか残されていません。だから、ストーンブルックの家を売りに出して、スティールトンに戻ってこようと思っているんです。死んだ妻のことがなければ、とっくにそうしていたでしょう」ステラのほうを向き、言葉を吟味するように話す。「とてつもなく感傷的で、甘ったるく聞こえるかもしれません。しかし、わたしの祖先は、あなたの祖先のおかげで金持ちになり、そのおかげで、今のわたしがあります。その借りを返して、街のためになることができるなら、これほどうれしいことはありません」

疑念と感動とが、同時に押し寄せた。「ありがたいと思います。でも、この話はもうおしまいにしてください。自分の行動に——仕事についても、検事選に立つことについても——影響があると困りますから。こういうことは、落ち着くところに落ち着くはずです」

ホールがわずかに口もとをゆるめた。「もしそうなったときは、せめて夕食に付き合っていただけますか？」

10

家に帰り着いたのは十時近くで、ステラには考えることがたくさんあった。しかし、最初に頭に浮かんだのは、もはや安全ではいられないということだった。

スターが脚にまとわりついてくる。何も異変はないようだ。キッチンで餌をやり、ワインを一杯注いだあと、リビングルームに入って腰を下ろした。

きょうの夕方、エリー郡法律家協会で行なった演説は、上出来だった。慎重を期して万人受けを狙ったのがよかったのだろう。ブライトとステラの株が上がるような流れで暴力犯罪の有罪宣告率に関する概略を述べ、加えて、ステラが検察局に新風を吹き込む見込みがあることを、それとなくにおわせるよう努めた。しかし、身内とも言える法律家たちに好印象を与えるのは、そうむずかしいことではない。民主党の地区委員がひしめく会場での演説となると、簡単にはいかないだろう。党が推す検察局の次期リーダー候補として、ステラのほうが適任であることを、スローンの忠実な支持基盤に向かって説かなくてはならないのだ。そう思ったとき、ピーター・ホールの申し出が頭によみがえってくる。

ホールに告げた言葉にうそはない。あの申し出は聞きたくなかった。しかし、聞いてしまった。これからは、スティールトン二〇〇〇について考えるたびに、アーサー・ブライトの跡目を継ぐ最も確かな可能性と、ピーター・ホールの姿とを重ね合わせることになるだろう。自分の意思とは裏腹に、ホールと利害が一致してしまったのだ。

事の起こりは、ためらい、小さな妥協、〝よりよき善〟の模索……。わたしは〝よりよき善〟ではないの？　心の奥底から悲痛な問いが湧き起こった。ステラ・マーズこそ最良の候補、郡検事になるべき人間だ。しかし、ここまで来られたのは、自分が自分でいたからだった。別の人間になってしまったら、スローンより優れた、スローンと違いのある候補者でいられるのだろうか？　今でさえ、自分がホールのオフィスに入っていったときと同じ人間なのか、確信が持てない。

ある意味で、すでに方向を見失っていたのだ。あまりに曖昧な疑念のせいで、誰にも――ブライトにも、スローンにも、ダンスにも、ミチェリにも、マイケルにも――不安の全容をさらけ出すことができなかった。迷宮と化した仕事の中で、立ち往生していた。職務を恐れていた。自分の家を恐れていた。自分自身を恐れていた。

二階に上がり、服を脱いでベッドに入る。数分間、ことによると数時間、睡眠と覚醒のあわいにある薄闇の中で、悶々と寝返りを打っていた。電話が鳴って、飛び起きたときに初めて、いつのまにか自分が眠りに落ちていたことを知った。

けたたましい呼び出し音が、真っ暗な部屋に響く。ステラは半ば無意識に、ベッドの縁に坐った。ナイトテーブルの時計の赤い文字が、二時十七分を示している。

電話は何回鳴ったのだろう？　ステラは立ち上がった。応じるのも応じないのも、気が進まない。ジャック・ノヴァクが殺害される前なら、ためらわずに受話器を上げたはずだ。

かけてきた人間のＩＤは、〝専用回線〟と表示されている。

受話器を取ると、自分でも意外なほど冷静な声が出た。「ステラ・マーズです」

不明瞭な、気味の悪い声がした。「ごきげんよう、ステラ・マーズ」

誤った回転数でかけたレコードのよう……。次の瞬間、ステラは、ダン・リアリーの言葉を思い返し、形容を改めた。化け物屋敷の怪物の声。衝撃の余波で、吐き気が込み上げる。

「おまえのボーイフレンドのことを話そう」電話の向こうの声が言った。

思わず、唾を飲み下す。汚され、犯され、さらしものにされている気がした。見張られているという感覚に、身の毛がよだった。「おまえは、ボーイフレンドの妻のことを気にしている。よくも娘を捨てられたものだと思っている」

ステラは返事をしなかった。

ひずんだ声が続ける。「かといって、ヴィンセント・モロの手下の娘を引き取るわけにはいかない」

ステラは目を閉じた。

「大学とロースクールの学費を誰に出してもらったのか、ボーイフレンドにきいてみるといい。

なぜブライトの下で働いているのか、きいてみるといい。

なぜマリアが出ていったのか、きいてみるといい」声がささやきに近くなる。「寝物語に、教えてくれるかもしれない」

受話器を耳に押しつけたまま、ステラはふたたび坐り込んだ。わななくような反響音が、声をいっそう不気味なものにしている。機械で周波数を変えてあるのだ、とステラの中の理性が念を押した。「なぜ、わたしにそんなことを……？」

「おまえの身を案じているのさ。おまえのように、ほんとうの友人がいない女は、ひとりで死ぬことになりかねない。そろそろ担当する事件の数を減らしたほうがいい」

息を呑(の)んで、きき返した。「どの事件のこと？」

轟(とどろ)くような低い笑い声。「これで、おまえが何も知らないことがわかった。せいぜい勘を働かせて、それが当たるように祈るんだな」

反射的に、ステラは立ち上がった。「おやすみ」声が言う。「猫に餌をやるのを忘れずに」

かちりと音がして、電話が切れた。

ステラはバスルームに行き、胃の中のものを吐いた。

バスルームの鏡をのぞき込む。青ざめた、生気のない顔。じっとりと汗ばんだ額が光っている。よじれるように痛む胃には、何も残っていない。目の前に片手をかざしてみると、震えているのがわかった。

考えなさい、と自分に言い聞かせた。

うつむいて、流しをのぞき込む。

電話の目的は脅迫だ。しかし、その一方で、ステラが庇護(ひご)を求めるよう仕向けているということはないだろうか。信用すべきでない誰かを信用するように。あるいは、信用すべき誰かを疑うように。

仮にマイケルがモロと通じていたとして、なぜ、そのことをステラに知らせるのか？もっとも、それが立証不能だと知ったうえで、ステラを背信に満ちた絶望的な環境に追いやろうというのなら、話はべつだが……。そもそも、誰が、なんのために、ステラを排除したがるのか？

『これで、おまえが何も知らないことがわかった』――マイケルのことも含めて、という意味だろう。このままでブライトのところへ行くわけにはいかない。どこから手をつければいいのかもわからない。これ以上単独で行動することもできない。

身を震わせながら、寝室の窓辺まで歩いた。通りは薄明かりに照らされ、その先に、闇の厚い壁が立ちはだかっている。

〝せいぜい勘を働かせて、それが当たるように祈るんだな〟

ステラは電話機に手を伸ばした。わきにある敷物の上では、目を覚ましたスターがソフィアからもらった鼠(ねずみ)を齧(かじ)っている。

「ダンスだ」低い声が応じた。こんな時間に起こされても、職務に――殺人事件や警官の死亡、追い詰められた密告者などに――応じる態勢ができているらしい。

「ステラです」詫(わ)びもせずに言った。「今すぐ会いたいの」

ポーチに立つナサニエル・ダンスの大柄な影が窓に映り、ドアを軽く叩(たた)く音がした。ステラが明かりを点(つ)けると、ダンスの息が夜気の中に白く浮かび上がった。

ステラは無言で請(しょう)じ入れた。ダンスがリビングルームに向かう。いつになくその姿を注視していたせいか、中年も半ばを過ぎた刑事部長が、猫のような足取りで、音もなく優雅に歩くことにステラは初めて気づいた。ソファに腰を下ろし、前腕を膝に載せて、まったく表情のない顔をステラに向ける。

「コーヒーを淹れてあるわ」

ダンスは視線を据えたまま、そっけなく首を振った。

「この前の晩、ここに誰かが侵入したの。無理に押し入った形跡はなかった。誰がどうやって入ったかはわからない。侵入したとわかるような跡だけを残していったわ。

今夜は、誰かが電話をかけてきた。誰の声かはわからない。機械で声を変えていて、性別も不明。内容は単純で、今やっていることから手を引けと言うの。何から手を引くのか、引かないとどうなるかは、自分で判断しろ、と」

ダンスはまだ黙っている。気詰まりな一瞬の中で、ステラは、伏せておいたこと――電話の主がマイケルについて言っていたこと――を、ダンスが知っているのだと悟った。

ダンスがようやく口を開く。「あんたはずっと、隠し事をしてきたな、ステラ」

ステラは向かいに腰を下ろした。「隠し事？　誰かがわたしを裏切っていたのよ」

ダンスが両手を組み合わせる。怒りを抑え込むしぐさに見えた。「その誰かを、わたしだと思っているんだろう？」

去りやらぬ恐怖感に、疲労が重なった。夜半過ぎという時間と、ダンスの鋭い眼光が、現実離れした感覚をもたらす。「可能性はあるわね。あなたも、わたしに〝隠し事〟をしてきた。それは、あなたもわたしのことを信用していないからでしょう」

ダンスが目をすぼめて、「そちらが先だ」

束の間、ステラは躊躇した。それから、順を追って話していった。紛失したファイル、ナターシャ・ティルマンとの面談、フィールディングの死に関する疑問、MBE報告書の遅延。「これが何を意味するのかはわからない。でも、消えたファイルとティルマンの殺害は、無関係に発生したものだとはとても思えないの」

ダンスは口をつぐみ、無表情を保っている。やがて、「違う事件だ。つながりはない」

「どちらの件も、わたしに関わりがあるのよ、ナット」

ダンスは黙っている。顔も体も動かないせいで、呼吸のたびに上下する胸板が、何かを訴えているように見えた。「あんた以外に、今の話を全部知っている人間は……？」

電話をかけてからダンスが到着するまでの三十分間で、その答えは出してあった。マイケル・デル・コルソだけだ。しかも、鍵を貸したこともある。ステラは、夢と現のはざまにいるような心地で首を振った。「わからないわ」

ダンスが顔をしかめる。「誰かが知っている。そいつを見つけ出さないと、また死人が出ることになるかもしれない。例えば、あんたが」

喉の奥に、反論の言葉が引っかかる。マイケルのはずはない……。しかし、マイケルを信用できる根拠といえば、ステラ自身の直感だけだ。そして、少なくともジャック・

ノヴァクに関しては、その直感はあてにならないものだった。「違う方向から考えてみましょう。あなたもわたしを信用していなかった。それはどうして？」

質問を反芻したダンスが、いくぶん和らいだ視線を向けた。「あんたが不正を働いていると思ったからじゃない。あんたが正しいと思ったからだ」

「何について？」

「ノヴァクについて。やつは、不正な手段で依頼人の便宜を図っていた。それくらいは何年も前からわかっていたよ。誰かの協力がなければそんなまねができないこともな。だが、誰が協力者かはわからない。だから、そいつらがあんたの話に警戒して逃げるとまずいと思っていた」言葉を切って、穏やかに締めくくる。「わたしは、もうあんたがそいつらを逃がしてしまったと思っている。今夜の電話も、それに絡んだものだと」

「なぜ、そう言い切れるの？」

「あんたが、自説をさんざん披露してきたからだ。ブライトやスローン、カラン、デル・コルソ、ソール・ラヴィン、そして、わたしに――」

「ブライトとスローンは、わたしの話を広めてはいない。それは確かだわ」

形ばかりの笑みを浮かべて、「知っている。だが、あんたが疑いを表明していることに変わりはない。だから、あんたの追っている相手が誰であれ、あんたの話を聞きつけていないとは言い切れないだろう。でなければ、なぜそんな電話がかかってくる？」

ステラは考え込んだ。「だとすると、ジャックの協力者——あるいは協力者たち——がまだ現役だということね。だから、わたしの身にいろいろなことが起こった、と……。でも、手を引けというのが、フィールディングの件だとしたら？」

眉根（まゆね）を寄せて、ダンスが尋ねる。「電話帳に番号を載せているか？」

「載せていないわ、もちろん」

「番号を知っているのは……？」

「友人。検察局の人間。あなたもそうね。ほかにも、殺人課の警察官が何人か」

ダンスが身を乗り出した。存在感と体の大きさが相まって、家具が小さく、部屋が玩具（おもちゃ）のように見える。「十四年ほど前、わたしも同じような電話を受けたことがある。まだ麻薬課にいたころで、例のハイチ人が消された直後だ。

わたしもジョージ・フラッドを追っていた。ただし、目的は、あんたが見つけたあの一連の事件をかたづけて、できればジャック・ノヴァクを表舞台に引っ張り出すことだった。どんな手を使っても」

ふいにステラは寒けを覚えた。ダンスが低い声で続ける。「ノヴァクからモロにつながる可能性があるとは、気づかなかった。

二週間前までは、まだ気づかなかった。あんたの口から、ノヴァクのオフィスでモロを見たという話を聞くまでは。あんたは、ノヴァクがあのハイチ人をモロに売ったとにらんでいるんだな？」

「あなたは？」

返答はない。「わたしに電話がかかってきたのも、深夜だった。今夜と同じだ。声も変えてあった。だが、品のよさでは、あんたの相手に到底及ばなかったよ」抑揚を欠いた単調な声音で、「そいつは、わたしの偽装が見抜かれていて、売人たちもわたしの正体を知っていると言った。麻薬課を辞めなければ、わたしの女房と娘たちを犯しまくって、それから始末する、と。

そいつは、わたしの家も、妻のビアトリスの勤め先も、娘たちの学校の場所も知っていた。自分たちは執念深いから、じっくりとチャンスを待つし、妻か娘をさらうまでは、わたしの身の安全を保証すると言うんだ。わたしを生かしておいて、誰が最初に犯されて殺されるか、見届けさせてくれるとさ。

そいつの好みは、うちの末娘だった。いちばん痛がって、いちばん大きな声で泣き叫びそうだから」記憶がよみがえったのか、息を整えてから、「こちら側の誰かが、わたしに関する情報を流したんだ」

ステラのこめかみがうずき始めた。「あなたは、どうしたの？」

「五セント玉と、ビアトリスや子どもたちとでは、まったく話が違う。女房に話そうとしたが、できなかった」ゆっくりとかぶりを振って、「二十四時間、そのことを考え続けた。それから警部のところへ行って、これ以上麻薬課の仕事はできないと伝えた。即座に配置換え。今の今まで、その理由は誰も知らなかった」声が低く、小さくなる。「このことは、誰にも話してほしくない。今も。これからも」

「あなたは今も、電話の主が誰だったかを考えているのね」

ダンスの目がまっすぐ向けられた。「あんたのおかげで、指図したのが誰かについては、考える必要がなくなった。モロに決まっている。いまだにわからないのは、わたしがノヴァクを見張っていることをモロに伝えたのが、どの〝友人〟かということだ」

ダンスの顔に刻まれた表情は、今まで目にしたことがないものだった。癒（いや）しようのない憎しみ。わが子の身を案じるときの気持ちがどういうものか、ステラは想像してみた。無意識に、ソフィアのことが頭に浮かぶ。そのとき、脅迫者の言葉を思い出した。〝ヴィンセント・モロの手下の娘を引き取るわけにはいかない〟

身を震わせながら、ステラはきいた。「誰だったと思っているの？」

「単純明快だ。アーサー以外の誰かだよ」

疑念がステラの心に押し寄せた。ダンスの履歴の中に、ひとりの人物に対する盲目的な信頼の育つ余地はないはずだ。ステラの胸中を読んだように、ダンスがじっと見つめる。「あんたは聞かされていないと思うが、アーサーのところに求職に来たときのことを覚えているか？」

「ええ。アーサーはけっして気安い感じではなかった」

「面接の前に、わたしに連絡があった。ノヴァクのところから求職者が来るので、内々に身辺を調べてほしいと言われた。

そこで、わたしは少々かぎ回った。ふた晩ほど、あんたのあとをつけることまでした」声に皮肉っぽい響きを交えて、「格別興味をそそられたとは言えない。だが、ノヴァクと寝ているのがわかったから、アーサーにそう伝えたよ。

そのときのアーサーは、あまりうれしそうじゃなかった」言葉を途切らせ、自分の爪(つめ)を仔細(しさい)に眺めると、指を広げて、驚くほど上品なしぐさで目の前に扇のようにかざした。

「そのあと、またアーサーから連絡があった。あんたが自分の口から、ノヴァクの恋人だったと明かしたこと、麻薬課への配属を望んでいないことを聞いた」

ステラの頭の中で、数々の疑問が一挙に氷解した。ジャックの殺害現場で、なぜ自分とジャックの関係をダンスが知っていると感じたのか。初対面のブライトが、なぜあんなに冷淡だったのか。なぜ、最終的にステラを採用したのか。ステラは、最も重要だと思える事実を口に出した。「アーサーは、ジャックを信用していなかったのね?」

「当然だ。やつから選挙運動資金を受け取っていたとはいえ、検察局で好き勝手なまねをさせる気も、内部情報をやつに洩(も)らしそうな人間を雇う気もなかったはずだ」

三人の男がそれぞれ個室にこもり、互いに心を許すことができずに、事実を隠し合っている光景が、ステラの頭に像を結び始めた。「ジャックが殺されて以来、アーサーは、腐敗の追及にあまり熱を入れなくなった気がする」

　ダンスが見つめ返す。「そんな必要がどこにある？　市長になろうという人間なんだ。かつて検察局に問題があったとしても、わざわざ今、それをほじくり返すことはないだろう？」息をついて、静かに付け加えた。「あんたはきっと、ファイルが紛失したことをアーサーに伝えていないな。誰を疑っている？　アーサーか？　スローンか？」

　ステラは頬が赤らむのを感じた。そして、ふたたびマイケルのことを思い浮かべた。

「局内の人間よ。誰かはわからない」

「あんたにわからないことは、もっとたくさんあるよ。資料室には警備員がいない。法の執行に携わる人間なら、誰でも自由に入れたはずだ」突き放すように言う。「例えば、このわたし」

　ステラは身をすくめた。「あなたが、どうして？　アーサーの味方でしょう？　あの人に厄介事をかかえさせたくはないはずよ」それに、と胸の中でつぶやく。あなたにも、わたしと同じように、野心があるじゃないの……。

　険しい目つきと静かな口調で、「わたしは電話をよこした人間をつかまえたい。そして、わたしを売った人間を。だから、そいつがアーサーの部下でないことを願っている」

ふたりはしばらく口を閉ざした。「誰がジャックを殺したのかしら？」ステラが沈黙を破った。

「まだわからない。だが、おそらく、ミッシー・アレンではない」一瞬ためらってから、ぶっきらぼうに言い添える。「ここに押し入って、今夜あんたに電話をよこした人間だと考えるのが順当だろうな」

ステラは腕を組んだ。「その先にいるのは、モロ……？」

「公算は高い」立ち上がって窓辺へ行き、外に目をやる。「管轄の分署長に、あんたがおかしな電話を受けたと言っておこう」

ステラは相手から目を離さなかった。「もうひとつ教えて、ナット。ナターシャ・ティルマンの件。なぜ、あなたは現場にいたの？」

ダンスが振り向く。「たぶん、あんたと同じだ。二週間のうちに、娼婦がふたり——スカーベリーの一ブロック内にしては、死亡率が高すぎる」いったん黙ってから、ふたつめの非難を口にした。「ウェルチが消えるところをティルマンが目撃していたと聞けば、なおさらだな」

まだ先がありそうだった。しかし、ダンスはステラを守勢に回らせておくつもりらしい。何かほかに知っていることを、ここで明かす気はないようだ。ステラのほうも、もっと考えを練ったうえでなければ、マイケルのことを話すわけにはいかなかった。「それで、わたしたち、これからどうすればいいのかしら？」

「わたしたち？」いつもと同じ微苦笑。「わたしは刑事部長になったし、子どもたちももう一人前だ。だから、借りを返すつもりでいる。だが、あんたはどうかな？　どこまで首を突っ込むか、自分で線引きしておいたほうがいい。十四年前のわたしのように」

話ができすぎている、とステラは突然思った。まず脅迫電話がかかってきて、次に、十四年前の電話のことを聞かされた。もしかすると、これは脅迫の再来などではなく、ダンスがうそをついて、ありもしない昔話をでっちあげ、ステラに手を引かせようという罠かもしれない。そのとき、新たな疑惑が襲いかかる。電話をかけてきたのはダンス本人で、この作り話は、マイケルとステラの結びつきの強さを測る手立てだったのではないか……？　今、ステラに確信できるのは、アーサー・ブライトのもとへ行かねばならないということだけだった。

「わたしには、子どもはいないから」ステラは言った。

11

ステラが話を終えても、ブライトは黙り込んでいた。オフィスも静まり返っている。墓場のようだ、とステラは自嘲気味に思った。やっと朝の七時になろうという時間なのだから、べつに不思議はないが。

「決定を翻すしかないようだね」ようやくブライトが口を開く。「きみにノヴァクの件を任せるわけにはいかん」

穏やかに発せられた言葉に、ステラは動揺した。「なぜですか?」

自分の耳にも、それは間の抜けた応答に聞こえた。ブライトの厳粛な表情には、憂慮と不快感のせめぎ合いが見て取れる。「理由はいくつかある。この件には、私情が絡みすぎるようだ。きみが判断力を失っていることは間違いない。誰も信用できないというのだから」さらに穏やかな声で、「上司を信用できなくなったとしたら、それは任務を退く潮時だろう」

ステラは相手の顔をまともに見られなかった。公然と自分を支持してくれた上司を、頭の中でおとしめてしまったのだ。「申しわけありません。わたしが信用していないのは、チャールズです。ファイルがひとりでに歩いていくことはないでしょうから」

「それはそうだ。だが、チャールズはファイルを持ち出していない」

反論を許さない語勢があった。ステラは弁解めいた言葉を返した。「ファイルのこと以外、隠し事はしていません。わたしがジャックの不正を疑っていたことは、ずっとご存じだったでしょう」息をついてから、「あなたも長年ジャックを疑っていたはずです。でなければ、わたしのことをダンスに調べさせたりしないでしょう」

ブライトがふたたび口をつぐむ。やがて、是認のしるしにそっけなくうなずいた。ステラはおずおずと、相手の諧謔心に訴えた。「くびは覚悟しています。でも、自分から辞める気はありません。苦労して手に入れた職ですから」

ブライトの笑みは、どうにか読み取れる程度のもので、態度ににじむきびしさは依然として変わらない。「理由はほかにもある。まずは、きみの身の安全だ」

ステラの胸に、前夜の怒りがよみがえる。「それが局の売り文句ですか、アーサー？『電話一本で、検察官をお払い箱に』？」

「その検察官が職務をまっとうしているなら、わたしは守るよ」表情にない怒気が、声ににじんでいた。「きみはわたしに隠し事をしていた。だから、きみの安全を気にかけることが、たいへんな重荷になってしまった」

ブライトの立場からして妥当な言だったが、ステラの身にはこたえた。ステラは沈黙を守った。

反撃のなさに、ブライトは意気を挫かれたようだった。ガス抜きをするように、長い吐息をつく。「わかっている。ジャックが殺されたのは、わたしにとってもショックだった。それに、わたしは、去勢されて吊されたジャックを自分の目で見たわけではない。しかし、この件は、きみの身に害を及ぼすのだ、ステラ。さまざまな面で」

曖昧な言いかたではあるが、ステラの人生設計がそこに含まれていることは明らかだった。何も言わずにいるのが最善策だろう。

「わたしにすべてを委ねられなくなってしまったら、きみは自分の実績や職そのものを危険にさらすだけではない。郡検事としての、市長候補としてのわたしまで、危険にさらすことになる。きみ自身の将来にも、大きく響くだろう」

どう答えるべきか迷って、ステラは結局、ここへ来ようと決める前に導き出した自分なりの真実をぶつけることにした。「どんな将来ですか？　ファイルのことを明かした以上、あなたの支援を当てにできないことは承知していました」

ブライトの顔に、あえかな笑みが戻ってくる。「その点については、すでにポイントを与えたはずだよ。わたしはきみの考えを承知していたのだから」

ふたたびステラは、自分の直観を信用できない感覚に襲われた。ソール・ラヴィンの言う鏡張りの部屋に囚われた気分……。しかし、単に破れかぶれの切望から来る思い込みかもしれないが、ブライトの今の言葉は、支援の継続を示したものではないだろうか。そのすがるような思いが、ステラにさらなる緘黙を強いた。

「初の自殺の試みは失敗だったな、ステラ。きみはただ危篤者リストに載っただけだ。わたしはきみに試練を与え、きみをきみ自身から救うことにしたい」

言外の意図は明らかだった。ステラは、ブライトの利益を最優先しなければならないのだ。そう知りつつ、電話の主がマイケルについて言ったことは隠し通すつもりだった。

「ファイルの件はお話しするべきでした」と認めてから、「でも、ノヴァクの事件からはずされても、わたしは救われません。担当を降りるのは、ダン・リアリーの言い分を認めたうえに、リアリーとわたしに電話をしてきた人間の思惑に屈するようなものではないですか」

ブライトがうなずく。「だからこそ、内々に行なうつもりでいる。騒動も混乱もないように。単純な配置換えとして」

それを誰かが〈スティールトン・プレス〉に漏らすのは間違いない。ことによると、脅迫電話をかけてきた人間が。あるいは、チャールズ・スローンが……。さらに大きな不安の波が押し寄せた。ジャック殺害事件を、誰が解決するというのか？「わたしの後任は、誰になるんでしょう？」

「スローンだ」

決然とした声と態度。ステラは口調を和らげて頼み込んだ。「あと二週間ください、アーサー。お願いします」

冷ややかさと同情の混じった目で、ブライトがステラの顔を見据える。「一週間だ。それ以降は、スローンに引き継いでもらう」


マイケルは自分のオフィスにいた。背後の窓に、冷たい雨が跳ねかかっている。ステラの姿を見て、マイケルが頬をゆるめた。

「鼠(ねずみ)はどうです？　ばらばらにされてませんか？」

肚(はら)を固めてきたのに、その軽口に気持ちが揺らいだ。新たな緊張と不信の波が立ち、微笑(ほほえ)もうとした口もとがこわばる。「まだ五体満足よ」

マイケルが小首をかしげた。「何かまずいことでも……？」

同僚への質問という形をとりながら、口調に抑えた気づかいが感じられて、ステラの心の均衡が大きく崩れる。「ええ。ジャック・ノヴァクはまだ死んだままで、わたしはまだその理由をつかめないままだわ」

露骨なまでに無愛想な言いかたをしたせいで、目を丸くした相手の表情が、驚きを装った敵のものか、気分を害した友人のものか、判別がつかなかった。「進捗(しんちょく)状況をきいてるのなら、まだ全部は終わってません。あなたの友人が手がけた麻薬関連の裁判を、四年分細かく調べるんですから、一日では終わりませんよ。これまでに何か不審な点があったかという質問なら、まだ出てきてませんね。半年分を終えた、今の段階では」

〝あなたの友人〟という言いかたには明らかに棘（とげ）が含まれているものの、その受け答えには自己弁護の響きが聞き取れた。しかし、ヴィンセント・モロと結びついている人間でも、そういう反応を示す可能性は大いにある。ステラはさらに感情を殺した声で言った。「いつ終わりそう？」

「すぐには無理です。ほかの仕事を全部後回しにしても、一、二週間はかかるでしょう」

　今のステラには、マイケルの言動がいちいち多様に解釈でき、相反するいくつもの選択肢を示しているように思えた。マイケルがうそをついていると仮定して、仕事を早く終わらせるよう迫るべきか、それとも、ファイルを取りあげてみずからの不信感を表明するべきか——その過程で、自分の決意がモロに伝わる危険を冒して……。「意見を聞かせてちょうだい、マイケル。わたしがジャックに雇われていたころ、わたしの推測どおり、彼が不正を働いていたとする。そして最後の四年間については、不正行為を続けていた証拠が何も出てこなかったとする。あなたなら、そこから何を読み取る？　ジャックが自分の罪を悔い改めたと見る？」

「いいえ。ジャック・ノヴァクには常に協力者が必要で、モロがその協力者をあてがわなくなったと見ますね」

憤りのにじむすばやいその返答に、ステラのいらだちはいっそう募った。考え込むふりをして、床をにらむ。「ピーター・ホールと話したの。フィールディングの記録を見せてもらうことになったわ。その下準備として、スティールトン二〇〇の――レイクフロント、アライアンス、MBE報告書の――調査に戻ってもらえるかしら。ノヴァクの記録の残り分は、わたしが自分で調べるから」

口をつぐんだマイケルが、値踏みするような視線を向ける。ステラには、マイケルといる一瞬一瞬が、深まる被害妄想を示すロールシャッハ・テストのように感じられた。マイケルの反応を、気にかかる女に対する当惑と読むか、指示が次々変わることへの不満と読むか、あるいは、はるかに劣悪な感情の表出と読むか……。しばらく経ってから、返事があった。「了解しました」

ステラは部屋を出ようと立ち上がった。マイケルが顔を上げる。慇懃で事務的な、まったく温かみのない態度だった。「午後、クラジェクがスティールトン二〇〇に関する記者会見を開く予定です。開発の第二段階について話すらしいですね。あなたが興味を持つかと思ったので」

これは職務上の好奇心だろうか、それとも、ささやかな陽動作戦か？ 意志の力で口もとをゆるめて、ステラは言った。「いっしょに行きましょう、マイケル。気づかいに感謝するわ」

クラジェクの記者会見は盛況で、遅く到着したステラとマイケルは、会場の後ろのほうに立つことになった。

ふたりを迎えたのは、二重の像だった。演壇に小さく見える実物のクラジェクと、その前の巨大なモニターに映し出された画像。市長の周囲には、人目を引きつけるさまざまな小道具が並んでいる。青の濃淡で湖の深度を示した湖岸地域の模型地図、建設中の球場周辺の更地を写した航空写真、そして最も印象的なのは、クラジェクが二〇〇三年の構想として描いている、球場を中核としたその街並みの模型だった。市長は模型を見下ろす位置に立って片手にマイクを持ち、もう一方の手で、みずからが描くスティールトンの未来像の特色をひとつひとつ指し示している。

ガラスと白い大理石でできた巨大な複合施設を、いとおしげに指で軽く撫でながら、「これが、わが球場と同様、最新の設計に基づいて建てられるスティールトン・コンベンション・センターです。球場と同じように、わが街に数百万ドルの税収をもたらし、わが経済に、わが住民に、さらなる数百万ドルをもたらしてくれることでしょう」

クラジェクの真骨頂だ。市長が立つ演壇の最前列にぎっしり並んだカメラ。群集の中から針のように突き出た棹に付けられたマイク。クラジェクの顔と声とを誇張するテクノロジー。クラジェクの提案は、意外性に満ちていた。その痩身は、取っておきの見せ場を演じる俳優のように大きく見え、いつもなら甲高くなりがちな声が、きょうは厳粛な響きを帯びている。この催しの主眼はあくまでブライトを出し抜くことにあり、嬉々としてそれを果たそうとする鋭気が、会場の隅にいるステラにまで、皮膚感覚として伝わってきた。闘争心旺盛なこの元同級生に対し、今までは侮蔑の念が邪魔をして、客観的な視点が持てなかったが、きょうは、将来の州知事を見ているのかもしれないという考えを楽しむことができた。やがて、ふたつめの認識がステラを襲う。クラジェクの計画に関して、ピーター・ホールは真実を語っていたのだ。ホールに対して湧き起こる感謝の念それ自体、ステラが誰も信じていないことのさらなる証左だった。

隣りでは、マイケルがまっすぐに正面を見つめている。感情の動きは読み取れないが、どうやらステラの気分を察して、やや離れたところに、赤の他人のように立っていた。

「球場の四方には」クラジェクが先を続ける。「ショッピング・モールを建てる予定です。その目玉となるのは、わが州史上、最大の百貨店です」

耳を傾けながら、ステラは自分がふたつに引き裂かれるのを感じた。レイクフロント社に探りを入れる一検察官としては、頭の中に疑問があふれかえっている。かたや生まれ育った街の衰退に心痛める一女性としては、疑問の余地など生じないことを願っている。クラジェクの話が続いた。「これまで湖そのものは、手つかずの資源でした。水質は損なわれ、将来性は見過ごされてきたのです」向きを変えて、湖の模型に歩み寄る。「わたしが提案する市債の発行が、湖岸地域をふたたび活性化することになるでしょう。港湾の浚渫（しゅんせつ）を行ない、遊覧船や客船のための余地を作ります。それらの船は、何をしに来るのか？　岸辺に建ち並ぶレストランやナイトクラブや商店に……」

「どういうこと？」ステラは口の中でつぶやいた。「一月のスティールトンで、何をしようというの？　氷の上で釣り？」

マイケルは一心に画像を見据えたまま、何も言わなかった。

市庁舎を出たステラとマイケルは、大理石の階段の途中で立ち止まった。湖から寒風が吹きつけて、顔の感覚がなくなった。マイケルはまだ黙り込んでいる。

「どういうこと？」ステラはふたたび問うた。

マイケルが向き直って眉（まゆ）を上げ、その先を待ち受ける。「わたしはあの人に賛同していた。浚渫の話が出てくるまではね。〝港湾〟などというものが、観光の目玉になるはずがないわ」

マイケルが腕を組み、寒さに身を縮める。「いずれにしろ、あの内容では無理ですね。あれ以上の付加価値がなかったら、レストランもTシャツ屋もやっていけない」

「では、クラジェクが話さなかったのは、何？　この上さらに五億ドルの市債を発行するとなったら、アーサー以外にも懐疑論者が出てくるでしょう。いくら連邦政府の補助があって、新事業にはクラジェクが税金優遇をするといっても」

マイケルがうなずいた。態度が少しほぐれてきている。「クラジェクが触れなかったことのうち、ひとつはわかります。思ってたとおり、あの球場が不動産ゲームの第一幕だということですね。きょう話に出た第二幕が認可されれば、球場周辺の地主はさらに潤(うるお)うことになる。プロジェクトが最終的に破綻(はたん)しようとしまいと、関係はない」

こんなふうにマイケルを信用できる相手だと仮定して、言葉を交わしていると、ずいぶん気が楽だった。ノヴァクに関わりのない話なのだから、このまま続けても差し支えないだろう。「きょうの記者会見を聞くまでは、ホールがクラジェクを利用していると思っていたわ。今は、クラジェクのほうがホールを利用しているんじゃないかと怪しんでいる。球場をトロイの木馬にして、もっと大きな計画を進めようとしているんじゃないか、と……」

「なぜ、そう思うんです？」

「ホールは、レイクフロントという会社に聞き覚えはないと言っていたの。クラジェクがなんと言うか、知りたいところね」

マイケルが眉をしかめる。「ぼくは、アーサーが、あるいはスローンがなんと言うか、知りたいですね。われわれはフィールディングの死に関する調査を振り出しに、MBEについての疑問へと手を広げました。ホールとフィールディングがこの第二幕に関わりを持っていないとしたら、この先どこまで掘り下げていけるんでしょう？」

ステラは言葉に詰まった。「法律的には、なんとも言えない」

「ぼくは政治的な意味で言ったんです。あなたはひとつ見逃してませんか？　ピーター・ホールこそレイクフロントそのもので、第二幕の建設工事の大半をホール・デベロップメントが受注することになってるとしたら、どうします？　すべてが完了するころには、ホールは曾祖父さんのアマサも顔負けの大富豪ですよ。何もかも、高い地位にある親しい友人たちのおかげで」

ステラの胸を、不面目な思いがよぎった。マイケルに知られていないのがせめてもの救いだが、自分はもしかすると、金銭より巧妙な武器でホールに取り込まれようとしていたのかもしれない。そして、マイケルの説が正しいとすれば、ホールにはじゅうぶんな動機があったのだ。郡検事になったステラ・マーズを、一傭兵として完全に手中に収めるという動機が。

「そうね。その可能性は考えていなかった」ステラは認めた。

マイケルが風を避けるように目をすぼめる。「そこでまた心配になるのが、アーサーのことです。今の時点でクラジェクがぶち上げてるのは、まだ本格的な具体案ではない。

夢であり、現職の強みを活かした宣伝工作にすぎません。しかし、鮮やかな色彩とできのいい模型を使った魅力的な夢です。アーサーとしては、全面的な攻撃を仕掛けるのに二の足を踏むでしょう。ことに、クラジェクとホールとラリー・ロックウェルが、球場の広報戦で勝利を収めた状況では」

現実的な見解だった。しかし、スローンの考えに近すぎるような気がする。そう思ったとき、疑念がふたたび頭をもたげた。不信感が、今や反射的な情動になってしまっている。ノヴァク事件の捜査には、一週間しか猶予がないというのに。

「あなたは当面、フィールディングの記録に的を絞って。ジャックのファイルの残り分は、わたしがやる。アーサーには、わたしから話すわ」

しかし、ブライトは当然のように、選挙運動に出ていた。ステラはただ気を揉むしかなかった。クラジェクの新たな計画が夕方のトップニュースとなり、明朝の〈プレス〉の見出しを飾ると知ったら、アーサーはどんな反応を示すだろうか。

ステラは自分のオフィスに戻った。伝言のメモと未読の書類が積み上げてある。記者会見に行ったことで貴重な二時間が奪われ、いつもどおり、また残業をする羽目になった。あすの朝は、ジャックのファイルから手をつけることにしよう。ファイルを入手するのに、またジャックの事務所へ行かなくてはならないとしても。

ピンクのメモ用箋をにらんだまま、はっと気がつくと、忘我の状態で十五分が過ぎていた。例によって、意識下の想念にとらわれていたのだ。ステラは送話器を取り上げると、ミチェリに電話をかけた。

「ノヴァクの件できききたいことがあるの。首を吊られたときに、意識不明ではなかったと言ったでしょう。覚えている？」

「わたしが言ったのは、たしか、スツールに載せられて吊るされるあいだ、ずっと意識不明でいるためには、あの程度のアルコール摂取量では足りないだろうということよ」

「それは、かなり確実な判断？」

「そこまで意識がないというのは、ほぼ死んでいるようなものなの。ノヴァクはそういう状態ではなかった。だって、死因は、発見されたベルトによる窒息なんですからね。わかった？」

言葉は乱暴ではなかったが、しゃべる速さから、検屍官のいらだちが伝わってくる。

「忙しいの？」ステラはきいた。

「ええ。まだ話すことがあるんだったら、あとにしましょう」返事を待たずに、ミチェリが電話を切った。

12

八時過ぎに帰宅すると、アルコーヴの明かりが目に入った。

反射的に、ステラは身をこわばらせた。一瞬のち、恐れと、うずくような皮膚の感覚が、思考に形を変えた。明かりが点(つ)いているはずはない。

ポーチにたたずんで、記憶の糸をたぐる。毎朝家を出るときの習慣的な行動を、いちいち自覚しているわけではない。スターに餌(えさ)をやる。食器洗い機のスイッチを入れる。明かりを消す。普段と違うことをしたときだけ、それが記憶に残るはずだ。けさは何もしなかった。

〝明かりを消す〟。

誰かが家に侵入し、その事実を、ステラに知らせたがっている。ことによると、まだ家の中にいるのかもしれない。

『おまえのように、ほんとうの友人がいない女は、ひとりで死ぬことになりかねない』

どうしていいかわからず、ステラは立ちすくんでいた。アルコーヴ以外、家は暗かった。耳に入るのは、犬の遠吠えだけ。

　手が震えている。ここから離れなければ……。振り返って通りに目を走らせ、見慣れない車がないかと探したが、見当たらなかった。新たな恐怖が、電流のように体を貫く。ステラはごくりと唾を飲み込んだ。おののきながら、錠に鍵を挿し入れる。デッドボルトの回る音に、身がすくんだ。

　アルコーヴに歩を進める。

　足が、柔らかく重みのあるものに当たった。思わず目を閉じてから、ゆっくりと床を見下ろす。

　足もとにスターが横たわっていた。〝プラハの嬰児〟の聖衣を身に着けて。

　全身がわなないた。ひざまずき、縮かんだ指先でスターの額に触れたとたん、目に涙があふれた。

『猫に餌をやるのを忘れずに……』

　スターの体は冷たかった。生きているときには見せたことのない、戦慄の色を宿した眼球。ステラは喉の奥で嗚咽を押し殺した。

　そっとスターを持ち上げて、両腕に抱く。

『わたしには、子どもはいないから……』

　涙が頬を伝う。必死に、声を出すまいと努めた。

スターを殺した人間が今、どこにいるのかはわからない。立ち去ったのか、リビングルームにいるのか。それとも、寝室で待ち構えているのか。

　車に戻って、警察に通報するべきだろう。しかし、ステラは動かなかった。息づかいと同様、思考も速まっている。

　侵入者がステラを殺すつもりだとしたら、スターを警告に使うだろうか？

　ステラは静かに立ち上がり、眠っている猫を起こさないよう寝室へ運ぶかのように、スターを抱き締めた。いちどきに込み上げる悲しみと怒りと不安に抗いながら、足音を忍ばせてキッチンまで歩く。

　キッチンはひっそりとしていた。

　闇の中で周囲を見回し、目を慣らして、耳をそばだてる。何も聞こえなかった。

　スターをそうっと食卓に横たえる。

　どうにか気力を奮い起こして、リンネルの聖衣を脱がせた。涙がまたあふれてくる。胸には愛しさと憎しみが渦巻いていた。自分が身を引かなかったせいで、こんな仕打ちを受けたのだ。

　手を下したのが、誰であろうと。

　ステラは明かりを点けた。スターを見下ろす位置に立ち、硬くなった体を撫でてやりながら、気持ちを整える。電話がある場所まで行って、ミチェリの自宅にかけた。

「もしもし？」検屍官が応じる。

「ステラです」震えてはいないが、か細い声だった。「わたしの猫を解剖してほしいの」

ミチェリが検屍官事務所の入口で待っていた。長い一日を過ごしたあとらしく、憔悴したようすで、黒く染めた髪が肌をいっそう青白く見せている。ステラの手にあるごみ袋を一瞥してから、照明のスイッチを入れると、先に立って地下室に向かった。

長い通路の突き当たりに、金属製の自在扉が一対あった。陰鬱な空気が漂う通路には緑のタイルが敷かれ、施錠された部屋が並んでいる。ステラは、殺人課に配属されたばかりのころ、恐怖心を紛らすため、そこに付け替え用の部位や器官が保管してあるのかとミチェリに尋ねたことを思い出した。今夜は、何も言わなかった。タイルの上にふたりの靴音が響く。

言葉を交わさないまま、扉をあけて中に入ると、ミチェリが室内灯を点けた。鋼鉄の反射光が剖検室を満たす。鋼鉄の解剖台、鋼鉄の流し台、ミチェリの使う計器と器具の数々。この前ここを訪れたときは、ノヴァクの顔にシートをかぶせてやってから、トミー・フィールディングの内臓が剔出されるのを見守っていたのだった。今、ステラは、スターをごみ袋から取り出して、あのときフィールディングがいた場所に横たえた。

手袋と白衣を身につけたミチェリが、猫を見下ろす位置に立った。「さすがに、残業報告書に死んだ猫の記録を残したことはないわ」

検屍官が解剖台に器具をそろえるのを、ステラは見守った。スターが、この仕打ちを恨むかのように見上げている。

「ごめんね」口の中でつぶやいた。

ミチェリがステラの肩に手を載せた。「あそこに坐っていて」

「あそこ……」目を向けると、流し台のわきに金属製のスツールがあった。ステラは腰を下ろし、両腕を流しに預けて、飾りのない灰色の壁を見つめた。

音が聞こえてくる。ミチェリがメスを使う音。白衣が解剖台をこする音。鋸を引く音が耳に入ったところで、ステラは目を閉じた。

動物愛護協会からもらい受けてきたときのスターは、痩せて、おびえていて、栄養不良だった。ステラが注射を打たせて、好みの食べ物を見つけ、じゅうぶんかわいがるようになってから、健康を取り戻し、毛並みにもつやが出てきたのだ。夜は温かい体を丸めて、添い寝してくれる伴侶だった。裁判に関する皮肉な報告を聞いてくれる友だった。きのうのことのように鮮やかな記憶。鋼鉄ずくめの部屋や、蛍光灯の明かり、ミチェリの鋸の音のほうが、幻覚のようだ。

「なんてこと……」

言葉を発したのはミチェリだった。畏怖にも似た響きが聞き取れる。

ステラは振り向いた。検屍官が解剖台を見下ろしている。その視線の先に、四肢を広げられ、毛皮を切り開かれたスターがいた。向き直ったミチェリが片手を挙げて、動かないようにと制する。

作業が再開されると、ステラは目をそむけた。手が震えていた。上体をかがめ、両手を両脇（りょうわき）にはさみ込み、震えを止めようと努める。気づいたときには、ミチェリが隣りにいた。

張りのない声で、ステラは尋ねた。「何があったの？」

平静を取り戻した検屍官が、押し殺した声で答える。「これから、いくつか検査をしないと……。でも、あなたの猫の死因は、急激な呼吸機能の低下。わたしの見立てに間違いがなければ、大量のヘロインを打たれている」

『なぜマリアが出ていったのか、きいてみるといい』

ステラは焦燥感と怒りの奔流に呑（の）まれながら、車を走らせた。頭の中には夢のかけらが散乱しているようだった。首吊（くび）り死体。砕けた小像。死んだ猫の眼球。喉を切り裂かれ、ごみ容器の中に横たわる娼婦（しょうふ）。暗い資料室から次々消えるファイル。あのときステラの肩に置かれた手……。マイケルの唇の温かさと、かき立てられた情欲……。

『寝物語に、教えてくれるかもしれない』

自分を蔑む気持ちが、苦味とともに喉に込み上げてきた。救出劇を夢見ていたのは、ソフィアではなくステラだった。その渇望を見透かしたマイケルは、ステラには経験のない愛の姿を、小出しにするだけで事足りた。飼い猫の相手をする父と娘。マイケルはステラを裏切り、ステラは、ジャックとのときよりはるかに不面目なやりかたで、自分自身を裏切った。苦労して勝ち取った自尊心をかなぐり捨ててまで信じた相手は、職務を盾にしてステラの弱みに難なく触手を伸ばし、陰でほくそえんでいたのだ。殺人課の課長にして次期郡検事候補のステラ・マーズ。噴き上げる激しい怒りのせいで、ステラは今ついに、苦痛から逃れようとした父がどんな思いで自分に平手を見舞ったのかを、はっきりと悟った。ブレーキをきしませて、マイケルの家の前で車を停める。

『わたしには、ほかに誰もいなかったのよ。ジャックはそのことを見抜き……』

車から降りて力任せにドアを閉め、家に向かって走った。息を整えもせず、ポーチにたどり着くと、呼び鈴を強く押す。ブザーが夜のしじまを破って鳴り響いた。

応答はない。ステラはふたたびボタンを押した。

明かりが点いた。

内側のドアが開く。網扉の向こう側に、半ば影になったマイケルが現われた。ブルー・ジーンズとTシャツを身に着け、眠りを妨げられた人間の、むくんだ顔をしている。ステラは網扉越しにマイケルをにらみつけた。

「ステラ？　いったい、どうしたんです？」

身をこわばらせて押し黙る。

やがて、網扉が開きかけた。わずかな隙間から体を押し込んだステラは、片手を広げ、あらんかぎりの力で横に振った。

マイケルの頰に、平手が炸裂する。音がこだました。ふらつき、息を呑んだマイケルの目が、驚愕と怒りに見開かれる。ステラの片手を、次いでもう一方の手をつかむと、身をよじるステラを磔にするように、壁に押さえつけた。唇からは血が垂れている。ステラの顔に、相手の息づかいと、生温かい口臭が届いた。興奮しすぎていて、痛みは感じない。

握られた両の手首に力を込めて、ステラは背を伸ばした。吐き出すように、「モロの手下なんでしょ。わたしの鍵をあの男に渡したのね」

マイケルが面食らったように見つめ返してから、視線を家の奥に向けた。手首を握る力が強くなる。荒い息の下から、「お願いですから、正気になってください」

「わたしがジャックについて知っていることを、モロに話したわね」言葉が矢継ぎ早に口をついて出る。「わたしの帰りが遅くなるのはいつか、家に入るのは何時か、どうやって怖がらせればいいか、連中に話したんでしょ。スターのことも……」

「スター？」

「電話くらいじゃ効き目がないって、話したんだわ。だから、モロに猫を殺させて――」

「ステラ」狂人でも見るように目を見開きながら、マイケルの声は小さく抑えられていた。「ソフィアがいるんです」

『ヴィンセント・モロの手下の娘を引き取るわけにはいかない……』

ステラは思わず廊下の奥に目をやり、子どもの姿を探した。「スターが殺された？」

マイケルが遅まきに尋ねる。

怒りが収まらず、ステラはふたたびもがき始めた。声を絞り出して、「あなたはモロに仕えている」

「ばかばかしい」

「大学とロースクールの学費を出してもらって、検察局に入ったのも――」

マイケルが片手でステラの口をふさぎ、体を押しつけてくる。非力を思い知らされながら、死に物狂いで抵抗してみたが、体は自由にならない。

「聞いてください」マイケルが耳もとでささやいた。「話を聞いてください。まともに話せれば、こちらも説明できる。でも、こんな状態では――」

「何を説明するの？」口をふさがれたステラは、息をあえがせ、くぐもった声を出した。

「警察を呼んだらどう？」反射的に言ってしまってからすぐ、警察も信用できないことを思い出した。顔をそむけながら、どうにか声を出す。「アーサーに電話すれば？」

マイケルの上体に圧迫されて、息が詰まった。もがきながら、苦い記憶を胸によみがえらせる。わずか数日前、こんなふうに体と体が密着することを望んでいたのだ。激憤に駆られて、Tシャツの上から相手の肩に嚙みついた。痛さに声をあげたマイケルが、片手でステラの喉もとをつかみ、後頭部を壁に叩きつける。「こんなことはしたくない」小声で言った。「けど、あなたがわめいてるのを、ソフィアに聞かれたくないんだ」

ステラは唾を呑んだ。喉を締めつけられて、頭ががんがんと鳴る。「話を聞いてくれるなら、手を離してあげますよ」と、マイケル。「一分間だけでいい。そのあとは、好きなようにしてください。ただし、この家の外で」

ステラの視界に白い点がちらつきだした。答えを返す気はない。

しばらくして、マイケルの手がゆるんだ。まだ全身でステラを押しとどめているので、ふたりの顔は数センチの距離にあった。

「ふた夏、モロの下で働いたことがある。直接じゃなくて、ディオグァディア警備会社に雇われたんです。でも、モロがディオグァディアを隠れ蓑にしてごろつきどもに金を払ってるのは、周知の事実だった。ついでに、近所の若い連中の学費稼ぎに手を貸して、イタリア系住民の覚えをよくしようという肚もあったのかもしれない。

ぼくは、モロが経営する食品問屋の倉庫で夜警を務めました。給料が誰の懐から出るのかは知ってた。でも、必要な金だったから、受け取りました」

ステラはマイケルをにらみつけた。息が苦しく、気管がひりつく。

「あなたはノヴァクの下で働いてた。ぼくはモロの下で働いてた。ぼくのほうは二年で、それっきりです。あなただって、同じように……」

同列に扱われたことに腹が立って、相手の言葉をさえぎった。「あなたは、それっきりじゃなかった。あなたはファイルを盗んだ。わたしの鍵を手に入れた。わたしを見張って――」

「あなたを見張る？　ぼくは、自分から志願して、ノヴァク絡みのあなたの妄想に付き合ったわけじゃありませんよ。あなたがスローンからぼくを借り受けたんでしょう？」

「スローンもモロの手下だったのよ」

はねのけるようにかぶりを振って、「誰にモロの息がかかってるかは知らない。でも、ぼくは違います」

「だったら、なぜ、その夏の仕事の話をわたしにしなかったの？」憤りに声が震えた。

「フランキー・スカヴーロのことはべらべらしゃべったくせに、大事な話だけは隠して……」

「ぼくはイタリア系ですよ。そのために、どれだけの面倒をしょい込まされると思ってるんですか？」くやしさがにじみ出る。「現に、あなたは何もかもぼくのせいにしようとしてる。猫殺しからモロの謀略まで」

ステラは相手の胸板を押して、身を離した。「スターだけじゃないわ。ナターシャ・ティルマンも」

「待ってください。ナターシャ・ティルマンって、誰です?」

「お見事。確かにわたしは、あのとき、名前を出さなかったわね。〝ティナ・ウェルチの友人〟と言っただけだった」

「ティナ・ウェルチは別の事件でしょう。混乱して、区別がつかなくなってる」

「わたしがあなたにティルマンのことを話したあと、ティルマンが喉を切り裂かれた」

うんざりしたしぐさで、マイケルがまたかぶりを振る。「まともに反論する気にもなれない。なんとでも、勝手に言ってください」

ここで初めて、ステラは憤怒(ふんぬ)の奔流がさえぎられるのを感じた。一連の告発の中で、ティルマン殺害事件が不協和音を奏(かな)でている。「マリアは、あなたが誰の下で働いていたかを知っていた。それに耐えられなくなって、出ていったんだわ。ソフィアを犠牲にして」

マイケルが一歩下がって、ステラの体を放した。予想外の動きに、ステラは相手の顔をうかがった。

張り詰めた声で、マイケルが言う。「ぼくは女性を殴ったことがありません。でも、あなたを殴らずにいる自信がない」胸が大きく波打った。「あなたが、マリアとぼくの何を知ってるんです？　いったい、どこで仕入れてきた話ですか？」

「電話があったの」

「どこの誰から？」腕を組んで、「あなたの頭をかき回して、喜んでるやつがいるらしい。同情したいのはやまやまですが、あなたは自分で自分の首を絞めてます」

苦渋に満ちた沈黙のなかに、足音が響いた。

廊下に立ちすくんだソフィアが、おびえた表情で、マイケルとステラの顔を見比べている。父親の怒りにおののく少女の姿が、苦悶するステラの脳裡で、みずからの悲痛な記憶と絡み合った。

「ああ、起こしてしまった」マイケルが小声で洩らす。押し殺したその非難の言葉は、憤怒と絶望に満ちていた。

ソフィアはふたりを見つめている。「ベッドに戻りなさい」マイケルが優しく言った。

「パパもすぐ行くから」

ソフィアが、すがるようなまなざしをステラに向ける。ステラは無力感と吐き気に浸され、しゃべることも動くこともできなかった。

「ベッドに行きなさい」マイケルが命じる。

のろのろと、娘が背を向けた。ふたりの大人は、その姿が見えなくなるまで見守った。

ステラに視線を戻して、マイケルが言う。「これで気がすまないのなら、アーサーに告げ口すればいい。くびになる覚悟はできてます」

屈辱に増幅された新たな怒りの波が押し寄せてきた。ここに至ってなお、マイケルはステラの心情をほだすすべを忘れていない。「ソフィアが鉛筆でも売って稼いでくれるでしょう」

「マイケルが身を固くした。「あなたとは、いっさい関わりを持ちたくない。局の中でも外でも。あなたがどんな手を使ってこようと」

ステラは動揺し、憤り、傷つきながら、相手をじっと見つめた。やがて、唐突に背を向け、その場を離れる。背後で、施錠する音が聞こえた。

その晩は冷えた。猫が死に、感じたことがないほど深い孤独を感じた。眠れる場所は、どこにもなかった。

13

ステラとアーサー・ブライトは、鑑識課の職員たちがダンスの指示に従って指紋検出用の粉末を撒くのを見守っていた。

朝の七時を過ぎた時刻。昨夜、ステラは自宅に戻ることを恐れて、マイケルの家から検察局に向かったのだ。夜明けごろ、いよいよ行動の選択肢が狭まってきて、ナット・ダンスに、次いでブライトに連絡を入れた。ダンスは、ノヴァクのときと同等の規模で捜索するという決断を下した。以前指摘したとおり、猫ではなく、ステラが殺されていた可能性もあったからだ。

ステラはリビングルームのソファに坐り、ブライトの隣りでコーヒーを飲みながら、理性に生じた綻びをなんとか繕おうと努めていた。

「レイクフロント社のことを話さなくてはなりません」ブライトに伝える。「ほかにもいろいろ起こっていますが……」

声がしぼんだ。ブライトがぼんやりとハンカチで眼鏡を拭きながら、周囲に届かないよう低い声で応じる。「きみの郡検事選挙への出馬のことを話そう」

　意表を突かれて、ステラは向き直った。周囲の物音や人の動きが、意識の枠から遠のく。

　ブライトは眼鏡を拭き続けていた。「きみはわたしを市長に推してくれている。だが、球場については、反対派と見なされていない。たぶん、その方針はうまく働くと思う。そこへ、ピーター・ホールが協力を申し出てきたのだ。あえてこれ以上厄介事をかかえ込む必要はないだろう」言葉を吟味するような間を置いて、「死体安置所できみに対面するような羽目になるのはごめんだ。きみが政治生命を失うところも、見たくはない。きみにとっても、わたしにとっても、それは幸せなこととは言えまい」

　返事ができなかった。頭が重い。この十時間で、精神の均衡が失われた。そんなときに生々しい政治の話をされて、二度にわたる家宅侵入がいっそう非現実的なことに思えてきた。眼鏡をかけ直したブライトが、変わらぬ直截(ちょくせつ)さで言う。「わたしが言いたいのは、ノヴァクの件はスローンに任せ、レイクフロントやＭＢＥ、スティールトン二〇〇の件はデル・コルソとホワイトカラー犯罪課に任せればいい、ということだ」

「フィールディングの件はどうします？　ウェルチやティルマンのことは？」

　ブライトがいったん鑑識課の職員たちを見やってから、ステラに視線を戻す。「われわれの知るかぎり、フィールディングとウェルチの件は事故で、ティルマンはいかにも娼婦らしく死んだ。いわば〝労働災害〟だ。もし――万が一――ホワイトカラー犯罪課が、レイクフロントやアライアンスの線からフィールディング絡みの問題を見つけ出したとしても、それで殺人事件が成立するわけではない。そして、きみの課が扱うのは、汚職ではなく、あくまで殺人だ。殺人の証拠が挙がったら、改めて捜査にかかればいい。現時点で、きみとダンスはなんの証拠も持っていないのだ。

きみの行動を快く思っていない人間がいて、その不快感がジャックにまつわるものであることは間違いない」言葉を切り、ステラの手に軽く触れる。「そもそも、ピーター・ホールをはじめとして、スティールトン二〇〇〇を信じ、街の再生を謳う現職市長を信じているすべての人々を、敵に回すような危険を冒す必要がどこにある？　たとえ、それが汚職と紙一重の事業だったとしてもだ。きみは捜査から手を引いて、汚れ仕事はデル・コルソとわたしに任せておけばいい。尻ぬぐいはわれわれがする」

ステラは戸惑いを覚えた。これほど饒舌でこれほど立ち入った話しぶりは、ブライトらしくない。疲れきった頭でも、上司の提案の主旨はのみ込めた。わざわざ難路を歩むなということだ。殺人課とホワイトカラー犯罪課の管轄区分を尊重することで、政治的な損傷から自分の身を守れ、と。それはまた、ブライトのあずかり知らないところで、ステラに恩恵をもたらす道でもあった。マイケルとの職務上の関わりを、当事者双方の労なくして断ち切れるのだ。そのかわり、マイケルの過去――あるいは現在――のヴィンセント・モロとのつながりを、胸にしまっておくことになる。

ステラは無言でカーペットをにらんだ。マイケルの家でのやり取りを、もう何度思い返したことだろう。ステラの激昂と非難。マイケルの告白と否定。ソフィアの顔に表われては消えた困惑や驚きや恐怖の感情……。

『自分で自分の首を絞めてます』マイケルはそう言っていた。

寒々しい現実に思い当たった。これまで自分の安寧を支えてきた土台の、なんともろかったことか……。ふたたび、スターの姿が頭に浮かぶ。

『大量のヘロインを打たれている……』

「二、三日、休みを取りたまえ」ブライトの声がした。「この家には、ダンスが警備をつけてくれるはずだ。そのうえで、きみの力を借りたいことがある」

「なんでしょう？」

「少し外に出られるかね？」

玄関に向かう途中、ステラはクロゼットからスキー用の上着を取り出した。ふたりは表の狭い芝生の上に出た。冬の気候で伸びの止まった芝に、霜が下りている。

「西地区で後れを取っている」ブライトが言った。「ポーランド系の票が伸びないのだ。「きみにとっては、人目に触れる貴重な機会だ。わたしにとっては、大きな後押しになる。

きみは白人で、女性だ。わたしのために、チャールズにはできないことができる」

頭の回転の速さはステラの自慢だった。しかし、今は思考が許容量を超えていて、感覚の働きに自信が持てない。ブライトがスローンの名を出してきたのが、露骨で余計なことに思えた。「どういう意味ですか？　あなたが市長に当選したら、わたしを応援してくれる、と？」

言ってすぐ、疲れてさえいなければ、ここまでぶしつけな言葉は出なかっただろうと思った。野心を剝き出しにしたわけではない。とてもそんな気力はなかった。しかし、興味を引かれる程度の気働きは残っていた。

ブライトのほうは、その質問をさほど意外なものとは受け取らなかったようだ。それでも、言葉を慎重に選ぶ姿勢を見せた。「きみがわたしの勝利に貢献し、なおかつ自力で有力候補としての体裁を整えれば、ふたつのじゅうぶんな応援理由となる。しかし、思っていた以上に、きみの尽力が必要になりそうなのだ」

ブライトの提案の巧妙な部分が、徐々に明らかになってきた。ノヴァク事件が及ぼす影響から、ステラだけでなく、自分の身も守ろうとしているのだ。スローンがステラの業務を引き継げば、真実よりブライトの政治的利益を優先させる公算が高い。しかし、ブライトの真の狙いは、スローンをステラの代役に立てる点にあるようだ。ステラをスティールトン二〇〇〇から引き離すことで、自分とステラの利益を増進させ、なんと、そのつけをスローンに払わせようとしている。今さらながらにステラは、スティールトンの政界でのし上がっていくだけの資質を、自分が備えているかどうか、いや、備えたいと願っているかどうかに疑問を感じた。柔軟性と利己心の兼ね合い、他者の思惑への深い読み……。

やっとの思いで答えた。「けさは、頭があまりうまく回らないんです」

ブライトが笑みを浮かべながらも、ステラの胸中を見抜くように鋭い視線を向けた。

「実地訓練だよ、ステラ。わたしは、志を持つ黒人として、白人の街で身を立ててきた。そのおかげで、頭の働きに磨きがかかったのだ」

市長の椅子に坐るという願望を、アーサーはいつごろから胸に宿していたのだろう？ハイスクールで卒業生総代に選ばれた三十年前、ステラが小学生で、スティールトンにオフィスを構える黒人政治家がほとんどいなかったころから？　それ以来、日々どれだけの計算を働かせてきたのか。みずからの野心を隠し、ほかに目標があってもひとつの目標にしか関心がないふりをし、軽蔑する相手――ジャックもそのひとりだったのかもしれない――にも好意を示し、行く手を拓くために、他人が弱点をさらしたり、過ちを犯したりするのを待ち構える……。たった今、ステラに対してもそうしているのだ。それでもなお、ステラはブライトを信頼し、その業績を評価していた。

「建物から落ちる夢を見たことがありますか？」ステラはきいた。「そして、死の直前に目が覚めるような夢を」

ブライトがうなずく。「わたしが見る最もひどい悪夢は、法務に不適格とみなされて、郡検事の身分を剝奪（はくだつ）されるというものだ。不正が発覚するという筋書きでね。わたしにとって、摘発は死よりも恐ろしい。だが、きみが言うような夢も、もちろん見る」

ステラは腕を組んだ。上着を着ていても、寒さが身にしみる。「わたしは今、そんな気持ちなんです。目が覚めたばかりで、自分がどこにいるかもわからない。自分がまだ生きているのを知るすべは、死を恐れているという意識だけで……」

ブライトは、しばらくその言葉を反芻（はんすう）しているようだった。「前回の市長候補だったジョージ・ウォーカーを思い出すことがある。わたしは、彼の当選を固く信じていた。ところが、ウォーカーはコカイン所持で逮捕され、わたしが黒人たちの頼みの綱となった」片手を挙げ、親指と人差し指を触れるほどに近づける。「わたしとジョージ・ウォーカーに差はないのだよ、ステラ。非常に似ている。たぶん、きみもそうだ」

ホールを訪問したときと同様、手品に見入る子どもさながら、一瞬、陶然とした感覚に襲われた。そのあと、死んだ元恋人と死んだ猫のことを思った。「わたしはあなたの部下です。ノヴァクの件も、スティールトン二〇〇〇についても、わたしの動きを決めるのはあなたです。選挙運動にもっと力を貸せということであれば、それに充てる休日も余っています。でも、あと六日間は、ジャックの事件に取り組みたいんです」

ブライトのまなざしは冷ややかだった。将来の展望を広げてやったというのに、交換条件を持ち出されて、憮然としているようだ。しかし、ブライトの求めるものをステラが持っているのも事実だった。「わかった。とにかく、藪をつつくようなことはしないでもらいたい。遊説の日程表は、あしたまでに用意しておく」

ステラの肩を握り、顔をのぞき込む。互いの利益が確保できたところで、ふたたび選挙運動に出かけるべく、軽やかな足取りで自分の車に向かっていった。

ステラが家の中に戻ると、キッチンに通じる裏口のところにダンスがいた。その周辺を淡い朝陽が照らし出し、スターの皿に最後の食べ残しがあるのが目に入る。もうその皿に餌を盛る必要はないのだと思うと、正視していられなかった。ダンスは気づくようすもなく、かがみ込んで錠前を調べている。

「まだ、押し入った跡は見つからない？」ステラはきいた。

ダンスが振り返らずに、肯定のうなり声をあげた。ステラの暗澹とした気分に劣らず、機嫌が悪いらしい。

「そんなことができるのかしら。鍵を使わずに、そこまできれいに侵入するなんて」

「無理だろう。できるやつがいたら、押し込みの天才だ。留守中、家政婦か誰かが来ることはないのか？」

「ここ数カ月は、雇っていないわ」父の介護費が家計を圧迫し始めてから、その余裕がなくなったのだ。

ダンスが振り向く。その暗いまなざしには、まったく温もりが感じられない。「ほかに、鍵を持っている人間は？」

ステラは神経が張り詰めるのを感じた。ダンスの物腰のせいだけではない。下さなくてはならない決断のせいでもあった。ふたたび、ソフィアのことが頭に浮かぶ。

『あなたはノヴァクの下で働いてた。ぼくはモロの下で働いてた。ぼくのほうは二年で、それっきりです。あなただって、同じように……』

「記憶をさらってみる」

「そうしてくれ」ステラを見下ろす荒削りな造作には、アフリカの仮面さながらに表情がなかった。「この前の夜言ったように、あんたは、結論を出さなくてはならない。あんたにメッセージを送り続けている誰かさんは、それが伝わっていないと思っているようだ」

深い悲しみと不信の念に浸されたまま、ステラはその場を離れた。


ノヴァクのオフィスに足が向かった。

理屈と感情の両方が命じた行き先だった。理屈は、手もとにある証拠はジャックのファイルだけだと告げていた。感情は、マイケルと顔を合わせずにすむようにと告げていた。ジャックの椅子に坐って、しつこくつきまとう記憶を頭から追い払う。局に電話をして、秘書に居場所と電話番号を伝えたあと、ファイルに目を通し始めた。調べ終えるころにはすでにマイケルが調べ終えた半年分のファイルから手をつけた。調べ終えるころには七時間が経過して、午後四時になっていた。

ファイルには、何も疑わしいところはない。これはマイケルの説の裏づけにもなる。つまり、モロがノヴァクの不正に協力者をあてがわなくなったということだ。あるいは、その反証となる箇所が残ったファイルを、マイケルが処分したのか……。いずれが真実とも見定めがたかった。

作業に飽いたところで、残された収納ケースに目を向けた。書類とマニラ紙のフォルダーがぎっしり詰まっている。あと三年半分の書類。少なくとも、スターのことを忘れさせてくれる材料、家に帰らない理由にはなる。

電話が鳴った。ジャックがいつも設定していたとおり、小さな音だったが、それでもステラはぎくりとした。

連絡をよこしたのはミチェリだった。前置きなしで話しだす。「ゆうべ、猫の一件があったあとで、頭に浮かんだの。ノヴァクのことが」

ステラは居住まいを正した。「話して」

「あなた、犯人がどうやってノヴァクを吊るせたのか、きいていたわね。フルニトラゼパムという薬物の名を聞いたことはある？」

　ステラは記憶をまさぐった。「デート相手をレイプするときに使う薬ね。パーティーで目をつけた女の子にこっそり飲ませる。飲むと頭が働かなくなって、記憶が途切れる。抵抗もできず、相手に何をされたかも思い出せない。簡単に手に入る薬」

「そして、女性の血液からは検出されにくい。でも、尿からは検出される。つまり、尿検査をすれば」咳ばらいをして、「もちろん、ノヴァクの尿のサンプルは取ってあったから、鑑識課に調べさせた。明らかに、フルニトラゼパムを服用した痕跡があったわ」

　窓のないジャックのオフィスが、さらに暗く、うすら寒く感じられた。「では、誰かが薬を盛ったのね。ミッシー・アレンか、彼女の言う〝ジャックが待っていた〟人物が」

「そのようね。自体愛の儀式の小道具でないことは確かよ。興奮を高めるのに、フルニトラゼパムを服用するはずはない。でも、別の疑問が出てくる。気を失ったノヴァクは、八十四キロのじゃがいも袋と同じ。アレンみたいな女性が、ひとりでどうやって持ち上げるのか？」

　ステラは考え込んだ。「アレンじゃないわ。ジャックのスコッチに薬を足してから、誰かを呼び寄せたならべつだけど……。どちらにしろ、計画を立てたのは、冷静で、この手の仕事に熟練した人物よ。おそらく、本職の人間」

言い終える前に、いくつもの直観的な反応が胸に湧き起こった。何か重要なことを感得したという興奮。人と人が互いになしうる行為、何者かがジャックになしえた行為に対する制御不能のおののき、その何者かがこの家に押し入ったことに対するもっと根深いおののき。鑑識がどう頑張っても有力な証拠は見つからないだろうという確信……。

「だから、ジャックに薬を盛ることができた。そして、ガーターベルトとハイヒールを身に着けさせた」

「その可能性はある。なぜそこまでしたのかは、あなたが突き止めるべき領域ね」

「それらしく見せないようにするため？」ステラは仮説を口にした。しかし、腑に落ちない。なぜ本職の人間が、そういう余分な手間をかけるのか。

ミチェリは黙っている。ステラは言った。「ありがとう、ケイト。感謝するわ」

受話器を置きながら、暗闇にいるモロの姿を思い浮かべる。寒けが走った。

あなたの仕業ね。気の触れた人でなし。不正工作も、ハイチ人も、ジャックも、消えたファイルも、スターも。たとえ証明できなくても、あなたの仕業。

あなたと、ほかの誰か。

ほんとうの問題は、そこだった。ほかの誰か……。

ここで手を引かないと、殺されるかもしれない。その理由すら知らないままに……。

フルニトラゼパム。ジャックの死にざまを思えば、用意された〝処刑〟の手順はいともたやすく想像できる。

ミチェリからの電話の内容を、アーサーに伝えなくてはならない。そして、ダンスにも……。モロの意を受けた人物の心当たりを告げなくてはならない。ジャックの部屋を最後に訪ねた人物の心当たりを……。この上なくおぞましい推理を……。

ふたたび電話が鳴った。

「ステラ？」

すぐにダンスの声と認めたものの、習い性となった被害妄想に襲われて、電話が盗聴されていないかどうかが気になった。「ええ」

「もう結論は出たか？」

いつものぶっきらぼうな口調。ステラは考えた末に言った。「わたしはここにいるわ。あなたの質問が、そういう意味なら」

「お好きなように」体温の感じられない声だった。「それなら、あんたが興味を持ちそうな報せがある。ウェルチとフィールディングが死んだ晩、ふたりがいっしょのところを目撃したという女性がいるんだ」

14

フィールディングの家の向かいのタウンハウスも、市役所と同じように、古典装飾の時代に建てられたものだった。そこの居住者――角縁の眼鏡とつややかな黒い髪が印象的な三十代の投資銀行家――は、自宅の高い窓と入り組んだ刳り形を目立たせるよう、家をフランスの田園ふうに装飾していた。その銀行家ロジャー・ブレクマンは、フィールディングが死んだころはトロントにいて、フィールディングについては何も知らない、とダンスとステラに語った。しかし、恋人のスザンナ・パッチが、留守番とドーベルマンの散歩を引き受けて、ロジャーの家に泊まっていたという。

前々日の夜、夕食のとき、スザンナがロジャーに気になる話をした。ロジャーの予定表の印が、スザンナの記憶にあった日付を確かなものにした。スザンナは忘れていたが、その日に事件があったのを、ロジャーが思い出したのだ。そこで、ふたりはダンスに通報した。

この経緯を、ロジャーは少々恩着せがましい口調で話した。責めを負う必要のない事柄でも、ロジャー・ブレクマンはおろそかにしないのだとほのめかすように……。大学院で美術史を学んでいるというスザンナは、化粧けのない顔に、ブロンドの髪を後ろに流し、自信家の恋人にすべてを委ねた感じで押し黙っている。ダンスは、能書きを半分聞いたところで、ロジャーからは何も重要な情報を引き出せないと判断したかのように、テープレコーダーのスイッチを入れて、スザンナに質問をし始めた。

かすかに東海岸のアクセントを交えながら、スザンナが真剣に、控えめに答えていく。ステラは、しばらく聞き役に徹して、ダンスへの不信感を隠そうと努めた。その憶測と、ウェルチとフィールディングが死んだ晩の映像が、すでに混じり合い始めていた。

夜も遅い時間だった。スザンナは十一時のニュースで天気予報を観ていて、ふと、ごみを出さなくてはならないことを思い出した。スティールトンの当てにならないごみ収集事情を考えると、収集日を逃すわけにはいかない。ロジャーから、そう念を押されていたのだ。

スザンナはローブを羽織って裏口に向かい、プラスチックの大きなごみ容器を、なんとか家の前の歩道に運び出した。

骨まで凍えそうな夜だった。澄んだ月明かりと静けさのせいで、寒さがいっそうきびしく感じられる。スザンナはごみ容器の蓋を確かめて——このあたりには野良猫がいると、ロジャーに言われていた——から、家の中に戻りかけた。

煉瓦敷きの通りの先で、物音がした。静かな、ほとんど聞き取れないほどのエンジン音が近づいてくる。振り向いたスザンナの目に入ったのは、ロジャーが近隣の住民と共同で設置した錬鉄製のアーク灯の、光と影のあわいをゆっくりと通り抜けていく二条のヘッドライトだった。光の中を通過するときに車が減速したので、車体の色が白だとわかった。自動車の型にはほとんど興味がなかったが、高価そうな車に見えた。

この時間帯にここを車が通るのはめずらしく、ただそれだけの理由で、スザンナは足を止めた。

車は通りの向かい側、三軒ほど先の家の前で停まった。街灯はともっているものの、一基の光の輪が途切れ、次の光の輪が届かない場所に駐車しているので、ぼんやりとした車の輪郭が、半月の明かりにかろうじて浮かび上がるだけだった。

車のドアをそっとしめる鈍い音が響く。スザンナは、家のポーチの物陰から見守り、耳を澄ました。

小さな靴音がして、車体よりさらに不明瞭な人影が車の前を回り込んだあと、また、こもった金属音が聞こえた。助手席のドアをあける音らしい。思ったより長い間があいて、ようやくドアを閉める鈍い音がしたので、やはりそうだと得心した。

ふたたび聞こえた靴音は、前のものより遅くて重たげだった。奇妙なのは、車のドアが二枚開いたのに、靴音がひとりぶんしか聞こえないことだ。この音の記憶に、スザンナは自信を持っていた。酒を飲む習慣はなく、たまにロジャーに付き合ってボルドーを一杯たしなむくらいだ。それに、小学校三年生のクリスマスの晩、サンタクロースがプレゼントをツリーの下に置いた音に目を覚まし、階下までサンタをつかまえに行って以来、父がよく目を細めては、うちの娘はとても感覚が鋭いな、と言っていたので……。目が闇に慣れてきた。寒さも増していたが、スザンナは次の展開を待った。

街灯の光の縁に、ふたつの人影が見えた。ほんの数秒だけ明かりに照らされた、ぼんやりとした姿。しかし、目に入ったのは予想外の情景だった。ひとりの男が、足をひきずりぎみにしながら、明らかに酔いつぶれた女を支えて歩いている。ふたりはポーチにも室内にも明かりのともっていない一軒のタウンハウスに向かっていた。

ふいにその姿が見えなくなった。最後に聞こえたのは、玄関のドアが開き、閉まる音だ。そして最後に見えたのは、明かりが点いた窓から洩れ出す黄色い光だった。

身震いしながら、スザンナは家に入った。

「その女性の身長は、どれくらいでしたか?」ステラがきいた。

ダンスが横目でステラをうかがう。スザンナ・パッチが眉根を寄せて答えた。「長身でした。まっすぐ立った男性にもたれていても、頭が相手の肩に届いていましたから」

「ふたりのうち、どちらかに見覚えは……？」

パッチが首を振る。「見たことのない男の人でした」恋人を一瞥してから、ダンスのほうを向いて、「ニュースを見たから、男性が白人で、女性が黒人だと知ったんです。そうでなければ、わからなかったと思います。とても暗かったので……。でも、男性のほうはあの人に違いありません。自分の家に入っていったんですから」

ステラはこの答えをしばし反芻した。「どんな体格だったか、覚えていますか？」

パッチが天井を仰ぐ。「大柄だったと思います。肩幅が広くて……。でも、女性がとても細くて華奢に見えた、と言うほうが正しいかもしれません。印象に残っているのは、女性のほうですね」

ステラがふたたび黙り込むと、ダンスが質問を再開した。

聴取を終えたふたりは、歩道に立っていた。八時を少し過ぎたところで、時間としては早いものの、パッチが語った夜のように、空気が澄んで寒く、通りも静まり返っている。「フィールディングの家が見たいわ」ステラは言った。

ダンスがうなずく。フィールディング邸のスペア・キーを持ってくるよう、ステラが事前に頼んでおいたのだ。ふたりは黙って煉瓦敷きの通りを渡った。

フィールディング邸は暗かった。入ってすぐ、ステラは照明のスイッチを入れた。初めの数秒間は、気持ちが落ち着かなかった。ここでふたりの遺体が発見されたのだ。明かりに照らされてはいても、家自体に、もはや住む者がないことの証(あか)しが、紛れもなく漂っている。よどんだ空気の匂(にお)い。暖房のない肌寒さ。死体安置所のようだ。

ここにダンスとふたりきりでいるのは、気が重かった。

ダンスに構わず、部屋から部屋へと歩き回る。リビングルームには飾りけがなく、機能優先の内装が施されていた。離婚を経て、自分の家具だけが手もとに残った、忙しい勤め人の姿が浮かぶ。キッチンの什器(じゅうき)類も、父ひとり娘ひとりに足りる質素なものだ。あるいは、フィールディングと客ひとりに足りるもの……。

ステラは無言で、ステンレスの流しを見つめた。ここでハム・サンドイッチとグラスに残ったビールが発見された。そして、不自然な取り合わせの、ヘロイン摂取用の道具一式。依然として、筋が通らない。いや、ひょっとすると初めて、何か筋を通すことができるかもしれない。

ステラは寝室に入って、クイーンサイズのベッドを見下ろした。

犯行現場をとらえた写真は、しっかりと記憶に刻まれている。裸のフィールディングとウェルチが、ともに死を迎えてもなお、似合いのふたりには見えない写真。その写真がとらえ損ねていたのは、ナイトテーブルに置かれた子どもの写真だった。ソフィアと同じように、その娘なりのかわいらしさが写し取られている。

背後にダンスがいるのを感じた。抑えた声が響く。「女のほうはもう死んでいたと思っているんだな？」

ステラは身を固くして、振り向かなかった。この二時間というもの、ダンスが聴取に同行を促したのはステラの推理を探るためではないか、もしそうだとしたら何が目的なのかと、考えを巡らせていた。何を言い、何を伏せるべきか、今決めなければならない。

「いいえ。男のほうがもう死んでいたと思っているの」

前に回り込んだダンスが、ベッドにどさりと腰を沈め、ステラの顔を見上げる。「そう考えると、説明のつくことがあるな。例えば、サンドイッチだ」

「カランの証言は、どう説明する？」

「カラン？」視線はまだステラに据えられていた。「それはむずかしいな。だが、フィールディングが殺されたんだとすると、犯人はやつの車を拝借する手立てを持っていたことになる。

死ぬ二日前、フィールディングは体調を崩して帰宅した。たぶん犯人も、そのことを知っていた。そこでフィールディングの白いレクサスに乗り込み、スカーベリーをうろついて娼婦を物色した。

カランが目撃したのは、それかもしれない。その二日後、今度はあんたのお友だちのナターシャ・ティルマンが、車を目撃した。犯人がティナ・ウェルチを拾うところを」

ステラは腕を組んだ。これまでさまざまな悪行を目にしてきたが、第一の殺人を粉飾するために第二の殺人を計画し、犠牲者を手当たりしだいに選ぶのは、次元の違う犯罪だという気がする。「ミチェリなら、こうきくでしょうね——犯人はどうやって、争うこともなくフィールディングに注射を打てたのか？　そもそも、過剰摂取がふたりの命を奪うということを、どうして確信できたのか？　だから、事故死の線は捨てられない」

ダンスが顔をしかめた。「スザンナ・パッチの話はどうなる？　確かに、目撃証言というのはあてにならない。特に、細かい記憶に自信を持つ人間の証言はな。だが、もしスザンナの言うとおりだとすると、ティナ・ウェルチがここに着いたときは、少なくとも意識を失っていた。そんな状態から目を覚まして、フィールディングにヤクを打ってから、さらに自分にも打ったというのか？」

ステラは肩をすくめた。表向き、これは職務上のやり取りで、互いの仮説を披露し合う仲間同士の会話だった。しかし、ステラには、ふたつの異なる階層——理論そのものと、それぞれが明かすまいと決めた手がかり——から成るゲームのように思えた。

ためらった末に、「殺人説の問題点はウェルチね。フィールディングではなく」

「なぜだ？」

「パッチの話では、到着したとき、ウェルチは意識を失っていた。ティルマンの話では、その約三十分前、ウェルチは警戒心をじゅうぶんに持っていたのに、フィールディングの車に乗り込んだ。

ウェルチは車の男を知っていたのよ。さっき言ったように、その車に同乗するほど、そして途中で薬物を注射するほど、よく知っていた。でも、別の人間が一週間のうちに二度も、フィールディングは先に死んでいたかもしれない。でも、別の人間が一週間のうちに二度も、フィールディングの車でスカーベリーをうろついたと考えるのは、無理があるわね」言葉を切り、相手から目をそらさないよう注意しながら、もっともらしく聞こえることを願って、「二日前の夜にカランがレクサスを見かけたのだとすると、フィールディング本人が運転していた可能性は大きい。そして、ふたりが死んだ夜、ティナがレクサスに乗り込んだのも、すでに顔見知りだったとすれば、うなずける。どんなに妙な取り合わせだとしてもね」

自宅に戻ると、家の前にパトロールカーが一台駐まり、制服警官がポーチに立って、警備にあたっていた。ステラは警官にねぎらいの言葉をかけてからドアをあけ、ふと、アルコーヴの前で立ち止まって、スターの死体を発見した場所に目を凝らした。

大きく息を吸ったあと、二階に上がる。ベッドに横になり、濡らしたタオルを目にかぶせて、頭の芯からこめかみを貫くような頭痛を和らげようとした。

思考が混乱している。スター。ノヴァク。マイケルとソフィア、フィールディングとティナ・ウェルチ。ナターシャ・ティルマン。ホールの申し出、それから、ブライトの申し出。蛮勇の様相を呈してきたみずからの野望。ダンスを欺くもとになった懸念……。『現時点で、きみとダンスはなんの証拠も持っていない』アーサーはそう言っていた。しかし、それは真実ではないかもしれない。犯人像は別にして、ステラだけが、その理由を、あるいは、真実がどれほど驚嘆すべきものになりうるかを知っている。

ステラはわきにある送話器を手に取って、かちりという音が聞こえないか、盗聴を示す不規則なダイヤル音が聞こえないかと、注意深く耳を澄ました。何も聞こえなかったが、しばらく時間を置いてから、ミチェリの自宅に電話をかけた。

「たびたび煩わせて、ごめんなさい。癖になったわけじゃないんだけれど、ききたいことがあって」

「猫のことでなければ、構わないわ。何？」淡々とした声。

「トミー・フィールディングの身長がどれくらいだったか、覚えている？　ウェルチの身長も」

「精確にはわからない。たぶん、百八十五センチないし百九十センチ。ウェルチも小さくはないわ。百七十強というところでしょう」

ステラの記憶とも一致した。「ふたりの尿検査で、フルニトラゼパムの有無は確かめた？」

「必要ないと思ったから」検屍官(けんし)は即答したが、声には虚を突かれたような響きがあった。「必要なの？」

「ええ。できるだけ早く」

15

翌朝、ステラはマイケルのオフィスを訪ねた。

マイケルが書類の山から顔を上げる。最初に表われたのは驚きで、次に警戒と憤懣の表情が浮かんだ。その怒りがどれほど強いものであれ、ステラを脅威ととらえていることがうかがえる。それが有罪の証なのか、その逆なのかはわからなかった。マイケルは口を開かず、自分から話しかける気もないようだ。

ステラにとっても、言葉を見つけるのは容易ではなかった。何も言わず、目もそらさずに、机の前の椅子に腰を下ろす。

「言っておくことがあるの」

「あなたがブライトのところに行かないなら、何も話すことはありません。スローンからは、もうあなたの仕事を手伝わなくてもいいと言われてます」

そっけなく拒否されて、ステラは途方に暮れたが、それも瞬時のことだった。「ソフィアのことは別にして、謝罪を望んでいるのなら、それはむだよ。この前の晩わたしが言ったことは、全部ほんとうだから」低く、抑えた声で、「ここに就職する前に、わたしは、ジャックとの関係をアーサーに話した。あなたは、ヴィンセント・モロのお金を学費の足しにしたことを隠していた。ほかに何を隠しているか、知れたものではない。わたしの家には、侵入の形跡がまったくないのよ、マイケル。犯人が鍵を持っていたことは間違いない。あなたが誰に鍵を渡したのか、教えて」

マイケルがじっとにらみ返す。「誰にも渡してません」椅子から腰を浮かせて、「ブライトを呼びましょう。今すぐに。これ以上ヒステリーには付き合ってられない」

ステラの全身が張り詰めた。「あなたの仲間に伝えてちょうだい。わたしは、誰がジャック・ノヴァクを殺したかを突き止める。誰が命じたか、なぜ殺されたかも。そして、次はあなたの番」呼吸を整え、懸命に声を抑える。「ここに来る前に、手紙を一通書いて、貸し金庫に預けてきたわ。あなたがやったと思われることを、すべて記してある。だから、あなたの仲間がわたしに何かする前に、そのことも伝えてちょうだい。そうすれば、仲間があなたの存在をどの程度重要に考えているか、わかるでしょう」

怒りの表情が、信じられないと言いたげな顔つきに変わった。低く小さな声に、愕然とした響きが混じる。「本気なんですね？」

ステラは立ち上がって、正面から相手を見据えた。「レイクフロントの正体は、何者なの、マイケル？」

視線に少しでもすきがあったなら、今のマイケルは心底とまどっているように見えたことだろう。「ぼくが知ってると、本気で思ってるんですか？　その疑問をあなたにぶつけたのは、ぼくですよ。ぼくがいなかったら、今そんな質問も出ないはずでしょう」

ステラは険しい笑みを浮かべた。決意を保つことに命がかかっているというように。いや、現実に命がかかっているかもしれないのだ。「では、返事を待っているわ」言い残して、その場をあとにした。

それからの数時間を、ジャック・ノヴァクのオフィスで無為に過ごした。業務が差し迫っているのに、気がつくと、心はまずマイケルへ、次いでジャックへと漂っていく。屈辱的な最後の週末を過ごした別荘へ。ジャックに関する最後の記憶――弛緩（しかん）した体と飛び出した眼球――へ。

ジャックを殺害した人間は、室内を家捜ししていた。

証明できるわけではない。ジャックの性癖を知っていればこそ、察しがつくのだ。かつて恋人の部屋で目を覚ました朝、ステラは、ジャックが出かける前に必ず全部の抽斗（ひきだし）を閉じる姿を目にしていた。懶惰（らんだ）に流れていった後年の私生活のなかで、物を整理する習慣だけは失われなかったらしい。ジャックのファイルは、最後の年度のものさえ、順序よく、整然と分類してあった。

そして、何も語ってはくれなかった。

癒着を示す契約も、不当に軽い量刑も見当たらない。証拠が消えたという記録もない。ただし、注目すべき箇所と破棄すべきファイルを、マイケルが知っていたなら、話はべつだ。それとも、ジャックはやはり整理整頓の癖を失ってしまったのか。

いや、違う。モロが別の目標を設定し、もっと確かな防衛策を見つけたということも考えられる。ことによると、息のかかった法執行官が高い地位に就いて……。

ステラは送話器を取り上げ、ミチェリに電話をかけた。「例の検査はどう？」

「あと二時間ちょうだい」いらだちではなく、不安が聞き取れる。「それから、こちらに来て」

ステラは理由を尋ねなかった。電話を切ると、時間をつぶすために、さらにファイルをめくって、予想どおりの結果を得た。不正の痕跡も、ジョージ・フラッドやヴィンセント・モロへの計らいもなし。

時計が四時を回ると、車に乗って検屍官事務所に向かった。

机の向こうで立ち上がったミチェリの表情は重々しく、照らし下ろす蛍光灯のせいで、その造作がいっそう厳格な趣きを呈している。内線をかけて、秘書に電話をつながないよう伝えたあと、戸口まで歩いていってドアを閉めた。

ない。

「どこから始めればいいかしら」突き止めた事実と距離を置こうとするかのように、専門家らしい冷静な口ぶりで言う。「わたしたちの手順については、あなたも知っているとおり。ありとあらゆる種類の検査が存在するけれど、一件一件に全部を試すわけではない。

　例えば、ノヴァク。わたしたちは、薬物とアルコールに関する血液検査を行なった。それが意味のあることだから。でも、その検査でほかの物質の存在が明らかになるとは限らない」

「フルニトラゼパムとか」

「そのとおり。別の検査が必要になる。あなたから説明されるまで、その検査をすることは考えなかった。フィールディングとウェルチについても同様」いつになく柔和な声になる。「ウェルチは陰性だったわ。フィールディングは陽性だった」

　ステラは皮膚に冷たく戦慄が走るのを感じた。「ノヴァク」ゆっくりと口に出す。「そして、フィールディング……」

　ミチェリがうなずいた。今回ばかりはステラに先んじたと言いたげに。「ウェルチは常用者だった。だから、注射を強要する必要はない。フィールディングは違う。でも、

「電話の件とは別だけれど」と、話を始める。

　ステラはみぞおちにきしみを感じた。「何?」

麻薬の致死量の判断という問題が残る。ビールにフルニトラゼパムを盛るほど熟練した人間なら、過剰摂取で確実にふたりを死なせるだけの知識を持っているでしょう。

いろいろな可能性を検討してみたわ。そして、ボルチモアで致死事件が大発生したのを思い出した。原因は、フェンタニールという薬物を混ぜ込んだヘロインが出回ったこと。これは困った麻薬だった。フェンタニールは麻酔薬だけれど、効力はモルヒネのほぼ倍。ヘロインとフェンタニールの過剰摂取は、確実に〝務めを果たす〟わ」体の前で両手の指を組んで、「ウェルチとフィールディングの死因も、それだった」

黙り込んだステラの頭の中で、手の込んだ忌まわしい謀略が、疑念から事実へと形を変えていく。ジャック・ノヴァクを殺した人物が、ウェルチとフィールディングを殺したのだ。その姿を目撃したのは、スザンナ・パッチだけ。ナターシャ・ティルマンの喉を切り裂いたのも、同じ人物に違いない。その犯人が、回を追って度を増していく脅迫を仕掛けて、ステラの身にも危機が迫っていることを告げ知らせている。しかし、ノヴァク殺害の動機を、考えつくかぎり並べてみても、ほかの殺人と結びつくものはひとつもない。

「犯人について考えてみましょう」ミチェリが言う。

「ええ」

「デート相手をレイプするための薬なら、大学生の男の子でも知っている。でも、フェンタニールとなると……。麻薬取引を生業にしているか、医療などの専門知識を有する人間でしょうね」ひと息ついてから、「あなたの猫を殺したのも同じ人間よ、ステラ。それは心に留めておかなくては」

ステラは、口にすべきことを何も思いつかなかった。

検屍官事務所を出たステラは、顔を上げて、通りの先に目を向けた。

冷たい風がもの哀しい音を立てながら、コンクリートの峡谷を通り抜けていく。経営難の商店、古いオフィスビル、すでに閉店したレストラン。四街区先にはスカーベリーがあり、その先の、オノンダガ川沿いにある鉄鋼の橋脚近くで、ハイチ人ジャン＝クロード・デノアイエの死体が発見されたのだ。ステラは身を震わせた。球場とともにスティールトンの希望の支えとなる新しいオフィスビル群は目と鼻の先だというのに、このダウンタウンの町並みには、不穏な静けさが漂っている。都心部に住むことを怖れた白人たちが逃げ出したあとに、取り残された場所。その白人たちは、同郷の人種が集まる町や郊外に身を寄せ合って暮らし、その子どもたちは、けっしてこの界隈を知ることがない。世の女たちと同様、ステラも今、この殺伐とした風景に怖気を覚えていた。

誰も見当たらない。通りを横切って自分の車に向かいながら、消えたウェルチとティルマンのことを考えた。そして、ふと、デノアイエの話を思い出した。安全だと思って自分の車に乗り込んだところで、ジョニー・カランから、頭に銃を突きつけられたのだ。

車のわきで立ち止まり、窓越しに車内をうかがう。何者かがひそんではいないか……。

誰もいないことが確認できたとき、初めて喉の奥に拍動を感じた。

避難場所が必要だ。安心して考えごとができる場所。今はもう、そんな場所はひとつしかない。

運転席に乗り込み、ワルシャワに向かって車を走らせた。尾行されていないか、バックミラーで確かめながら。


いつもどおり、聖スタニスワフ教会の厚い扉は開かれていた。

ステラは手彫りの装飾が施された木に片手を預けた。一世紀を守りつないできた代々の司祭と同じように、コワク神父も、平安を求める人々の聖域として、教会を常に開放している。かつてステラの曾祖父キャロル・マージェフスキーも、その伝統を支えた。そして今、先人の想像力を超える年月を経て、ステラはここに戻ってきた。

すばやく教会の中に足を踏み入れる。

キャロルがほとんど英語を話さなかったことは、ステラも知っていた。曾祖父が耳にしていたミサは、ステラが初めて参列したミサと同じく、古式ゆかしいラテン語で執り行なわれたものだ。今、静寂の支配するこの空間に、近隣の住民らしき女性がひとり、た。

蠟燭の灯された祭壇の前で背を丸め、十字を切っている。石の上にステラの足音が響い
父と子と精霊の御名において。

ステラは四歳だった。祖父の葬儀のミサで、両親のわきに縮こまっている自分の姿が、最初の鮮明な記憶だ。子ども時代から検察官になった今に至るまで、千回にも及ぶこの教会への訪いが、ステラの人生を貫く糸だった。それを途切らせたのは、父に勘当された苦しい数年間だけだ。そのあいだに一度だけ、ジャックと最後の週末を過ごしたあと、ここへ来たことがある。今夜と同じように左右を見回して、誰にも見られていないのを確かめながら……。あのときも、やはり、祖父エミール・マーズの葬儀のミサを思い出していた。

神の母、聖マリア……罪深きわれらのために、今も、死を迎える時も、祈り給え。

あの週末も、小さな死を思わせた。

『だいじょうぶだよ、ステラ』ジャックがそう言ったとき、ステラは、ほかの男が外で耳を澄ましているのを感じた。『ぼくのために。ふたりのために、お願いだ……』

ひざまずくと、暗がりの広大さが身を包み込む。これだけの時を隔てて、ふたたびここに帰ってきたが、今なおジャック・ノヴァクにつきまとわれ、今なお生き延びる手立てを模索しているのだ。

祈りに導かれて、神に授かった理性が輝きだすことを、ステラは願った。しばし時間を忘れて、祈りとこの場所の力に身を委ねる。そしてようやく、検察官としての推理を組み立て始めた。

犯人はまずフィールディングを、次いでノヴァクを殺害した。真の動機を隠すために、犠牲者たちをおとしめるような死を仕組んだ。フィールディングは、黒人娼婦とともに麻薬に浸って……。ノヴァクは、性倒錯の儀式の絶頂で……。偽装のための死。女たちの死は、それ自体に意味はない。ウェルチは小道具として殺された。ティルマンはただ運が悪かった。犯人はスカーベリーまでステラのあとをつけ、ティルマンがステラの車に乗り込むところを見かけて、過剰な警戒心を働かせた。ティルマンの握っている情報を恐れたのだ。

それこそが、フィールディングとノヴァクを結ぶ共通項だろう。麻薬でもなく、十年前のジャックの汚職でもない。ふたりが握っていた情報。そして、その情報の持つ破壊力……。

しかし、ジャックとフィールディングがともに知りえた情報とは何か？

セックス絡みでないことは明らかだ。アマンダ・フィールディングの言葉を信じるなら。ステラはふたたび思考を漂うに任せた。

フィールディング邸の捜索では、ポルノ雑誌が見つかった。あれは、ありもしない性的嗜好を印象づけるために、犯人が用意したものだろう。しかし、ジャック・ノヴァクに関しては、その必要がなかった。

カランによれば、ジャックは〝演出〟に入れ込んでいた。ミッシー・アレンの話が、それを裏づける。ジャックの心の洞と、絶えず興奮を求める性癖が、その人生を呑み尽くした。しかし、それ以外にも、ジャックのあの死にざまには理由があるはずだ。

ひざまずいた姿勢を崩さずに、ステラは答えを探し求めた。

直感は、犯人がジャックの部屋を家捜ししたと告げている。

いったい、何を探していたのか？　それがトミー・フィールディングとどうつながるのか？　犯人がそれを見つけたのなら、なぜ、ステラを脅し続ける必要があるのか？なぜ、脅迫のたびに嗜虐の度を加えるほど、ステラの捜査を恐れるのか？

おそらく、犯人は目的を果たせなかったのだろう。

ステラはあてどもなく、自分の知識のおさらいをした。警察はジャックのオフィスをくまなく捜索し、遺言状の保管されている貸し金庫をあけた。そして、週末用の別荘へ行き……。

記憶がよみがえって、ステラは目を閉じた。

半分裸のまま、ステラは泣きだした。

寝室のドア越しに、声が聞こえる。男ふたりが交わす声と、ジャックがステラの相手をさせようとした男のせせら笑い。やがて、玄関のドアを開閉する音がした。

何も聞こえなくなった。

安堵とみじめさに、ステラは身を震わせた。寝室のドアが開く。

ジャックがステラに目を向けた。「ディエゴは帰ったよ」

涙がステラの頬を伝う。くぐもった声で、「わたしも帰る」

ベッドに坐ったステラの隣りに、ジャックが腰を下ろして、髪と剝き出しの肌を撫でてくる。

「やめて」ステラはいきなり立ち上がり、ビキニのトップを拾おうとした。しかし、ひどく動揺していたせいで、つかみ損ねた。反射的に上体をかがめて、裸の胸を隠す。

「おびえすぎだよ。無理強いするつもりはないんだ」

ジャックに背を向けて、ステラはどうにか服を身に着けた。背後に聞こえる恋人の声は、相変わらず優しげだった。「なんでもないんだよ、ステラ。ただの実験さ。最初に話し合うべきだった」

ステラはさっと振り向いた。「話し合う？　わたしを酔わせて、抵抗できないようにしたくせに。わたしが自分のしたことに気づくのを、観賞するつもりだったんだわ」

ジャックがかぶりを振った。「下種の勘ぐりだね。父親譲りか」ステラの顔つきを見て、すかさず言い足す。「悪かった。一方的すぎたよ。でも、きみだって一方的なところがあったんじゃないか？」

相手の移り身の速さに、そして父を擁護したいという突然の思いに、ステラは呆然となって立ち尽くした。ジャックに促されてリビングルームに向かうあいだ、恍惚感にも似た恐怖に感覚を奪われ、抗うこともできなかった。

ふたりは部屋の中央に立った。いつくしむように、ジャックがステラの額に口づける。「来週は演奏会の初日がある。きみを連れていくのは初めてだね。ドレス姿のきみは、きっと映えるだろうな」

ここに至ってなお、おだてに乗ると思われているのが悔しくてならなかった。そして、おだてに乗って同行すると思われていることが……。

身を離したジャックが、書棚まで歩いていくと、一冊の革装の本に手を伸ばした。

ステラは、未知の出来事を前にした子どものように、見守っていた。アルコールのせいで、まだ頭が働かない。すでに過ぎ去った出来事の道筋から、現実へも非現実へも傾かないおぼろげな時間。向き直ったジャックが、両手でその本を軽く揺らす。

「ほら」

読めというのだろうか？　すると、ジャックが本を開いた。中が空洞になっている。

輪ゴムで留めた分厚い百ドル紙幣の束が三つ入っていた。すぐに、麻薬絡みの金だとわかった。

「私設のスイス銀行さ。不意の出費に備えてね」

ステラは札束を、そしてジャックを見つめた。「演奏会用だよ、ステラ。きみの新しい服のために。それと、きみが合わせたいものをなんでも買うといい」

その顔には、もう笑みが浮かんでいる。

ジャックはまさに今、自分にとってステラがどういう存在かを語ったのだ。しかし、それより醜悪なのは、金の出所をステラが知っていることだった。ステラを信頼したあの売人のおびえた姿が、記憶に焼きついていることだった。そして、ハイチ人が死ぬ数日前、ジャックのオフィスの暗がりにいたヴィンセント・モロの姿が、焼きついていることだった。

煮えたぎらんばかりの怒りに駆られて、ステラはその本をジャックの手から叩き落とした。

紙幣の山が、ジャックの足もとに散らばる。本は伏せられた形で床に落ち、背表紙が見えて、題名が――ジャックの心ないジョークが――目に入った。『罪と罰』。

顔を上げて、ジャックの赤らんだ顔を、あっけにとられた目を、にらみつける。

「家まで送って」ステラは言った。

ここでステラは目をあけた。

振り返って、聖スタニスワフの殉教を描いたステンドグラスに視線を注ぐ。あのときと同じように、今も、自分が何者であるかを思い出すよすがとなるもの。

仕事以外でジャックと過ごしたのも、別荘に行ったのも、あの週末が最後だった。以来、あの別荘を再訪することを考えるだけで、胸が苦しくなった。あそこに足を踏み入れたら、ジャックが望んだ女、そして自分が忌み嫌う女になってしまうような気がした。それでも、魔除けのつもりで、別荘の鍵は取ってあった。最後にステラの友情を得ようとしたジャックが、司法試験の勉強用にと申し出て、その鍵をよこしたのだ。今もまだ抽斗にしまってある。〝プラハの嬰児〟の破片の隣りに。

ひざまずいたまま最後の祈りを唱えてから、ステラは立ち上がった。

外に出て、ふたたび通りをうかがう。そして自宅に車を走らせ、鍵を取ると、湖畔に建つジャックの別荘へと向かった。

PART FOUR

NATHANIEL DANCE

第四部

ナサニエル・ダンス

1

一時間四十分後、ステラは幹線道路をはずれて、ジャックの別荘へと続く長い未舗装道路に入った。

速度を落とし、ヘッドライトが照らす草地の合間を走りながら、ほかに曲がった車がないかを確かめる。何も見えない。しかし、安心はできなかった。この地ではひとりきりで、身を守るすべもない。この数分間、頭の中では自分への問いかけが渦を巻いていた。直感だけを頼りにここまで来たが、目的地が近づくにつれて、それを疑う気持ちがどんどん強くなってくる。それでも、引き返しはしなかった。

葉のない柳の木が一本立っているところが私道の終点で、そのかたわらにジャックの別荘があった。建物の裏にはエリー湖の暗い湖面が広がる。ステラは車を駐めて、外に出た。湖水が低くこもった音を響かせて、広大さと深みを誇らかに伝えた。その響きにかぶさるように、狭い浜に打ち寄せる波の音が聞こえてくる。そのほかに耳に入るのは、木々の枝が風にそよぐ音、凍てついた砂利を踏みしめる自分の靴音だけだった。

星のない夜空を背景にして、別荘の輪郭が浮かび上がる。世紀の変わり目に、スティールトンの資産家が建てたものだ。平屋とはいえ、荒く削り出した木材を使った大きな家で、石造りの暖炉、高い天井、剝き出しの梁を備えている。いまだに内装がはっきりと頭に浮かんでくるのを、ステラは意外には思わなかった。その室内をふたたび目にすることができるかどうかは、十三年前の鍵が使えるかどうかにかかっている。

何はともあれ、鍵穴には収まった。

ステラは上体をかがめ、粗い木製のドアに額を押しつけた。鍵は回らない。手首に力を込めて左右に動かす。かちりと音がした。錠前のはずれる音に身が縮む。

ゆっくりと、ステラはドアを開いた。

中は真っ暗だ。手探りで明かりのスイッチを見つけた。

背後の壁に据え付けてある照明が、広々とした部屋の中央に向けて、淡い光を投げた。部屋の隅はいまだ闇に隠れている。ステラは動かなかった。

すべてが記憶どおりだった。暖炉、積み上げた薪……チーク材の帆船の模型は、ジャックの三十八歳の誕生日にステラが贈ったものだ。今は自分が同じ年齢に達したのだと思うと、奇妙な気がすると同時に、悲しくもあった。時間の経過を、そして、ジャックがもう歳を取らないという事実を、いやでも想起させられる。まるで博物館にいるようだった。

ここにあるのは、ジャックが求めてやまなかったものの残骸(ざんがい)だ。かつてジャックが、みずからの完璧(かんぺき)さの拠(よ)りどころと信じた品々。豪華なペルシャ絨毯(じゅうたん)、精巧なステレオ、数百枚にのぼるオペラと交響曲のレコード、高価なワインの空き瓶、装備の整った白いヨットの写真。しかし、ひとつとして、それで事足りるものはなかった。なぜなら、ジャックは、ひとつの空間、ひとつの時間を埋めて心安らぐという、最も単純にして最も価値の高い行為を、ついにわがものとすることができなかったからだ。

ゆっくりと、ステラは部屋の奥へ向かった。

特大のテレビを囲んだ書棚に、本がぎっしり詰まっている。美術全集、革装の古典、ヨットや天文学に関する専門書。ジャックの旺盛な精神活動を維持するための食糧だ。あらゆる書籍がそろっているが、歴史書だけはなかった。読書に関しても、ジャックは刹那(せつな)主義者だった。利用できない物事には、興味を示さなかった。利用できない人間にも。

記憶の中のジャックは、革装の本に手を伸ばしていた……。

その本はすぐに見つかった。ここにも、ジャック・ノヴァクの存在の名残がある。最後の最後まで、ジャックは整頓(せいとん)好きだった。だから、本の位置も変わっていなかった。金箔(きんぱく)を押した題名が目に入る。『罪と罰』。

中には、ビデオテープが一本入っていた。

個人が録画したものだ。ジャックには似合わず、題名も記されていなかった。商標から察するにＶＨＳのテープで、比較的古い――九〇年代ではなく八〇年代の――製品らしい。その古さと、隠されていたという事実が、部屋の静寂をいっそう不穏なものにした。

テープを片手に、正面の窓辺に向かう。ほとんど何も見えないが、ほかに誰もいないらしいことはわかった。神経をとがらせて、ブラインドを下ろす。

ビデオデッキはテレビの下側にあった。ぴりぴりしているせいで、動作がぎこちない。電源を入れなければテープを挿入できないと気づくまで、しばらくかかった。ようやく作業をすませて、いったん動きを止め、深く息を吸う。それから、スイッチを入れた。

テレビがはぜるような音を立てた。画面に白い光が一閃したあと、空白のしるしである灰色と白の粒子が続く。敷物の上にあぐらをかいて、ステラは待った。

唐突に映像が現われた。

音声がなく、妙に現実離れしている。人けのない部屋、ベッド、クロゼット。画面は粗く、視点は変わらない。カメラが固定されているようだ。部屋全体は目に入らないが、窓がないか、もしくは夜間に撮影されたものらしい。

しばらくのあいだ、まるで監視カメラの映像のように、なんの変化もなかった。しかし、動きのない無機的な視点が、緊張を促す。ステラは肩越しに背後を振り返った。

ふたたびテレビに向き直ったとき、画面にひとりの女が現われた。

二十代前半とおぼしき、若い女。薄暗い映像の中で、その裸体が銀色に光っている。

女はカメラに背を向けて、クロゼットに歩み寄り、扉をあけた。

クロゼットの中に一脚のスツールが置いてある。

女がスツールを取り出した。そのときステラは、クロゼットのドアに注意を引かれ、そこに目を凝らした。そして、はっと息を呑(の)んだ。

クロゼットの天辺(てっぺん)近くに、金属のフック状のものがある。コート掛けに似ているが、それよりはかなり大きい。そこに、革紐(かわひも)が巻きつけてあった。

女は待ち受けるようなまなざしで、レンズの射程外にある何かを、あるいは誰かを、見つめている。これは間違いなく、隠しカメラで撮った映像だ。戦慄(せんりつ)の兆(きざ)しを感じながら、ステラは待った。その危惧(きぐ)が乗り移ったかのように、画面の女が身構える。

男がひとり現われて、女に近づいていった。

男もまた、裸だった。顔は見えない。しかし、あるものが見えて、心臓が跳ね上がった。男は、ガーターベルトと絹のストッキングを身に着けていた。ハイヒールを履いているせいで、一歩一歩が心もとなく弱々しい。死刑執行に向かう囚人を髣髴(ほうふつ)させる。

思わず、ステラは立ち上がっていた。

今目にしているのは、犯人が描いたジャック・ノヴァクの死の再現だ。突然、そう確信した。ただし、これは予告であり、テープはジャックの所有物なのだが……。

男が向きを変えてハイヒールを脱ぎ、スツールにのぼる。

画像が不鮮明で、顔がはっきりしない。革紐を首に巻くその動作には、薬物か酒で朦朧とした人間の鈍さが見て取れる。しかし、同時に、段取りに慣れたようすと、抑えがたい衝動がうかがえた。この部屋に来たのは初めてではなさそうだ。だいぶ以前から、この超常的な空間を訪れているのだろう。

女がひざまずき、男を口に含む。

ステラは腕を組んだ。懸命に目をそらすまいと努めた。画面の中では、爪先立ちになった男の首に、革紐の環が食い込んでいる。女のほうはそのまま、口を使っていた。

男が身をよじり、自分の足の下からスツールを蹴り出した。

ステラは自分を抱き締めるように、組んだ腕に力を込めた。男のほっそりした体が、絶頂を迎えてわななく。

突然、映像が大写しになった。クローズアップになった男の表情。その口は、法悦と劣情に、裂けそうなほど大きく開かれていた。

「まさか」ステラは低い声を洩らした。「まさか……」

画面の中で、アーサー・ブライトがゆっくりと目を閉じた。

ステラが初めて会ったときよりも若い。知り合うはずのなかった男。知り合いたくもなかった男。

ふたたびカメラが引いて、視界が広くなった。革紐をはずすのを手伝っている。女がスツールをブライトの足の下に戻し、革紐をはずすのを手伝っている。


スツールから下りたブライトの足もとがよろめいた。酸素不足と、服用した薬物か酒のせいだろう。それから、壁にもたれかかった。

女がまたレンズの射程外に目を向けたとき、ブライトはすでに正体を失っていた。

ふたりめの男は、まったく違うタイプだった。

ステラは息を呑んで、画面いっぱいに現われた男に、じっと見入った。がっしりした巨体。精悍で、荒っぽさのみなぎる裸身。女に接する態度には思いやりが感じられず、不穏な雰囲気を漂わせている。

少しずつ、ステラは画面に近づいた。映像の女も不安を抱いているらしい。男が近寄るにつれ、一歩、また一歩とあとずさりをして、行き場を失った。

男が立ち止まり、何か言った。女が首を振る。今ではその一挙一動に、恐怖がにじみ出ていた。

猫を思わせる敏捷さで、男が一歩踏み出し、女の顔面に平手を見舞った。

女の頭ががくんとのけぞる。男がこぶしを固めた。すばやく強烈な次の一撃が、女の顎をとらえる。

女の首が急角度にかしいだ。頭部が壁に激突する。その顔が大きく前方へのめる前に、何かたいへんなことが起こったとわかった。純然たる物理運動のような、引き戻すすべもないその倒れかたは、脳の機能が失われたことを示している。

画面の男も、反応から察すると、同じことに気づいたようだった。その瞬間、ステラは、愕然と男の正体に思い当たった。それから、男がカメラに顔を向ける。

女の上にかがみ込んだジョニー・カランが、女の体を手荒く仰向けに転がした。女は目を見開いている。静止したその眼球を見れば、意識を失っているのではなく、死んでいることは明らかだった。カランの表情には、いらだちしかうかがえない。

じっと見守りながら、ステラは、悪寒が走るのを感じた。

ひとりの女が殺される現場を、目撃したのだ。しかし、画面で見るカランの反応は、ステラとは違って、嫌悪感ではなく冷静さに基づくものだった。てきぱきとした動きのひとつひとつが、思考の明晰さと感情の不在を示している。女の脈を確かめ、心臓の音を聞き、その口もとに、自分の指を二本かざす。

女の死を確信したらしく、立ち上がり、ブライトを引っ張って立たせた。死体から引き離されるブライトの頭部が、片側にだらりと垂れる。

いきなり映像が消えた。

衝撃と困惑に襲われて、ステラは椅子に坐り直した。目にした事実を消化するまで、数分間、もしかすると、それ以上の時間がかかった。その意味をじっくり考えるのには、さらに長い時間を要した。それからようやく、わが身に迫った危険と、今後の行動の選択肢について、考えを巡らした。それぞれの選択肢が何を意味するか、どういう結果を生み出すか、見通しは暗く不確かであっても、今、何かを決めなくてはならない。

できるだけ静かに立ち上がり、ドアをあけた。穏やかな夜で、風もない。深く、やむことのない湖の水音が、今は邪悪な響きを帯びて聞こえた。

家の中に入り、ドアの鍵をかけ直したあと、ステラは電話を二本かけた。二番めにかけた相手は、アーサー・ブライトだった。

ひと晩かけて白人居住区を回ってきたばかりのブライトが、精彩を欠いた困憊ぎみの声で応じた。今でさえ、ステラは、胸中のいちばん強い感情が何であるのか、わからなかった。怒りか、恐れか、憐れみか……。

「会いたいんです」ぶしつけに伝える。「今すぐ」

不思議な感覚がステラをとらえた。たとえ最小の断片であろうと、真実を手にした今、ある種の静けさが心に染み入ってきている。自分の声に、それが聞き取れた。

「今すぐかね？」とがめるような口調。「真夜中だというのに」

「承知のうえです。ジャックの事件に関わることで、先送りはできません。あなたも、先送りは望まないと思います」

沈黙が訪れ、ステラの脳裡に、疑念と思惑を巡らせる上司の姿が浮かんだ。やがて、ブライトが言う。「局で会うことにしよう」

「二時三十分にしてください。かたづけなくてはならない用があるので」答えを待つことも、居場所を告げることもせず、電話を切った。

ビデオテープをデッキから取り出し、別荘を出る。待ち伏せされている場合に備えて、気づかれないよう――縁起かつぎ程度のむだな用心だが――忍び足で歩いた。

しかし、人の気配はなかった。車にたどり着き、運転席に坐って、ドアをロックする。それから、急いでエンジンをかけ、後ろも見ずにその場を離れた。

スティールトンに向かう途中、これからなすべきことを頭の中で復唱した。家に帰る。テープのコピーを取る。それを自分宛の封筒に入れて投函。安全な回線から、もう一本電話をする。

ステラはそのすべてをすませた。そして、二時三十分になる少し前、ブライトのオフィスに入った。相手がすでに来て待っていたことを、意外とは思わなかった。

2

睡眠と、多忙な日程を消化するためのアドレナリンの高まりと、活力を演出する誂えのスーツ。そのすべてを欠いたブライトは、普段よりさらに痩せて見え、脆さと隣り合う内面の繊細さをうかがわせた。ステラの憐憫の情に歯止めをかけているのは、悲痛な怒りだけだった。

「見てもらいたいものがあります。わたしのオフィスで」

反論を許さない口調だった。ブライトが腰を上げて、ステラのあとに続く。機械を目にしたブライトが足を止め、立っているほうが好みだと言いたげに、壁に背を預ける。

すでに大会議室から、キャスター付きのビデオデッキを運んであった。

ステラはドアを閉めた。デッキのスイッチを入れたときも、ブライトはじっと動かなかった。

画面に空き部屋が映し出される。

ブライトが口を開いたが、声は出てこなかった。奈落の底に見入るように、映像に目を据えている。

抑えた声で、ステラは言った。「エンディングはわたし好みじゃありません」

いきなりブライトが機械に駆け寄り、画面を消した。恥と怒りと屈辱とで、目がうっすらと潤んでいる。感情を剝き出しにしたその瞳を見ると、魂の奥底をのぞき込んでいる気にさせられた。

「先に言っておきますが、コピーを取ってあります」

ブライトが腕を組んだ。何か、内に秘めた力を奮い起こそうというのか。さまざまな顔を使い分けて生きるためのその力が、ステラにはそら恐ろしく感じられた。しかし、ブライトの声音は、ささやき声としゃがれ声のはざまを漂っていた。

「何が望みなのかね？」

こちらの出かたを探るような、曖昧な質問だった。まだなんとか収拾がつくと思っているらしい。憤りと告発の後ろめたさとがせめぎ合う心の隅で、ステラは一瞬、相手の狡猾さを逆手に取れないものかと考えた。そして、思い浮かぶただひとつの答えを返した。「真実を知りたいんです。包み隠しのない真実を」

「〝真実〟？」ブライトが鸚鵡返しに言う。「きみは十何年も前にこの世界に入って、ノヴァクの下で働き、今はここで働いている。それでいまだに、この世には善と悪しか存在せず、そのふたつを見分ける物差しは〝真実〟だけだと言い張るつもりかね？」

「やめてください、アーサー。百歩譲っても、あなたは殺人の共犯者です。へたな相対論ではごまかせませんよ」

ブライトがたじろいだ。長年職務をともにして、ふたりのあいだには信頼の絆が結ばれていた。それが仕事の重圧をしのぎやすくし、互いの野心から生じる摩擦を和らげてきたのだ。今、ステラの信頼を失ったブライトは、苦悶の表情を浮かべている。

ステラも同じ思いだった。十三年前、求職者としてここを訪れた。そして、職を与えられ、誠実さを評価された。それが今、一転、ステラのほうがブライトと自分の未来を裁断しようとしている。均衡の崩れる感触が、全身を包み込んだ。ブライトの命運を手中にしているという衝撃とともに、互いの身が危険にさらされているという認識が、胸に襲いかかる。

ステラにできるのは、顔をそむけないよう自分に強いることだけだった。

ついに、ブライトが顔をそむけた。

横を向いてステラの椅子に坐り、窓の外をじっと見つめる。夜の街、点在する明かり、そして、球場が描く黒い円。「〝真実〟か。きみの言う真実とは、家でひとり留守番をさせられたわたしが、母恋しさに、母の服を身に着け始めたことだろうか？　わたしがそれをどれほど恥じたか、発覚するのをどれほど恐れたか、聞きたいのかね？　それとも、自分の姿を鏡に映して、わたしがどれほど興奮したかを……？

あるいは、わたしがどれだけの努力を重ねてオールAの成績を取り、この荒れた街でひとかどの人間に――かつてきみが望んだような人間に――なったかを話そうか……」

その声には、ステラに取り入ろうとする心根に抗う苦々しい怒気がにじんでいた。「人はみんな秘密をかかえているのだ、ステラ。誰にものぞき込めない闇をね。きみがあれだけの年月、ノヴァクの関心をつなぎ止められたのも、誰にも知られたくないことをしていたからこそだろう」

「わたしはそこから脱け出しました」ステラは切り返した。「ジャックはあなたをテープに録った。わたしたちふたりのうち、魂を売ったのはひとりだけです」

ふたりはにらみ合った。やがて、ブライトの意気がしぼんだように見えた。「わたしは、魂を借りていただけだと、自分に言い聞かせた。スラム街から逃れたように、この借りものの魂からも逃れられる、自分はまだ、自分のめざしていた人物なのだ、と」

ステラは今、破滅の縁に立つ男を見ていた。心の片隅に、追及の手をゆるめて、見当違いであると同時にきわめて人間らしいひとつの問いを突き詰めたいと願う自分がいる。何がこの男をそうさせたのか？　迷った末に、ステラは言った。「どうして、こんなことに？」

眩暈に襲われたかのように、ブライトがこめかみを揉む。「誰にも知られないはずだった。特に、リーザンには。わたしは、麻薬撲滅を謳う前途有望な若き検察官だった。

自分のめざしていた人物だ。わたしの中にはもうひとり、二、三週間に一度、夜の巷に出ずにはいられない男がいた」ごくりと唾を飲んで、「それを実行するための唯一の手立ては、麻薬とアルコールで頭を麻痺させることだった。そうすれば、売春婦に言って、望みを叶えることができた。自分を憎むがゆえに、求めてやまないものをね」

「つまり、緊縛趣味」

ブライトの顔がゆがんだ。「それ以外の時間は、真っ当な生活を送れていたのだ。その趣味がわたしをどこへ導いたか、それは、今きみが見たとおりだ」

「よりにもよって、ジョニー・カランのもとへ」

気を静めるためか、ブライトが深く坐り直した。「カランのほうから、近づいてきた。酒をおごってくれて、ほかの警官との仲を取り持ってくれた。あろうことか、わたしはあの男を信頼するようになった。

ある朝、カランがわたしのオフィスにやってきた。ドアを閉めてから、ある情報を手に入れたと言う。そして、野球の話でもするように、わたしの行状を話し始めたのだ。わたしは相手の顔も見られなかった。頭にあったのは、暴露されることへの恐れだけだった。地位を失ったうえに、リーザンと子どもたちに秘密を知られる。死ぬしかないと思ったよ。

カランが、まるで話のわかる叔父のように、わたしの肩に手を載せた。

わたしの望みを叶える方法が、ほかにもあると言うのだ。裏切る度胸のない連中を相手にすればいい。わたしの行状が外に洩れる気づかいはまったくない、と」

ステラの頭に浮かんだのは、フィールディングの死を知らされて低く笑ったカランの顔だった。「あの男にそういう手づるがあったことは、想像がつきます」

「だから、わたしはカランと付き合った」ブライトが、自分の恥と対峙しようとするように、ステラと向き合う。「それに、あの男には、わたしの欲求を満たしてくれる力があった」

それは二度めのときだった。

だから、ブライトは何が起こるかを知っていた。夜、カランに連れられて、なんの変哲もないアパートの部屋へ行く。女がブライトに付き合って大麻を吸い、バーボンを飲む。そのあと、ブライトは女装の準備を整える。

だから、女はブライトが何を求めるかを知っていた。

陶然としたブライトは、女に近づいた。

酔いが回り、大麻も効いていた。すでに視野は狭くなっている。秘密が洩れることへの不安も、鈍っていた。目に見えるのは、目の前の女だけだった。

自分の渇望を、この女が癒してくれる。この女が請うことを、自分はなんでもする。

あとは本能の赴くままに動いた。最後の鮮明な記憶は、喉が締めつけられたことだ。目の前で光が弾け、羞恥と激情に心が震え、解放としての死を思い描いた。みずからが潰えて、暗闇に堕ちていくこと——それがブライトの心の内奥にある欲求だった。

ぐったりしたまま、見知らぬ部屋で目を覚ました。向かいの椅子に、ジョニー・カランが坐っている。すぼまった寝椅子に横たわっていた。向かいの椅子に、ジョニー・カランが坐っている。すぼまったブルーの目。その顔に、いつもの冷笑はなかった。

ブライトは錯乱した。弱々しい声で尋ねる。「何があった？」

カランのまなざしがブライトを射抜いた。「おまえが買った女が死んだ。もう誰かにしゃべられる心配はない」

声に抑揚はなかったが、ブライトの耳には脅迫に聞こえた。女がどんなふうに死んだのか、問いただす勇気は湧かなかった。カランが口封じをしたのか。死体はどうなったのか……。自分の秘めた欲望がひとりの人間を殺したという事実だけが、胸に重くのしかかった。

ブライトは前にかがみ、唾を飲み下して、吐くまいと努めた。カランの声には侮蔑の韻律が刻まれていた。「後始末はすんだ。おまえはただ、あしたになったら仕事に出かければいい」

ブライトは、いつのまにか目を閉じていた。

あとは夢を見ているようだった。苦いブラック・コーヒー。カランに家まで車で送ってもらったこと。ベッドに潜り込んだこと。仕事ひと筋の夫を辛抱強く支える妻の寝顔。フラッシュの閃光さながらに、網膜に焼きついた白人女の裸身。睡眠による忘却。

翌朝、空は晴れ渡っていた。ブライトの中に居残ったのは、無意識の暗い銀幕に映し出される悪夢のフラッシュバック——つまり、記憶から抜け落ちた時間、そして、何もかも夢だったのだと自分に信じ込ませようとする防衛本能の声だけだった。

機械仕掛けの人形のように、検察局へ車を走らせた。

秘書が笑みを投げてよこした。昨晩読みかけた裁判のファイルが机に載っている。

それから二日経ち、眠れない夜をふた晩過ごした。三日めの朝、ブライトは喫茶室に行った。

郡検事である陽気なアイルランド人、フランシス・X・コナリーが、殺人課の課長を務める無愛想な古参局員に話しかけている。「胸くそが悪くなるな」

「なんの話です?」ブライトはきいた。

コナリーがこちらを向く。「水質汚染が進んだという話だよ。けさ、オノンダガ川に、体の部位を詰め込んだドラム缶が浮いた。取り出して組み立ててみたら、裸の女がひとりできあがった。娼婦をひとり呼んで、生首の身元確認をしてもらったよ」

ブライトの胃がよじれた。「生首、ですか?」間の抜けた声で言う。

コナリーが短い笑い声をあげた。「そうだ。運のいいことに、被害者は赤毛だった。赤毛の娼婦は、スカーベリーにもそうたくさんはいないからな」

ブライトはトイレに行き、胃の中のものを吐いた。

耳を傾けていたステラは、ごくりと唾を飲んだ。

『なんて言ったっけ』ティルマンの声。『けんぺい……？』

『権柄(けんぺい)ずく？』

『権柄ずくで、商売女を拾って、切り刻んで、ドラム缶に詰め込んで、川に捨てるんだ。あの娘(こ)もあたしの友だちだった。あんたたちは、あの娘を殺したやつをまだ捕まえてない。そうでしょ？』

『ええ。捕まえていないわ』

『殺(や)ったのが、おまわりだからだろ』

『そんなことがあなたにわかるの？』

『あの娘はふっと消えちまった。いかれた客なら、あたしたちにゃわかる。そんなやつの車に乗ったりはしないさ。でも、相手がおまわりだったら、話はべつだ』

ブライトがステラの表情に気づいたらしく、低い声できいた。「この事件を覚えているかね？」

「ええ」

ブライトが目をそらす。「トイレで顔を洗うころには、誓いを立てていた。二度と麻薬や酒には手を出さない、と。自分のそういう面が表に出てきそうなときは、その前にみずから命を断とう、と」声音は穏やかだった。「頭に拳銃(けんじゅう)を当てて……」

「そうするべきだったかもしれません」

ブライトが目を閉じる。「二度とそういうことは起きなかったのだよ、ステラ。わたしは麻薬事件の起訴に全力を傾けた。一年後には、コナリーから麻薬課の長に任命された」

揺るぎない冷ややかな怒りが、ステラの思考を明晰(めいせき)に保った。「つまり、ジョニー・カランと組んで仕事ができるようになったわけですね」

おもむろに、ブライトがステラと目を合わせる。「カランは一度も、その話を持ち出さなかった。頼み事をしてきたこともない」

「そしてあなたは、そのことを誰にも話さなかった。殺人事件から〝逃れる〟ために」

ブライトの視線がステラの背後の空間に注がれた。言いよどんだ末に、「それも、ノヴァクから電話がかかってくるまでの話だ。ジャックは今夜のきみと同じように、見てもらいたいものがあると言った」

ふたりは、夜、ノヴァクのオフィスで会った。ほかには誰もいなかった。ふたりとも三十代半ばだったが、ノヴァクには早くも老いの兆しが現われていた。目の下にたるみができ、事務所の経営に苦労しているといううわさもあった。そもそもブライトは、ノヴァクに好意を感じたことは一度もない。同級生だったころでさえ。

ノヴァクもそれを察していたらしく、うわべだけの友情ごっこを楽しむように、ことさら愛想のよい笑みを浮かべていた。トルコの高官よろしく、仰々しい手ぶりでブライトに椅子を勧める。今にも「そなたに千歳の生が授からんことを」というせりふが飛び出しそうだ。ブライトは不安に駆られて身構えた。

ノヴァクがホームバーを身ぶりで示す。「飲むかい、アーサー？」

落ち着かない気分のなかで、ブライトは感じ取った。自分が酒を断っていることを、この男は知っていて、その理由を突き止めたか、あるいは推察しようとしているらしい。平静を装って答えた。「水で結構」

ノヴァクが失望の色を浮かべてみせた。付き合いが悪くなったものだと言いたげに。そのとき、ブライトは、部屋の隅にビデオデッキがあるのに気づいた。

「氷は？」ノヴァクがにこやかにきく。

首を振って断わると、ノヴァクがクリスタルのタンブラーをよこした。「〝シャトー・オノンダガ〟。よどむことのないその流れの美しさ……」

ブライトは相手の顔を見つめた。ある映像が頭をよぎる。川を漂うドラム缶。ノヴァクがグラスを掲げた。「汚れなき水に。そして、汚れなき暮らしに」

視線をそらさずに、ブライトは水をひと口飲んだ。辛抱強く相手の出かたを待つ。なんの前触れもなく、ノヴァクのもったいぶった態度が消えた。この面談の裏にひそむ張り詰めたものが、初めて感じられた。襟首が、針で刺されたように痛む。

熱を欠いた、故意におざなりな口調で、ブライトはきいた。「仕事の調子はどうなんだ、ジャック？」

「本調子ではないね」柔和な声。「でも、きみの助力をあてにしている。きょうは、その話をしに来てもらったんだ」

ノヴァクがだしぬけに立ち上がり、ビデオデッキに歩み寄った。「明かりを消そう。ぼくはもう何度も観た。でも、きみはどうだろうな」

デッキのボタンを押してから、壁にある照明のスイッチを切り、部屋を暗くする。

何もない画面に次いで、空き部屋が――ブライトの悪夢が――映し出された。

嫌忌の念と魅入られる気持ちに引き裂かれながら、ブライトは自分の中のもうひとりの自分と対面した。

ノヴァクは黙っている。ふたりは、ブライトの恍惚と屈辱の場面を見守った。スツール、革紐、ひざまずいた女。自分の顔が大写しになると、ブライトはびくんと肩を後ろに引いた。

どうすることもできずに、ブライトは自分のねじ曲がった顔をまじまじと見つめた。徐々に体がこわばっていく。ようやくノヴァクが明かりを点けた。

部屋を横切って、ふたたび自分の机に坐る。先刻と今との違いは、画面に映し出されたブライトの顔だけだ。

重い声が出た。「どこで手に入れた？」

「依頼人からだ」自分も動揺しているかのように、ノヴァクが声をひそめる。「カメラの後ろにいた女性でね。まずいことが起きたんで、身の安全と逃げ道を確保するために、テープを持ち出した。ぼくは、弁護料の代わりにこのテープを受け取ったんだ」

ブライトは声の震えを抑えることができなかった。「あれは今のわたしではない」

「起こったことは取り消せない」ノヴァクの物腰は鷹揚だった。違う局面でなら、親切心の表われとも取れそうだ。「むずかしく考えることはないさ。分別と節度を忘れた頼み事はしないから。きみは、これまでと同じ熱意をもって、麻薬絡みの事件を起訴し続ければいいんだ。ごくわずかな事例を除いてね」

「断わったら？」

ノヴァクの顔つきが酷薄の色を帯びる。「まずは試用期間を置くべきだろうね、アーサー。リーザンにテープを観せる機会は、これからいくらでもある」

ステラはまだブライトに視線を据えていた。しかし、目に映っているのは、鏡の中のステラを見つめるノヴァクの姿だった。ステラが父親を拒む原因となった男。デノアイエをヴィンセント・モロに売った男。

ソール・ラヴィンは言っていた。『いまだに解せんのは、なぜモロが、昔なじみの弁護士ジェリー・フローリオをくびにして、フラッドのような大物をジャックのもとに行かせ始めたか、だ』

そのわけが、今わかった。

ステラは言った。「ジャックはモロに、ブライトはもう自分の言いなりだと伝えた。あとは、〝試用期間〟のあいだに、自分の実力のほどを見せるだけでよかった」

ブライトが両手の指先を突き合わせた。おずおずと口を開く。「そのことは、知らなかったのだ。ジャックがジョージ・フラッドの件で電話をよこすまでは」

「そしてあなたは、試用期間を無事に乗り切って、ジャック・ノヴァクを、スティールトン一の麻薬弁護士に仕立て上げた」自分を抑えることができず、ステラは立ち上がった。「あなたがファイルを盗んだ。ジャックの事件を不正操作した痕跡を消すために」

「全部をわたしが操作したわけではない。証拠品を破棄したり、デノアイエを殺させるようなことは――」

「それはただ、あなた以外の人間で事足りたからでしょう」必死に感情を押し殺しながら、「あなたはわたしをカランのところに行かせた。教われ、と言いながら、ほんとうの狙(ねら)いは、わたしを使ってカランに〝教える〟ことだった。カランはありきたりの殺人者ではない。凶悪なけだもの」

ブライトがステラの手首をつかむ。「わたしには、きみを止めることしか――」

「わたしを操ったんですね。わたしとジャックの関係を〈プレス〉に洩らしたのも、あなた。そうすれば、事件からわたしを引き離して、わたしの政界での将来を、〝救う〟ことができるから」声に痛烈な怒りを込めた。「あの電話をかけてきたのも、あなたですか？ それとも、そういう仕事は、もっと度胸のある仲間に任せたんですか？」

ブライトの手に力がこもる。「待ってくれ。わたしは、誰がダン・リアリーに電話をしたかは知らない。誰がきみに電話をしたかも知らない。きみの家に忍び込んだり、猫を殺したりした人間にも、心当たりがない。わたしが知っているのは、自分がきみの身を案じて、おびえていたということだけだ」

「あなた自身の身を案じるほどではないでしょう。あなたがジャックを殺したんですか？ それとも、誰かに依頼したんですか？」

ブライトの手は、ステラを失うまいとするかのように、まだ腕を握っていた。「きみにはわかっていない」押し殺した声に焦燥感がにじむ。

「わかっています。あなたの手は汚れている。身の安全を図るためなら、どんなことでも――」

「それならなぜ、雇う前に、きみのことをダンスに調べさせたりしたと思う？　わたしはノヴァクに、わたしの課を思いどおりにさせたくはなかった」

「そのかわり、あなた自身を思いどおりにさせてしまった」

ブライトがステラの腕を放し、あとずさった。そして、大きく息を吸う。「郡検事に選ばれさえすれば、そんなことは終わると思っていた」

選挙に勝つことが、脱出の切符だった。わたしはノヴァクに、この関係はおしまいだと伝えた。検事の身で麻薬課に干渉すれば、必ずすべてが露見する。一か八か試してみる気は、わたしにはない、と」自分を急かすような口調で、「ジャックが手がけているのはすべて麻薬絡みの事件なのだから、これ以上、便宜を図ることはできないと伝えた。ジャックは怒り狂った。わたしを助けて選挙に勝たせれば、それが自分の助けになると踏んでいたからだ。わたしがその地位を利用して絆を断ち切るとは、思ってもみなかったのだろう。しかし、わたしは断ち切った」

「結局は、断ち切れなかった」ステラは反論した。「だから、ジャックがあんなふうに死んだんでしょう」

ブライトがステラを凝視し、やがてその目をそらした。

「そうだ」

3

「やあ、アーサー」ジャック・ノヴァクが言った。

夜の七時過ぎ、ブライトのオフィスにそっと入ってきた。ブライトは、めずらしく時間がぽっかりと空き、リーザンと静かな夕食をとるのを楽しみにしていたところだった。妻とは、かなりうまくやっていた。おそらく、妻が自覚するそれ以上に……。しかし、妻が自覚している部分――夫としての、父親としての、この街の指導者としてのブライトへの愛と信頼――に対する感謝の念も、年を経るごとに強まっていた。ひと晩を水入らずで過ごすことは、妻の献身への礼としてはあまりにささやかなものだったが、リーザンはそれを予期せぬ贈り物のように喜んだ。そこへいきなり、ジャック・ノヴァクから連絡があったのだ。

火急の用件があるという。お互いの将来に関わる用件……。ブライトの側に、選択の余地はなかった。この四年間、裁判で不正を働くことは避けてきたものの、ジャックと会うのを体よく断わることはできなかった。相手はまだあのテープを、ふたりのあいだの秘密を、握っているのだ。

「かけてくれたまえ、ジャック」

慇懃に声をかける。おもねることはすでにやめていた。ブライトみずから画した一線を、今はノヴァクも重んじてくれている。人生の均衡とは不思議なものだ。同じ歳月を経ても、ブライトは老け込まなかったが、ジャック・ノヴァクのほうは無残なありさまだった。

腰を下ろしたその体は、重力とすさんだ生活に押しひしがれたように張りがない。目の下のたるみは痣を思わせた。形成手術が必要になる日も遠くない。しかし、何をしても、この男の心の空洞が埋まることはないだろう。ノヴァクは、享楽を貪ることに人生を費やしてきた。今では、虚勢を張っているときですら、痛々しさが漂う。憑かれたように時間を食いつぶしながら、形として示せるものを何も得られなかった男の、そしてそれを自覚している男の姿だった。

そんな思いが、数秒のうちにブライトの脳裡をよぎった。そのあとに残ったのは、警戒心と敵意だ。ブライトにとってジャック・ノヴァクは、思いやりをかけるにはあまりに危険すぎ、あまりに道徳観念がなさすぎる相手だった。こちらの顔色をうかがうその目に、こそついた、あの剣呑な光が宿っている。

「順風満帆だね、アーサー。スティールトン初の黒人市長の誕生も近そうだ」

言葉に含まれた棘が、疎ましかった。しかし、ブライトをたじろがせたのは、長年の付けを取り立てに来た債権者のようなその声音だった。感情を抑えて答える。「確かに、黒人の歴史における輝かしい瞬間になるだろう。白人にとっても喜ばしい瞬間であることを願っているよ。少なくとも、大半の白人にとって」

矛先をかわすような対応に、ノヴァクが一瞬言葉を呑んだ。気を取り直したように、「そうだろうとも。でも、少々助言をさせてほしいな。今回の選挙に関しては、ぼくはずいぶん控えめにやってきた。傍観者の立場を忘れずに応援してきた。そろそろ、ささやかな提案をしてもいいころだ」

無意識に、ブライトはドアに目をやった。それから、淡い光に照らされたノヴァクの表情を探る。「ささやかな？　何についての？」

ノヴァクの笑みは痙攣を思わせた。瞳はなおも油断なく輝き、姑息な揺らめきをたたえている。

「スティールトン二〇〇〇」

ブライトは険を含んだ愚弄の笑い声をあげた。「トム・クラジェクの球場か？　わたしに、あのプロジェクトの旗振りでもやれ、と？」

ノヴァクの笑みが消える。「そのとおりだよ、アーサー。きみは、あの球場に惚れ込んでいる」

冗談でも、要請でもなかった。疑問の入る余地を残さない口調。

不安の大波がブライトを呑み込んだ。

突然、自分の存在が何かの妨げになっているのを察した。ジャックは、その状況を変える役割を請け負ったのだ。ほかにも誰か、あのビデオテープを観た者がいるのだろうか？　思わず、テープのコピーが〈スティールトン・プレス〉に届く場面を思い描く。やはり、ノヴァクから逃れることはできなかった。敵は、賭け金が吊り上がり、機が熟すのを、待っていただけだった……。てのひらが汗ばみ、肌がじっとりと湿る。

「どれぐらい、惚れ込んでいるのかね？」

「べた惚れだよ。まずは、建設への反対を取り下げる。来週には、球場が市にとって、ことにアフリカ系アメリカ人にとって望ましいものだという見解を発表する。きわめて望ましいものだから、何が起ころうと、きみも検察局も絶対に邪魔立てをしない」

口調は穏やかだが、態度がそれを裏切っていた。神経をとがらせた、ひどく用心深い物腰のせいで、ブライトの神経もさらにとげ立った。「どんな〝邪魔立て〟だ？　何が〝起ころう〟としている？」

ノヴァクが身を乗り出す。「事態は深刻なんだ、アーサー。お互いにとってどれほど深刻か、きみには想像もつかないぐらいだよ。軽く考えないほうがいい」

ブライトはたちまち、大きなおののきに襲われた。相手の声としぐさから、皮肉の色が消えている。不可思議な一瞬が訪れ、ノヴァクの顔が友人の仮面をかぶって見えた。目を血走らせながら、自分たちを押しつぶしかねない大問題の出来を告げ知らせている。

ブライトは声を落として尋ねた。「誰の差し金だ?」

ノヴァクがじっと見つめ返す。その沈黙が回答なのだと、ブライトはしばらく経ったあとでようやく理解した。

ノヴァクがだしぬけに立ち上がる。それ以上何も言わず、戸口へ向かった。ブライトは動かなかった。

ノブに手をかけて、ノヴァクが立ち止まる。そして、ふたたびブライトのほうを振り返った。「きみには、拒否という選択肢はない。どうか信じてくれ。なぜなら、ぼくには失敗という選択肢がないからだ」

返事はしなかった。一瞬、強いまなざしを注いでから、ノヴァクは出ていった。

自宅に帰ると、リーザンの手で食堂に蠟燭が灯してあった。

ほかの晩なら、笑顔でこの心遣いに応えただろう。今夜のブライトは、テーブルの向かいに坐る妻の顔にじっと見入った。繊細な造作に、ふっくらした口もと。遠慮がちで控えめな性格と、穏やかな忠節が表われている。妻をいとしく思う気持ちがふいに湧き上がり、ブライトの心をかき乱した。

「どうなさったの？」リーザンがきく。

ブライトの目が曇った。「なんでもない。きみのことを考えていた」

きみを愛していることを。ふたりのかわいい子どもたち、息子と娘のことを。きみが受けるべき賞賛のすべてを。そして、受けてはならない仕打ちのすべてを……。しかし、リーザンには知るよしもない。小首をかしげ、満足げに、にこやかな笑みを向けている。

そして、夫の手を取った。

ふたりは二階に上がった。ブライトは胸に絶望を抱いたまま、妻と愛を交わした。事がすむと、妻が眠りに落ちるまで、抱き締めていた。

ほうっておいた蠟燭は、翌朝には燃え尽きていた。

重い心をかかえて、朝食会を兼ねた祈禱集会に出席し、高齢者センター開設の立ち会いをすませる。車に乗って戦略会議に向かう途中、携帯電話が鳴った。

「事件です」ダンスが言った。「知らせるべきだと思いまして」

ブライトは、目下の関心事も忘れて、即座に警戒心を呼び起こした。警察の管轄下で何か留意すべきことがあると、ダンスは必ず連絡をよこす。動機を口にすることはなかったが、連帯感と野心に基づいて、ブライトが市長の座に着くことを願っているのだ。

信号が赤に変わるのを見て、ブライトは携帯電話を耳に押しつけた。

「何事だ？」

「トミー・フィールディングという名の、スティールトン・ハイツに住む白人が、けさ、黒人の娼婦(しょうふ)といっしょに死んでいるところを家政婦に発見されました。両人とも薬物の過剰摂取が死因と思われます。が、男のほうが単なる中毒者ではなかったので」

「どういう意味かね？」

「ピーター・ホールの部下なんです。あなたのお気に入りの球場で、プロジェクトの総監督を務めていました」

ブライトは、空いた方の手で目を押さえた。背後で、信号が青になったことを教える警笛が鳴る。

「経過を逐一報告してくれ」ダンスに伝えた。


戦略会議は、クラジェクとの討論会に関する話題が中心を占めた。

ワルシャワで行なわれるその討論会は、二日後に迫っている。ブライトは気もそぞろに、選挙運動対策委員の長を務める黒人女性、弁舌鋭いエタ・ロジャーズの話に耳を傾けた。好機と陥穽(かんせい)についての分析を、出席しているほかの面々に聞かせている。ブライト、演説原稿の執筆者、世論調査担当者、選挙運動本部長、副本部長。すべて男性で、白人がふたり、黒人が三人だ。性別では少数派に属するせいか、ロジャーズの言葉がいつにも増して辛辣に響く。

「クラジェクは球場を前面に押し出すでしょう。売り口上はご存じのとおり――わたしは雇用と進歩を創り出します。食料割引券が支える社会を夢見ています。この派手派手しいプロジェクトが金持ちのままごとにすぎないことは、どうぞお気になさらずに」言葉を切り、ブライトを見る。「実戦に臨むにあたって、ワルシャワの需要に応える準備が整っていませんね。クラジェクは、かの地が同胞の居住区であることを熟知しています。テレビを見守る全市民が、喝采を浴びる現職市長と、金槌よろしく沈没するあなたを目にすることになりますよ。スティールトン二〇〇〇については、とりあえず批判を控えて言葉を濁すか、いっそ賛同する肚を決めるか、どちらかでしょう」

ふと気づくと、ブライトは、この会議を自分と無関係な出来事として傍観していた。

「きみが薦める最善策は？」

ロジャーズが揶揄交じりの笑みをよぎらせる。「あそこでの討論会を望んだのは、あなたですよ。何か理由があってのことなんでしょう？」

ブライトはどうにか気力を奮い起こした。鮮やかな妙手と思えたあの決断が、今は別世界の出来事のようだ。「ワルシャワでの戦いは賭けになる。わたしが並みの黒人政治家だとしたら、まず勝てないだろう。逆に、なんとか勝てれば、大きな前進だ」

ロジャーズの顔には、まだからかうような表情が浮かんでいる。「あなたの前に、熱心に耳を傾けているポーランド人たちがいます。ピロシキとボウリングとスティールトン・ブルーズを愛する、心広き人々が。あなたは彼らに、何を訴えますか？」

ブライトはテーブルを見渡した。リーザンと、あの赤毛の女と、ダンスが知らせてきた厄介な死亡事件のことに、思いを巡らす。頭の中で、ノヴァクが言った。『きみには、拒否という選択肢はない』。

しかし、わたしはジャック・ノヴァクとは違う——そう叫ぶ自分の声が聞こえた。「皆さんはだまされています。スティールトン二〇〇〇とは詐欺なのです、と」

希望と捨て鉢な思いを胸にかかえて、ブライトは検察局に着いた。アドレナリンが切れる前に勇を鼓して、ノヴァクに電話をかけた。

ノヴァクが応える。「アーサーか？」

「あのビデオテープは、きみの尻の穴に突っ込んでおくがいい」形容しがたい高揚感が、全身にみなぎる。「わたしがそう言ったと、仲間に伝えるんだ。そうすれば、きみが変な歩きかたをしても、誰もとがめ立てしないだろう」

送話器を叩きつけ、通話を切った。

遅きに失したかもしれないが、ついに自分の進むべき道を選んだ。この先何が起こるにせよ、耐えしのげることを祈るばかりだ。

討論会前夜、けたたましく鳴る電話が、ブライトを浅い眠りから引きずり出した。ベッドわきの照明を点けて、時刻を確かめる。二時。隣りでは、リーザンがほとんど身動きもせず眠っている。その泰然とした寝顔は、まさしく政治家の妻のものだった。時ならぬ電話は、郡検事の生活の一部だ。

「アーサー」ノヴァクだった。第一声から、麻薬の影響下にある汗ばんだような不安が伝わってくる。「ぼくは狙われている。このろくでなしのおかま野郎——」

「黙れ」階段に向かいながら、押し殺した声で言った。「聞こえるか？　こんな時間に自宅に電話をしてくるより、あのテープをテレビで流せばいいだろう」

「わかっていないな。ぼくがあいつに何かの成果を渡せなかったら、きみもぼくもおしまいだ。おしまい、いいなんだよ」

暗がりのなか、ブライトは階段の最下段に腰を下ろした。低く張り詰めた声で言う。

「何が起こるのかは知らない。だが、わたしは、手を貸す気など——」

「ふざけるな」病的な興奮のせいか、声がうわずっている。「この四年間、ぼくひとりを悪者に仕立ててきたくせに。手始めに、あすの討論会から宗旨替えをしてもらうぞ。さもないと、連中にテープを渡して——」

にわかに勘が働き、ブライトはすべてを理解した。「どうかな、ジャック。そんなものを差し出すだけではすむまい」

「アーサー」長い間があく。必死に自制心を振り絞っているらしい。「きみと連中とのあいだを取り持つには、ぼくが必要なんだ。もし――」

ふいに言葉が途切れた。電話の向こうで、耳障（みみざわ）りなブザーが鳴っているのがかすかに聞こえる。ノヴァクがあわてて言った。「こちらからかけ直す……」

電話は二度とかかってこなかった。

話を聞きながら、ステラは別のことを思い出していた。三週間前、ブライトがワルシャワでスティールトン二〇〇〇をものの見事に扱（こ）き下ろした夜。大昔のことのようだ。

『どういう状態だったのかね？』

『ひどいありさまでした』ステラの声は感情を欠いていた。『あの人は、自分のベルトを首にかけて、クロゼットの戸に吊るされていました。ストッキングとハイヒールを身に着けて』

ブライトが目をみはる。わずかに口が開いたが、声は出てこなかった。やがて、顔をそむけると、うつろな視線を暗い窓に据える。息をするのも苦しそうだ。

あのときブライトが事態をどう受け止めたのか、想像するのはむずかしい。自分も今、同じ事態を受け止めている。みずからの強欲さに導かれて最期の瞬間を迎えたジャックの姿が、ありありと脳裡に浮かんだ。

「ジャックは見せしめに殺された。あの人を吊るした人間がテープを持っていることを、あなたに知らせるために。その後のあなたの行動は、すべて、わたしの目を本筋からそらせるものだった。敵の攻撃の手から、自分の身を守るために」

「われわれ全員を守るためだったのだ」ブライトがぼつりと言った。

最後の電話は、ノヴァク殺害を知ったその夜にかかってきた。

ブライトはキッチンにいた。リーザンが眠りについたあと、幽霊のように家じゅうをうろつき回っていたのだ。思考が混乱していたせいで、その電話をジャック・ノヴァクからだと思い込み、考え直したという答えを期待しながら受話器を取った。

「アーサー?」ひずみのかかった、不気味な声。「メッセージを受け取ったはずだ」

背筋が寒くなり、喉に言葉が引っかかる。「ああ」

「それなら、やるべきことは、わかっているだろう。やらなかったら、おまえにどれほどガーターベルトが似合うか、リーザンと子どもたちが知ることになる。

おまえの家族用に一本、ダン・リアリー用にもう一本、コピーを取ってある。観客の反応が見られるように、おまえを生かしておいてやる」

電話が切れた。

ブライトとステラの視線がぶつかった。

「ここまで来たからには、もう止めようがありません」ステラは言った。

ブライトは反論する気力も、同意する気力も失ってしまったらしい。予測不能、制御不能の状態に陥ったのだ。

オフィスのドアが、静かに開いた。振り向いたブライトが息を呑むむ。

ダンスが目を凝らした。しばらくして、つぶやくように、「なんてことだ、アーサー」

このときばかりは、その無表情な顔に同情の色がよぎり、そっけない口調にある種の畏怖が込められた。ダンスのこの反応は、ステラの費やす千万言より雄弁に、ブライトの失墜をブライト本人に告げ知らせたようだ。

ブライトが顔をそむけると、ダンスがステラに視線を移した。

「カランを」ステラは言った。

4

午前四時四十五分ごろ、ステラはカランのアパートメントの呼び鈴を押した。中からはなんの物音もしなかった。もう一度ボタンを押して、内側から顔が見えるよう、注意深くのぞき穴の正面に立つ。視界の隅で、壁に背中をつけたダンスの姿を確かめた。

小さな音をたててドアが開いた。隙間からカランの顔がのぞき、冷たいブルーの瞳がドアチェーンの上方で光る。手には拳銃を握っていた。

「何の用だ？」強い語調できく。

ステラの鼓動が激しくなった。「ここでは話せないわ」

カランがいぶかしげな目を向けたあと、通路に目を走らせる。顔に狡猾な表情がよぎった。「時間外労働はお断わりだ」

ステラはためらった。「ジャック・ノヴァクのことで……」

相手は動かない。ステラは、これからの数秒間に集中し、その先は考えまいと努めた。

ゆっくりと、カランが掛け金に手を伸ばす。かちゃりと音がして、掛け金がはずれた。ドアがわずかに開く。一、二歩あとずさったカランは、銃口をステラのみぞおちに向けていた。

カランが顎でドアを示す。

ダンスが壁から離れた。ステラに替わって、片手でドアノブをつかむ。

ステラがわきにどくと、ダンスが勢いよくドアを開いた。

虚を突かれたカランが身を縮こめる。ダンスがタックルするように前方へ体を投げ、頭と肩をカランの胸板にぶつけた。

カランがのけぞり、手から拳銃が飛ばされる。ダンスがのしかかって、片膝を相手の波打つ胸に、もう一方の膝を喉に載せ、手にした拳銃の銃身を相手の額に押しつけた。ふたりの顔が三十センチの距離に近づく。刑事部長が荒い息をついた。カランの冷たい目がにらみ返す。

ダンスが拳銃をゆっくりとカランの眉間に移すと、撃鉄を起こした。最小限の力で頭を撃ち抜ける状態だ。「くそっ」カランが小さくうなる。

ステラはドアを閉めて錠をかけた。

部屋に戻って、ふたりの男を見下ろす位置で立ち止まる。「正当防衛だ」と、ダンス。

「ステラが証人になる」

ステラは、顔が汗ばみ、頭の中が熱くなるのを感じた。カランの視線が間欠的に注がれる。

「わたしの猫を殺したわね」低い声で言った。

ダンスが空いた手でカランの顔を自分に向けさせた。「あんたはデノアイエを殺した。モロの命令で、ハーレル・プリンスを始末した。捜査の手を抜いた。わたしとわたしの家族を脅した。二十年間、われわれを裏切り続けてきたんだ」

カランのまなざしはうつろで、温度を欠いている。

ダンスが力任せに相手の口もとに銃床を叩きつけた。

歯の折れる音。ステラは身をすくめた。カランはずっと黙っている。

赤い唾液が泡になり、カランの唇を濡らした。しゃがれた声で、「おまえには撃てない。何ひとつ握っちゃいないんだからな。手がかりが欲しいところだろう」

ステラは向き直って薄暗い部屋を通り抜け、ハンドバッグを投げ出しておいた場所に戻った。膝をついてビデオテープを引っ張り出すと、ふたたびカランを見下ろす位置に立つ。手にしたテープを、相手が見上げた。

「あなた流の前戯を見せてもらった。彼女が生きているうちに首を切り落とさなかったなんて、ずいぶん辛抱強いのね」

斑紋のできたカランの肌が、怒りにうっすらと染まる。

「こっちを見ろ」ダンスが命じた。

カランが言われたとおりにした。

「ノヴァクはコピーを取っておいたんだ、ジョニー。もうあんたは逃げられない。州刑務所ではお待ちかねだぞ。あんたが送り込んだけだものどもがな。塀の中に入ったおまわりがどんな扱いを受けるか、知っているだろう。盛りのついた連中に輪姦される。サディストに、指を第二関節から切り落とされる。いかれた売人に片目をつぶされる。みんなでよってたかって、あんたを半人前の男にしてくれるだろう。まあ、運がよければ、しばらくは四分の三人前ぐらいでいられるかもしれない。だが、それは延々と続く。ステラに死刑を求刑してもらえばよかったと、悔やむことになるはずだ」

カランの表情が固くなる。ステラは言った。「でも、わたしはしない。人の命の尊厳を信じているから。特に、あなたの命の」

おもむろにカランが口を開き、ひと言発した。「くそあま」

撃鉄を起こしたままの拳銃を、ダンスが相手の口もとに向ける。「撃たないで」と、ステラ。「お願い」

カランがふてぶてしい目つきでにらんだ。「送信器をつけてるのは、どっちだ?」

「つけていないわ。録音機もない。あなたはここだけの獲物」

カランがダンスに向き直って、「口ではなんとでも言える」

ダンスがためらった。やがて、銃口を相手に向けたまま、体を起こす。膝の関節が鳴るのが聞こえた。カランがダンスに薄ら笑いを投げた。ぎこちなく立ち上がったとき、膝の関節が鳴るのが聞こえた。しかし、内からにじみ出る精悍さも、残忍さと混じり合った物憂い身ごなしも失われていない。

ダンスと向き合うと、「そちらからだ」

刑事部長がカランの肩に片手を置いて、銃口を相手の耳に向ける。低い声で警告した。

「ゆっくりやれよ、ジョニー。はずみで引き金を引いてしまいそうだからな」

ダンスの目をうかがいながら、カランが相手の胸と背中を叩く。それからひざまずいて、脚を探った。ダンスの拳銃はカランのうなじに当てられている。

カランが立ち上がった。「今度はそっちだ」ステラに言う。

前に踏み出したカランの顔が、ステラの顔に近づいた。ダンスが背後に回り込む。その目にはカランと同じ冷徹さが宿り、その銃は同じ冷徹さでカランの頭部に照準を定めていた。

ステラの胴に両手を当てて、カランが探るように見つめる。血の付着した口もとからかすかに漂う、ウイスキーの匂い。両手がステラの背骨をなぞり始めた。

「さっさと終わらせろ」と、ダンス。

カランがわずかに身をかがめた。ジーンズ越しに、腿から脚の裏側へ指を這わせる。

ふたたび体を起こし、ステラの顔をのぞき込みながら、ゆっくりとてのひらを胸にかぶせてきた。

ダンスが銃口をカランの首にめり込ませる。カランがにやついた顔をステラに向けた。これほどの嫌悪感を催させる男は、ほかにひとりしかいない。

「ないな」のんびりとした口調。「何もない」

ステラはあとずさった。歯を食いしばり、こぶしを握り締める。

それを見て、カランがもう一度にやついてみせた。「これで準備はできた」かすかに笑いの混じった声に、アイルランド訛りの名残が聞こえる。「おれのやったことは、事細かに話してやれるが、どれひとつとして、おまえらには立証できないぞ」

これはとても大きな賭けになる。ステラは胸に言い聞かせた。だから、カランの供述に判断を曇らされてはいけない。意識を集中して、室内を見回した。

手狭で殺風景な、厳格なまでに体温を感じさせない部屋だ。緑色の壁、ありきたりの調度類、旧式のテレビ。意外なことに、銀色の十字架に磔にされたキリスト像があった。まだ夜は明けていない。ひとつだけ点いた照明の淡い光が、暗い窓に映っている。

ステラはブラインドを閉めた。

ふたたび部屋のほうに目をやると、当初の緊張がいくぶんゆるみ、持久戦の様相を呈していた。銃を手にしたダンスが肘掛け椅子に坐り、向かいのカランは、これ見よがしにくつろいだ態度で、ソファに腰を沈めている。「さっきおまえが言ったとおりだよ。おれがルールを決めて、ほかのやつらは、それがどんなルールかさえ知らなかった。おまえを麻薬課から追い出したのも、おれだったな？」

声に静かな傲岸さが聞き取れた。カランの自画像を、ステラは初めて垣間見た気がした。自分で決めたルール以外の何にも縛られずに、薄暗い街なかを闊歩する男。どこですべての点がつながるのか、どこに権力の中心があるのかを――ただひとりの盟友とともに――熟知し、みずからもその権力の一端を担う男……。ダンスは感情を表に出していないが、ステラに劣らず、熱い怒りを胸に宿しているのが感じられた。ダンスが言葉を返す。「そう命じられたんだろう。誰の指示だ、ジョニー？」

「そいつは先のお楽しみだ。話をどう進めるか、決めようじゃないか」ダンスからステラに視線を移して、「まずどいつの話だ？　フィールディングか、ノヴァクか、それとも淫売ふたりか？」

ダンスの物腰は沈着そのものだった。神経は研ぎ澄まされている。「順番に話してもらおうか」

カランがじっとダンスの表情をうかがう。「それなら、フィールディングからだな」

カランは一週間かけて、フィールディングの普段の動きを頭に入れた。時間と場所を選ぶために。そして、〝不慮の事故〟に見えるだけでなく、不名誉に見える死を演出するために。フィールディングが行きつけのジムに三回めに足を運んだとき、カランはその手順を思いついて、ひとりほくそえんだ。

方法はさておき、フィールディングを始末するのは、たいした手間ではない。報復におびえていた密告者のデノアイエと違って、狙われていることを知らないフィールディングは隙だらけだ。長時間働き、たいした人付き合いもなく、ひとり暮らし。見張っていた五日間のあいだにフィールディングの家を訪ねてきたのは、本人の娘だけだった。

なぜフィールディングが死ななければならないのかは、聞かされていなかった。しかし、デノアイエやハーレル・プリンスと同様、商売上の理由であることは間違いない。それは、スティールトンの暮らしの変化を測る物差しでもあった。

準備を整えると、足のつかない車を使って、フィールディングを追った。

夜だった。隣りの街区に車を駐め、毛糸の帽子と手袋を身に着けて、トランクからスポーツバッグを取り出す。フィールディングの家を目ざして舗道をのんびりと歩いていると、かすかに侮蔑の気持ちが湧いた。スティールトン・ハイツは、リトル・イタリーとは違う。ここの住人は箱の中で暮らし、向かいに誰が住んでいるかを知らず、気に留めもしない。カランの最大の気がかりは、犬を連れたヤッピーに出くわすことだった。

カランはドアをノックした。

フィールディングがドアをあけた。スラックスに、ラルフ・ローレンのロゴが入った半袖(はんそで)シャツといういでたち。ここまで予想どおりだとは……。男性向けのファッション雑誌に出てくるやさ男だ。あやしげな慈善事業の売り込みとでも思ったのか、眉(まゆ)をしかめてこちらを見つめている。

カランは笑顔を作った。「市警麻薬課のカランと申します。ちょっとお話をうかがえますか？」

相手の顔に警戒と当惑の色が浮かぶ。カランの左手にあるスポーツバッグに目を留めた。「身分証をお持ちですか？」

どうやら、それほど頭が悪いわけではないらしい。知らない相手はけっして信用するなと、小学校で教わったのだろう。カランは身分証を取り出すと、相手があらためるあいだ、戸口に立って待った。

フィールディングの表情がゆるみ、カランが常々おもしろがっている顔つきになった。法を遵守(じゅんしゅ)する一市民であることを、懸命に訴えようとする顔つきだ。「どうぞ」フィールディングが言った。

中に入ったカランは、フィールディングがドアを閉めているあいだに、部屋を見回した。「何かあったんですか？」

うなずいてみせてから、「この近所に、ヘロインを使用している人物がいるんです」

「誰でしょう？」

カランは銃を引き抜いて、フィールディングの頭部に狙いをつけた。「おまえだよ」

衝撃はあらわだった。フィールディングが身をすくめて、ぶざまにあとずさる。顔からは血の気が引いていた。

「寝室はどこだ？」カランはにこやかに尋ねた。

フィールディングの体がわななき、喉仏が動いた。

「小便を洩らすなよ。さあ、案内しろ」

両手を上げたフィールディングが、ふらつきながら廊下を歩きだす。無声映画の強盗の場面のようだ。しかし、それより愉快なのは、この男の頭の中の混乱ぶりを想像することだった。事態をまったく把握できないまま、死ぬことになるのだ。

「服を脱げ」

フィールディングの額には汗が浮き、顔は赤く染まっていた。動くことすら、ろくにできないようだ。

この男をおびえさせても得にはならない。抵抗されでもしたら、計画が台なしになる。

「おとなしく脱げ。ただの強盗だ」

フィールディングがぽかんと口をあけて、カランを見つめた。火星人でも見るように。

だが、火星人よりはずっと人間味があるぞ、とカランは胸の中でつぶやいた。

背中を向けて服を脱ぎ始めたフィールディングは、初めて他人といっしょにシャワーを浴びる十二歳の少年を思わせた。その筋肉質の体は、白くなめらかで、わずかな贅肉も見当たらない。ホモなのだろうか？　完璧な容姿をした男は、たいていそうだ。

フィールディングがふたたびこちらを向いた。目をそらしている。カランはベッドわきのテーブルに置かれた額入りの写真に、顎をしゃくってみせた。「かわいい子だな」

フィールディングが唇を震わせながら答える。「それはどうも」

カランは腹の底から笑った。手にした拳銃が揺れる。

フィールディングは今にも吐きそうな顔をしていた。

自制を取り戻して、カランは言った。「次はキッチンへ行くぞ」

裸のフィールディングが先に立ち、ぎこちない足取りでキッチンに向かう。流し台には、サンドイッチと、ビールの入ったグラスがあった。

完璧だ。カランは内心ほくそ笑んだ。

相手から目を離さずスポーツバッグの中に手を入れて、フルニトラゼパムを取り出す。そして、薬を残らずグラスのビールに溶かし込んだ。

「飲め」

グラスに伸ばしたフィールディングの手がわななく。「レイプするのか？」

カランは肩をすくめた。「そのつもりはなかった。やってほしいのか？」

フィールディングが一瞬、目をつぶった。それから、グラスをじっとのぞき込む。

「心配するな。死にはしない」

フィールディングの顔に、みじめさと期待感が交錯した。ただの鎮静剤であってくれと祈っているのだろう。しばしためらってから、ビールをぐっと飲んだ。

カランはテーブルを顎で示した。「坐ってろ。おれはちょっと料理をする」

猫の死体の詰まった袋のように、重い音をたてて、フィールディングが腰を下ろす。

カランのほうをうかがう気力もないようだ。

カランは銃を流しに置いた。用具一式を取り出すと、ヘロインの用意に取りかかった。準備が整ったころには、フィールディングは朦朧としていた。寝室まで歩かせるのがやっとの状態だ。ベッドに寝かせると、フィールディングのまぶたがぴくついた。就寝時間を過ぎた子どもが眠気に耐えている姿を思わせる。

カランはその腕に、針を突き刺した。

フェンタニールを注入する。しばらくすると、悪夢の中の敵から逃れるように、フィールディングの体が痙攣し始めた。そして、眠ったまま死んだ。

カランは死体を見下ろした。傷痕ひとつない。あのミケランジェロの彫像のように。

スティールトンはおかしな街だ。

ヤッピーの聖地から車で三十分も走れば、この世の地獄にたどり着く。スカーベリー。

昔から、この空気を吸うのが楽しみだった。いかがわしさ、屎尿の匂い。望みを失った人間たちの鼓動と、ひと皮剝いた裏にある暴力の拍動……。倦み疲れることのあまりに多いカランが、いまだに鋭気を保っていられるのは、秘めた営みと、スカーベリーのおかげだ。

フィールディングの車に乗ってスカーベリーを流していると、ひと組の男女が横丁にそっと入り込むのが見えた。

それはかつてのカランの姿だった。相手の女を少しばかり痛めつけてやれば、いともたやすく思いどおりにできた。しかし、あの赤毛の女の一件があってからは、用心深くふるまうようになった。死なせてしまったのは事故のようなもので、しかもその直後に、ビデオカメラを回していた女が隣りの部屋から逃げ出すというたいへんな厄介事が持ち上がったのだ。アーサー・ブライトを陥れるためのテープも、持ち去られてしまった。カランは、偽装のため、そして逃げた女への警告も込めて、赤毛の女の死体をばらばらにした。その後の数年間、テープが明るみに出ることをひたすら恐れ続けた。

今、カランはスカーベリーに戻ってきて、女を物色している。

ひとつ先の街区に、寒さに震えている娼婦がひとりいた。

カランは時間をかけて、その女を観察した。麻薬中毒者に特有の、いらついた物腰。

しがみつくように自分の体を抱き締めている。カランはフィールディングの生白い体を思い浮かべた。あの娼婦の肌の黒さが映えると思って、笑みをこぼした。

そのまた先の街区に、もうひとり娼婦がいる。

カランの頭の中で警報が鳴った。フィールディングの車を目撃する人間がいてくれるのは助かる。しかし、ふたりめの女がカランの顔を知っている可能性もある。長く商売を続ける娼婦は少ないが、赤毛の女を覚えていて、しかもあの女が警官に拾われるところを見た仲間が、いまだ健在だという恐れがないとは言えない。これから拾う女は、芸術的効果をあげるための手立てにすぎない。フィールディングの事故死を真に迫ったものにするため、カランが演出する不条理劇の舞台で、小道具として使われるだけなのだ。

女がヘッドライトに眩惑（げんわく）されたように、ためらいながら足を踏み出した。

カランは女との縁を感じた。運命に導かれるように、車の速度を落として停めた。

女が腰をかがめて、フロントガラス越しにカランの顔を見ようとした。ひとつ先の街区にいるもうひとりの娼婦は、まだこちらを見守っている。

そこにいろよ。ナンバープレートを記憶に刻むんだ。

カランはボタンに触れた。

助手席側の窓が小さな音を立てて下がる。娼婦がさらに二歩、前に出た。ブーツの靴底が薄汚れたコンクリートをこする音。ヘロイン常用者に特有の貪婪（どんらん）な熱を帯びた目。

歩く屍を思わせる顔。

「遊ばない？」女がきいた。

遊びか。カランは声に出さずにつぶやいた。例えば、屍姦とか……。笑みを浮かべて、

「ヤクはどうだい？」

女の唇が震えた。仲間の娼婦が見張っているのを、カランは視界の隅で確認した。

無言で財布から二百ドル取り出し、助手席に置く。

女はカランと紙幣を見比べながら、禁断症状と警戒心のあいだを揺れ動いているようだった。やがて、車に乗り込んでくる。

低く重い音をたてて、ドアが閉まった。

女はげっそりとやつれて、生気がない。カランが手にかけようとかけまいと、せいぜい今年いっぱいの命だろう。

車が走りだしたとき、ふたりの娼婦が暗い窓越しに視線を交わした。

スティールトン・ハイツに着くまで、カランは女に麻薬を打たせないでおいた。そのあとの段取りは決まっている。現場に入るとき、女が死んでいたら、ただ運搬に苦労するだけですむ。生きたままだと、いくら意識がぼやけていても、男の死体に気づくだろう。検屍官殿に敬意を表して、争った痕跡なく死んでもらわなくてはならない。

スポーツバッグから注射器を取り出して、女に手渡した。

目を閉じた女が、自分の腕に針を突き刺してから、頭をヘッドレストに預ける。女がまだ痙攣しているあいだに、車がフィールディングの家の駐車場に着いた。

カランは注射器を自分のポケットに入れた。車から引きずり出すころには、女はすでに息をしていなかった。肌には温もりが残っている。

カランは顔を上げて通りの左右を見渡した。何も見えない。

四苦八苦して、女を自分の体にもたせかけた。酔いつぶれたデート相手のように。家の中まで運ぶのは、かなり骨だった。死んだ女は、歩くのがへたなのだ。

女をベッドに横たえた。隣りにはフィールディングの体がある。肌の表面から血の気が失せて、最初の獲物は、大理石のように見えた。

カランはそちらに向かって語りかけた。「気にするな。この女は死んでるから」

女の服を脱がせるのも、やはり手間取った。とはいえ、最後に現われたその裸体ほど、不快を催させはしなかった。カランは、トミー・フィールディングに少しだけ同情した。

離れたところからカランを見据えて、ステラはこの男の死を願った。

口もとに血がにじみ、歯が折れているのに、その目は光り輝いている——ひとつ告白をするたびに、自分の価値はいっそう高まっていくのだ、と言いたげに。ステラの意識が、あらゆるものを鋭敏にとらえた。薄暗い照明、殺伐とした部屋、カランに銃口を向けたダンス。

「これまでに、五人殺した計算ね」

カランが自分の爪を点検するようにじっと見た。自分が犠牲者たちに勝る力を備えているのは明らかだから、注釈を加えるまでもあるまいと言いたげだ。「終身刑五回分か。あんたが同時執行にしてくれるといいんだが」

声に忍び笑いが含まれている。カランを見ていると、車の中で怒りをあらわにしたティルマンの姿が脳裡によみがえった。

『風紀課は、血の気が多すぎて麻薬課にはいられないような警官たちが所属する部署。婦人警官の手を借りるのをとてもいやがる』

『ひどいのになると、夜中にパトカーでスティールトン・パークまで連れてって、殴って、犯したあげく、道ばたにほうり出してく。なにしろ、おとがめなしだからね』

『心当たりのある名前を教えて』

車内は薄暗く、表情も読み取りにくかったが、女の黒い瞳がくすぶっていることはわかった。『無理だよ、検事さん。あたしがスティールトン・パークに連れてかれた日は、運がよかったんだ。そいつは、その心尽くしを〝ありがたく〟思わないとどうなるか、教えてくれた。だからあたしは、ありがたく思うことにしたの』

「あなたはナターシャ・ティルマンも殺した」声を冷静に保つ。「スカーベリーまでわたしをつけたとき、ティルマンがわたしの車に乗るところを見た。だから、彼女の喉を切り裂いて、ごみ容器に投げ込んだ。なぜならティルマンは、ウェルチのことだけでなく、あなたの正体も知っていたから――相手を痛めつけないとその気になれない変態だ、と」

カランの顔から楽しげな表情が消えた。氷のようなブルーの瞳に、ステラへの、そして女性への憎悪（ぞうお）があらわになる。「変態ってのは、相対的なもんだ。おれは、ジャック・ノヴァクと寝たことはない」

「なぜ寝なかったの？　あの人が死んで、機会を逸したの？」

カランが笑みを取り戻すまで、しばし間があった。「その話を聞きたいか？　それとも、そろそろ席をはずしたくなったか？」

請（しょう）じ入れられるのを待たず、カランはノヴァクを押しのけて部屋に入ると、ドアを閉めた。低い声で告げる。「このところ、おまえは役に立たない」

ノヴァクの目の色が変わった。「ブライトはもうじき落とせる。やつを動かす方法は、わかってるんだ」

カランは首を振った。「時間切れだ」

ノヴァクが、カランの手にあるスポーツバッグに目を留めた。反射的に、体を後ろにおうか。おれが飲み終えるまでに、こちらの聞きたいことを話し終えてくれればいい」

カランはなめ回すように相手を見た。「アイリッシュ・ウィスキーをもら

引く。「話し合おう」

ノヴァクの額はうっすらと汗ばんでいた。態度がそわついているのは、コカインのせいだろう。「スコッチがある。シングル・モルトが」

「それでいい」

ノヴァクがキッチンに向かった。

カランは袖つきの椅子に腰を落ち着けた。コーヒーテーブルの上に、コカインの跡が残っている。ノヴァクの相手の、見てくれだけのブロンド女が、取り乱したようすで小走りに出ていったのは見届けた。気慰みの行為を中断させられたノヴァクは、今、熟しきった桃のように無防備になっているはずだ。

弁護士がグラスをふたつ持って戻ってきた。氷がクリスタルに当たって音をたてる。カランは相手をじっと観察した。染めた口髭、カシミアのタートルネックを盛り上げている腹、用心深さと小ずるさを宿した臆病な目つき。しかし、金さえあれば、寝る女に不自由はしない。

ノヴァクが片方のグラスをよこした。そこで初めて、カランが医療用の透明な手袋をはめているのに気づいたらしい。

言葉を失ったノヴァクの視線を意識しながら、カランはスコッチを飲んだ。「とても円滑に運ぶんだよ、ジャック。まったく時間をかけずにすませてやる」

ノヴァクはカランの両手から目を離せないようだった。「頼むよ」どうにか声を絞り出す。「アーサーはまだ、ぼくの言うことを聞くはずだ」

カランは温和な声で言った。「人間関係は力がすべてだ。そうだろう？」

びくついたノヴァクがスコッチを飲み、唇をなめた。しゃっくりをするように、短くうなずく。

「このばかが……。おまえはブライトのビデオテープを手に入れた。そのことをおれたちの友人に報告しなかった。そうだな？」

ノヴァクがもじもじと尻を動かした。「そうだ」やっとのことで認める。

「友人もうすうす疑わなかったわけじゃない。ブライトをテープに収めるのは、そもそも友人のアイデアだった。ただ、ほかに何が映っているかは知らない」スコッチを飲み干して、空のグラスをテーブルに置いた。「おれが今ここにいるほんとうの理由を知ってるのは、おまえだけだ。おまえとおれ」

カランは拳銃を取り出した。

ノヴァクが色を失う。カランはきいた。「デノアイエを覚えてるか？　やつを始末させるのは、簡単だっただろう、ジャック？」

相手の瞳に、めったに見られない表情が浮かんだ。自分の人生の結末を、そして禁忌を持たない権力に頼ることの危険性を、ゆっくりと、恐怖感とともに理解しつつある表情。「おまえは妖術師の弟子だ。どうしたって師匠には及ばない。なのに、身のほどを忘れた」

ノヴァクの顔が張りを失った。呑み込みの悪い男だ。自分では単なるゆすり屋のつもりでいても、実際にははるかに大きな存在になってしまっていたことを、ようやく今、悟ったらしい。ジャック・ノヴァクは殺人事件の証人でもあるのだ。

のろのろと、ノヴァクが書棚に向かう。革装の欽定訳聖書を取り出して、コーヒーテーブルの上に置いた。

カランは聖書を開いて、テープを確認した。

「これでいいだろう？」すがるような声。「そちらの望むものを渡したんだから……」

「足りないな」カランはスポーツバッグからガーターベルトとストッキングを取り出した。「これを着けろ。サイズは合ってるはずだ」

ノヴァクは困惑しきっていた。「何をしようというんだ、ジョニー？」

それは嘆願の言葉だった。カランの意図が、単に恥をかかせたり、ゆすりの種を作ったりするだけのことであってほしいという、祈りにも似た気持ち。「実験だ。おまえがまだ生きたいと思っているかどうか、試すんだよ」

ノヴァクはまだ生きたいと思っていた。カランは、相手が服を脱ぐのを見守った。裸になったノヴァクが身を震わせる。ストッキングをはくのに、少し手間取った。カランは顎をしゃくって、立つように指示した。

ノヴァクがまた従う。ゆるんだ体に不似合いな黒いナイロンを、カランはじっと眺めた。「女にガーターベルトを着けさせるのが好きらしいな。その理由が今わかった」

ばつの悪そうな表情。「このテープ」と、カランはぞんざいに付け加えた。「コピーは取ったのか？」

ノヴァクが目を閉じる。それから、ゆっくりと首を振った。

カランは目つきを険しくした。「うそはつくなよ、ジャック。絶対にな」

ごくりと唾を飲む音。「コピーは取っていない」声がかすれる。「ほんとうだ」

しばらくしてから、カランはテープを手渡した。「それなら、最後に一回、再生してもらおうか。なにしろ、おれはまだ一度も観たことがないんだ」

ノヴァクの目に、戦慄に満ちた問いが浮かぶ。「再生しろ」カランは命じた。

卑屈な動きでノヴァクがテレビに向かう。ストッキングのせいで足の運びがしとやかに見え、女装の滑稽さが強調された。カランは、モンティ・パイソンの美女コンテストを連想した。今ハイヒールを履かせられないのは、じつに残念だ……。

テープの再生が始まる。

「そのまま回せ。おれが言ったところで、止めるんだ」

ひざまずいたノヴァクが一時停止ボタンに指をかけて、アーサー・ブライトが女に近寄る場面を見守る。ブライトが絶頂を迎えたところで、鋭い声が飛んだ。「そこだ」

ブライトのゆがんだ顔が、画面の中で凍りつく。

「その先を消去しろ」

ノヴァクは動きを封じられたように見えた。映像を消去する方法を思い出そうとしながら、同時に、次に何が起こるのかを案じているのだ。そのあいだに、カランはグラスに薬を入れた。

ようやく、ノヴァクがふたつのボタンを押した。

「よし。これで心置きなく飲み干せるだろう」

ひとつ指示を出すごとに、ノヴァクの意志が掠め取られていくようだった。その所作は、もうそれが底をついたことを告げていた。

「コカインが切れてきたのか？」にこやかに尋ねる。

ノヴァクがくずおれるように坐り込んだ。スコッチには手をつけない。顔に浮かんだ表情が傑作だった。桟橋に打ち上げられた魚のように、目を剝き、口をあけている。

「飲むんだ」

毒人参に見立てているのか、琥珀色の液体にじっと視線を注いだ。頭をもたげ、細部まですべて記憶に刻もうとするように、部屋を見回す。それから、スコッチをひと息にあおった。

カランは膝の上で銃を揺らした。うわさ話でもするように、「ちなみに、もうおまえの命はない」

本人にもわかっていたらしい。ノヴァクは寝椅子に仰向けになり、頭をだらりと垂らした。

カランはテープのコピーがないかと、手際よく家捜しをした。リビングルームに戻るころには、ノヴァクの目は閉じられ、呼吸が弱くなっていた。

ストッキングをはいた裸の男が、ひとり増えただけのこと。

カランはテープをスポーツバッグにしまってから、作業に取りかかった。

ステラは努めて呼吸をゆっくりと、一定に保った。それをカランが眺めている。

「あとは話すまでもないだろう。あんたがどれだけ人の生命の尊厳を重んじてるのか、見ものだな。だが、ノヴァクの玉を切り落とすってのは、いい思いつきだった。おれからアーサー・ブライトへの、バレンタインの贈り物だ」

「いい思いつきだったのは」ステラはやり返した。「ジャックがあなたにうそをついたことよ。そのおかげで、わたしたちが今、ここにいる」

カランが上体をそらし、目をすぼめる。ステラはスタッカートをつけて、言葉を押し出した。「デノアイエ。プリンス。フィールディング。ノヴァク。誰の命令なの？」

カランがステラからダンスに視線を移す。取引が始まろうとしていることを告げるしぐさだった。

「ヴィンセント・モロ」落ち着き払った声。「本人じきじきのな」

うになる」

ダンスが声をあげて笑った。「そうだろうとも。あとであんたがやつを売り渡せるようにな」

カランが冷ややかな、形勢を見定めるような視線を向ける。時間はたっぷりある、と言いたげだ。お望みなら、一日じゅうでもこのゲームを続けていられるのだ、と。暁光がブラインドを照らし始めていた。

ダンスがステラのほうを向いた。「ジョニーは証人台に立ちたいんだ。だが、あんたからお願いされるのを待っているらしい」

「なぜ、その必要があるの？」ステラはカランに尋ねた。

カランの目の色が、冷たさを増す。「誰も知らないからだ。おまえらも、ヴィンセントの腹心どもも。やつと、おれだけだ」

この男の自己陶酔ぶりに、ステラはふたたび驚かされた。周囲の人間には自分ほどの度胸と才覚がないこと、そして自分が顔色をうかがう人間はこの世にひとりしかいないことを、信じて疑わないらしい。そして、その人物を今から裏切る気でいる。

「では、証人台に立ってもらいましょう。そして、陪審員に向かってこう言うわけね。『わたしは娼婦を切り刻んだ連続殺人犯です。でも、やらせたのはヴィンセント・モロなんです』」声が侮蔑の響きを帯びた。「わたしを大笑いさせてくれたお代はいくら？ さっき言った同時執行？ あなたにそこまでの価値はないわ」

カランが何も言わずに肩をすくめる。

「モロとは、どういう方法で会うの？」ステラはきいた。

その質問が、カランの顔に短い笑みをよぎらせた。「安全な家。安全な電話。おれがやつに電話をするか、やつが電話をよこす。中継ぎは入れず、やつがおれに暗号を伝えるだけだ。その暗号は、四、五軒ある地下駐車場付きのアパートメントのうち、特定の一軒を指す。おれはそこに行って待つ。ヴィンセントは必ずあとから来て、先に帰る」

身を乗り出したダンスが、感情を込めずに言う。「紛失したコカイン。当てはずれの一斉検挙。諸々の殺人。どれも同じやりかたか。おまえとモロがふたりだけで会って、すべての手順を決めたんだな」

カランの目がふたたび輝いた。「おまえを脅して麻薬課から追い出したときも、そうだった。ヴィンセントとおれとで、段取りをつけた」ステラのほうを向いて、「あんたの読みを狂わせる手立ても、同じように決めた。それがことごとく図に当たったわけだ」口調が和らぎ、嘲（あざけ）りの響きを帯びる。「だが、あんたらの間抜けぶりを証明するのは、無理だな。陪審は、誰もおれの話を信じないだろう」

ステラは平静を保った。「わたしたちに信じてほしいの？　それなら、もう一度その密談を設定してみせることね」

カランが指輪を回す。「それで何を証明する？　おれがやつを呼び出せることか？」

「違うわ。あなたに盗聴器をつけるのよ」

ゆっくりと、カランがダンスに視線を移した。「おめでたいコンビだな。ヴィンセントの頭のよさは、並みじゃないぞ」

「そして、あんたの頭のよさは並み以下だ」ダンスが、まるで懐旧に浸るような内省的な声で言った。「何年か前に刑務所で起こった暴動を覚えているか？　元麻薬課の汚職警官が、どんな目にあったかを……。そこにいた受刑者が、そいつの一物を切り落として、喉（のど）に詰め込んだ。だが、実際の死因は、頭に釘（くぎ）を打ち込まれたことだった」

今は監視もきびしくなった。おそらくおまえは、もっとゆっくり、エイズで命を落とすことになるだろう。こちらとしては、望むところだ」

カランは動じるそぶりも見せない。低い声で、ステラにきいた。「そっちの条件は？」

「十五年ないし終身。赤毛の娼婦殺しだけ。モロを売り渡してくれれば、判事を説得するわ」

正気を疑うかのようにカランの眉が上がり、目つきが険しくなる。「話にならない。いったん塀の中に入ったら、仮釈放審査委員会がけっして表に出してくれないだろう。中にいたままじゃ、ヴィンセントの差し金で殺され――」

「時間のむだだ」ダンスが口をはさんだ。「おまえの望みを言え」

カランが床をにらみ、先の見込みに頭を巡らす。迷いを振り切るように、「国外だ。そのあいだは、尾行も、インターポールや移民局への通報もなしだ。あとは自力でやる」

おれはヴィンセントを売って、生きたまま国外に出る。一週間の猶予期間をくれ。そのあきれるほどの厚かましさだ。隠した金をかき集め、送還される心配のない土地を見つけるための時間を、一週間もよこせとは……。「まさか」ステラは答えた。「いくらスティールトンでも、そんな条件は通らないわ」

「いつもやってることじゃないか。サミー・〝猛牛〟・グラヴァーノを忘れたのか？」

ほら来た、とステラは胸の内でつぶやいた。悪しき前例。約二十人の人間を手にかけたマフィアの殺し屋が、FBIの証人保護プログラム下にある安全な住処と引き換えに、首領を売ったのだ。「グラヴァーノは服役したわ」と切り返す。

カランが肩をすくめた。「おれの勘定だと、おれは、死体の数にして十五ばかりグラヴァーノに引けをとってるはずだ。たとえそのうちの一体が、あんたの恋人だったとしてもな」

ダンスが引き金にかけた指を動かす。「おまえは現職の警官だぞ。東地区を二十年間もモロに牛耳らせて――」

「それで全部じゃない」カランがさりげなくさえぎった。「まだある」

まだほかに、何かあるのだろうか？　ステラは、問いただしたい気持ちを抑えた。

「十年でどう？」新しい条件を出す。「連邦刑務所で。モロを渡せばの話だけど」

カランが薄笑いを浮かべた。「連邦刑務所？　おれがどんな連邦法を侵したというんだ？　あの赤毛の女の〝公民権〟を侵害したとでも……？」

ステラは雑念を振り払い、ヴィンセント・モロを訴追することだけを考えようと努めた。「あなたはモロを誘い出し、会話を録音する。次に、そのことと、モロの下でやったことを、すべて証言する。モロが死刑か終身刑になったら、あなたにはご褒美が与えられる」

モロとカラン、ふたりの損得を冷徹に述べた言葉が、カランの笑みを消した。ステラは、危険度を秤にかけるその表情を見守った。おもむろにカランが口を開く。「おれの欲しい褒美は、実刑なしだ。証人保護プログラムの適用を、ＦＢＩに確約させてもらいたい。ヴィンセントを引き渡ししだい、おれが保護を受けられるように。

証言をすませたあとは、ＦＢＩの手配で整形手術を受け、身を隠す。所持金はすべておれのものになる」

「十年よ」ステラは繰り返した。

カランがかぶりを振る。「そっちはヴィンセント・モロが欲しい。そのためにはおれの手を借りる必要がある。それでも、十年分の価値がないと言うのか？」

ステラは気持ちを引き締めた。「そうよ。ないわ」

カランが椅子に深く坐り直す。「じゃあ、何を足せば十年分になるか、考えてみよう」

やはり、ほかにもあったのだ。ダンスもステラと同じように耳をそばだてている。

「四年前、おれはジョージ・ウォーカーの部屋にコカインを仕込んだ。おれが、トム・クラジェクを市長にした。ヴィンセントの指示でな。

この街を動かしてるのは、ヴィンセント・モロだ」事務的な口調。「モロはクラジェクを思いどおりにできる。ブライトもそうなるはずだった。ほら吹き野郎のウォーカーがスティールトン初の黒人市長になるのを食い止めたんだからな」

ダンスがのしかかるように、上体をカランのほうへ傾けた。険しいまなざしが、抑え込んだ獰猛な感情を示している。「くず野郎」怒りのこもった低い罵倒が、口から洩れた。ステラは、ただ見入っていた。

「実刑なし」カランが傲然と言う。「そうでなけりゃ、モロはなしだ」

ステラとダンスは、ともに押し黙ったまま湖を見つめていた。

カランを部屋に残し、ダンスの腹心の警官ふたりに見張らせてある。署に勾留するのは安全とは言えなかった。カランの前で話をするわけにもいかないので、ダンスの覆面パトカーに乗って、スティールトン・パークまで来たのだった。

公園は木々に覆われていた。樹木の切れ間があるのは、端にあたる狭い湖岸の一帯だけだ。ふたりは両手をポケットに入れ、白い息を吐きながら、砂浜に立っていた。この公園のどこかで、カランがティルマンをレイプしたのだ。

「あなたは、ずっとカランを疑っていたのね？」

さざ波の立つ湖面を見ながら、ダンスがうなずく。「共同謀議かカランの単独犯行か、どちらかだと思った。やつは図抜けて頭が切れるし、自分で手を下す時間的余裕がある唯一の人間だった」大きく息をついて、「どうにかして、尻尾をつかみたかった」

「どうして、わたしを信用してくれなかったの？」

「検察局に何か問題があると思ったんだ。それに、ブライトがあんたをカランのところへ行かせたからな」息を継いでから、ぽつりと言う。「まさか、アーサーが……」

押し殺した悲嘆の声には、紛れもなく希望の潰えた響きがあった。初めにウォーカー。今度はブライト。黒人たちにとって、スティールトンはけっして変わらない。

ステラは寒さに背を丸めた。「あなたがカランの仕業だと思っていたことを、わたしは、あなたの仕業だと思っていた。あの一連の事件を操作できる立場にいるし、それだけの頭もある。モロのために〝五セント玉〟を始末したのかもしれない、と」

向き直ったダンスが、楽しくもなさそうな笑みを浮かべて、「ああ。ヴィンセント・モロの世界では、それも筋の通った話になる」

先刻から降り始めた霧雨が、ステラの顔に強く当たった。「これは途方もない事件よ、ナット。クラジェクがモロに仕えているとしたら……」

「カランと取引するしかないと考えているんだな？　やつをただ逃がすしかない、と」

確かにそう考えていたが、返事が喉につかえた。「あの男は、それを当て込んでいるわ。だからこそ、モロとじかに付き合った。いざというとき、モロを売れるように」

ダンスが低い笑い声を洩らす。「モロがそれに気づいていないと思うか？　やつがここまで長く生き延びてきたこと、やつの悪行のひとつひとつを、忘れないでくれ」

それが答えであることを、ステラは知っていた。この世が不完全なものだとすれば、スティールトンはもっと不完全だった。今のこの街はモロの私有物であり、その現状を変えることができるのは、カランただひとりだけなのだ。

ステラは雨を避けて横を向いた。「カランはどうやって、モロを罠にかけるつもりかしら？」

ダンスが肩をすくめる。「まだわからない。だが、失敗すれば、やつは死ぬ。われわれにとっては、残念賞みたいなものだな」

それはカラン本人もよくわかっているはずだ。

検事室に入っていくと、ブライトがひとりでいた。

演説会の予定は取り消してある。ブライトは窓辺にたたずみ、鉄鋼でできた球場の外枠をじっと見下ろしている。フィールディングが殺害されてからも日々は容赦なく過ぎ、球場もそれらしい形を取り始めた。竣工も間近に迫っている。いずれクラジェクの計画の第二段階が実行に移されれば、球場を中心に五百万ドル規模の開発が始まって、スティールトンの印象も一変することになる。

ステラがドアを閉めたときも、ブライトの視線は動かなかった。「結局、なんの意味があるのだろう?」と問いかける。「そのことを考え続けているのだよ」

スティールトン二〇〇〇のことを言っているようにも取れる。しかし、ブライトの目に映っているのは、みずからの人生だろう。長年積み上げてきたものが土台から崩れ、隠し続けてきたものが暴かれようとしている。その事態を本人がすでに受け入れたとは思えない。ステラのほうも、ブライトを手駒にしてヴィンセント・モロを破滅させるという案を、完全には受け入れきれずにいた。それが成功すれば、ブライトまでが破滅することになる。しかし、感情に流されている時間はない。今のステラにできるのは、事の経緯を伝えることだけだった。

クラジェクとジョージ・ウォーカーの話になると、ブライトは顔をそむけた。その胸中は容易に想像がつく。互いに戦略を練り、力を探り合い、みずからの存在と野心を賭して、市長の座をめぐる熱戦を繰り広げてきたはずの三人が、じつは、モロのたなごころで踊っていただけだったのだ。数時間前のブライトなら、クラジェクの凋落を、そして自分に巡ってきた栄光を思い描いて、歓喜を味わっていたかもしれない。今その姿は、内面をそのまま映し出したかのように、うつろに見えた。

「わたしに何をさせたいのかね？」

「FBIと接触してほしいんです。カランが殺されないよう、証人保護プログラム適用の確約を取り付けておく必要があります。カランとの取引はかなり面倒なものになりそうですし、外部に洩らすわけにはいきません。あなた自身に関する部分は、さしあたりFBI側には伏せておいてください。わたしたちも、誰にもしゃべりません。カランのことは、ナットとわたしが処理します。あなたは、何事もなかったようにふるまってください。それと、スローンに横槍を入れさせないように」

ブライトが机に向かう。質感を確かめるように、両のてのひらを天板の上に置いた。抑揚を欠いた口調で、「リーザンには？」

「まだ話さないでください。わたしたち以外のすべての人にとって、あなたはまだ市長候補です」懸命に感傷を排した声で続けた。「故意であれ過失であれ、失敗は許されません。あなたの運命を握っているのはモロではない。わたしです。協力してもらえれば、できるかぎりあなたに累が及ばないようにします。でも、もしモロがカランを殺して、こちらがモロの罪状をつかめなかった場合、無事に逃げおおせるなどという幻想は抱かないでください。わたしがあなたを裁きの場に引き出します」

ブライトの目に怒りが、次いで苦いあきらめの色が浮かぶ。「ジャックの言うとおりだったな、ステラ。きみはまさに、この職務に適任だ」

「わたしを雇ってその職務に就かせてくれたのは、あなたでした。ずいぶん遠くまで歩いてきたものです」

ブライトは気力をかき立てているようだった。少なくともこれから数時間、威厳と使命感を失うまいという心構えが、ひしひしと伝わってくる。「やる必要のあることは、なんでもやる。きみこそ失敗しないでくれ。モロを相手に、二度めはないぞ」

それ以上話すことはなかった。ステラは部屋を出てエレベーターに乗り、風の吹きさぶ通りを横切って、ダンスの車に向かった。

カランの部屋に着くと、ダンスが監視役の警官ふたりを寝室に行かせた。腰を下ろし、銃をカランに向ける。

ステラは立ったままで言った。「あなたとの取引に向けて動いているわ」

カランの目もとにかすかな笑みが浮かび、現われたのと同じすばやさで消えた。「そりゃ結構。話がまとまったら、戻ってきて教えてくれ」

「物事には順番があるのよ。あなたの計画を聞かせてちょうだい」

カランが指輪を回し始めた。「ああ」軽快なアイルランド訛(なま)りが、皮肉っぽい響きを帯びる。「やつに自首してもらおうと思ったんだけどな。幼なじみへの、ささやかな好意の証(あか)しとして」

「計画がないの？　それなら、取引もなしね」

うそ寒い諧謔(かいぎゃく)をたたえた顔が、ステラを見上げた。「そっちは、モロが殺人への関与を洩らすところを、おれに録音させたい。おれは、死にたくない。となると、通常のやりかたでモロと会うのは、あまり安全とは言えないだろう。

いつもの手順を避けるための口実が要る。しかも、やつが必ず来るように仕向けなくちゃならない」いかにも何かひらめいたかのように、ぱっと目を見開いて、「いい案が浮かんだぞ。目撃者が現われたことにするんだ。おれがノヴァクの部屋から出てくるところを、見かけた女がいた、と。それから、哀れなジャックとトミーにフルニトラゼパムの検査が施される予定だという話にする。これなら、ヴィンセントも信じるだろう。おまえらの実力を水増しすることになるのは、癪(しゃく)だがな」

「お気づかい、感謝するわ。で、あなたは国外へ逃亡するという筋書きね？」

「ぐずぐずしてると危ないだろう。おれは現金五十万ドルとイタリアでの隠れ家を要求する。それが用意できなかったら……」顔から諧謔が消える。「おればかりじゃなく、やつの身も危なくなるということさ。ヴィンセントは簡単に人を信じるようなやつじゃないし、金を渡せば足がつきやすいことぐらい承知してるはずだ。だから、外で会うほうが安全だという提案に、たぶん乗ってくる。

ヴィンセントの側から見て、屋外で会うことの利点は、電子機器による盗聴がむずかしいことだ。ただし、おれが盗聴器をつけてればべつだがな」カランの頭の中に、会合の場面が絵としてどんどん浮かんできているようだった。「もちろんやつは、そんなこともすべて考えに入れてる。だから、会う場所をぎりぎりまで口にしない」

ステラはふと気になったことを問いただした。「モロが誰かを使いによこすという可能性は、考えなくていいの？」

「そんなことをしたら、新たな証人をおれの目にさらし、おれをその使いの目にさらすことになる。気をつかうべき人間がひとり増えて、裏切られる危険が倍になるってわけだ」声を低くして、「おれたちは、何十年もこんなふうにやってきた。おれたちふたりで。今さら、やりかたを変えたりはしない」

ステラはダンスの顔をうかがった。確かにそうだろうと、表情が語っている。

「わかったわ。モロを呼び出すタイミングはこちらから指示する。その方法も」

何も言わず、カランが肩をすくめた。

「もうひとつききたいことがあるの。マイケル・デル・コルソのこと」

たちまちカランの顔に笑みが戻り、目つきが華やいだ。「いつその名前が出るかと思ってたよ。あの男の手が汚れてるかどうか、知りたいんだろう？」

「ええ」

「くろであってほしいか？」

ステラは腕を組んだ。「わたしが欲しいのは、真実よ」

「もう知ってるもんだと思ったがな。あの男はヴィンセントの手駒だ。あいつの女房が哀れな娘を置き去りにして家を出たのは、ほかにどうしようもなかったからだよ。あの男は、あんたに借りた鍵から合い鍵を作って、おれにくれた。おれは錠破りと侵入が苦手でな。あの男には、いろいろ手伝ってもらった。あんたの頭の中のちょっとした動きを追うのは、おれひとりの手には負えない。ミチェリのとこから、ノヴァクのオフィスやスカーベリーに向かうあんたの車を追うのもな」笑いを含んだ声で続ける。「あの若造とは、別れたほうがいいぞ」

自分が何を口走るかわからなくて、ステラは答えを返せなかった。情味のない淡々とした声で、カランが長広舌を締めくくる。「デル・コルソは真っ白だよ。あんたと同じように。あいつの手が汚れてるように見せたのは、ヴィンセントのちょっとしたお遊びだ。ヴィンセントは、ノヴァクのところであんたに会ったのを覚えてた。だから、男を見る目がないってことを知ってるのさ」

6

ステラには、それからの数時間がきつかった。ブライトと事務的に言葉を交わし、FBIが取引に応じたことを確認する。ダンスと話し合い、カランとその監視役についてまだ表沙汰にしないことを決める。スローンの前では、すべてが平常どおりという顔で過ごす。マイケルを巡る心の痛みと闘う。フィールディングの死とクラジェクの汚職疑惑との関連を検証し直す……。思えば、一件の殺人事件を振り出しに、麻薬、裁判の不正操作を経て、何かひどく異質なものへと行き着いた。それが精確に何なのかは、まだ確信が持てない。しかし、醜悪かつ巨大なものであることは感じていた。

二度、マイケルのオフィスの前を通り過ぎた。

そんなことをする理由は、自分にもわからなかった。かける言葉などない。それに、マイケルは不在だった。

ふと気づくと、ソフィアのことを考えていた。次に、フィールディングの娘のことと、その父親を手にかけた男のことを。その男は、ステラの計らいで自由の身になるかもしれないのだ。

ヴィンセント・モロのいるべき場所は、塀の中――かつてステラは、ジャックにそう言った。あのときはまだ若すぎて、その代償を頭に描くことができなかった。


四時になる少し前、マイケルがステラのオフィスに顔を出した。

机の上に書類を置いて、「あなたが読みたがると思いまして」

ステラは心の準備ができていなかった。声を抑えて言う。「ドアを閉めて。お願い」

マイケルがことさらに時間をかけてドアを閉めた。一挙一動に、この場にいることの不快感がにじんでいる。

「レイクフロントの正体を知りたがってましたよね。これが紙の足跡です。民間企業が六社。一社めが二社めを所有、そこが三社めを所有、という形でつながってます。いずれも株主を公開する法的義務はなく、最後に出てきたのが、オランダ領アンティルの一企業でした。そこに、ぼくが別件で知ってる人間がいたんです」

ステラは無意識に、机の上のコピーをめくった。最後の書類は、ファックスされたものだった。オランダ領アンティルのマルタ・カンパニーという企業の登記簿で、社長の名はリチャード・フラック。

「リチャード・フラックというのは？」

「ニコラス・モロ――ぼくの古い友人で同級生――の法律事務所で、共同経営者（パートナー）を務めてる人物です」

ステラはマイケルの顔に目を据えた。「ヴィンセントの……息子？」

「そうです」冷ややかな声。「あなたが知っておきたがるだろうと思ったんです。この件をまとめてアーサーに報告するとき、ぼくとニック・モロの関係も話せるように」

ステラはペンを一本手に取り、指先で回しながら、それをじっと見つめた。思考が入り乱れている。しかし、そのうちのふたつに、焦点を当てた。ヴィンセント・モロ、あるいはその息子が、スティールトン二〇〇〇とクラジェクの湖岸地域開発計画を操っていることに、ほぼ疑いの余地はない。偶然か故意かはさておき、ピーター・ホールがその隠れ蓑（みの）となっている。

マイケルの助力がなければ、このことは知りえなかった。

ようやくステラは顔を上げて、マイケルと面と向き合った。怒りよりも無関心の勝る表情が、かえって心を締めつける。

謝罪しなければ、見下げ果てた人間と思われてもしかたがない。そして、謝罪するには、カランのことに言及せざるをえない……。

「あなたが自分でアーサーのところへ持っていけばいいわ」

マイケルが出ていくと、ステラはコンピュータの画面に向かった。

しばらくは集中できなかった。やがて、誰にも見せられない文書を打ち始めた。警察がピーター・ホールを対象として盗聴ができるよう、その旨の裁判所命令を取るための申請書だ。文書を打ち終えると、カランの部屋にいるダンスに連絡を入れた。

「スティールトン二〇〇〇は、ヴィンセント・モロのものだったわ」先に伝えてから、その理由を説明する。

話し終えても、反応がなかった。しばらく経ってから、「ホールから何を聞き出すつもりだ？」

「できれば自白させたい。モロにたどり着くもうひとつの道筋としてね」

「ホールがモロに連絡を取ろうとしたら？　あるいは、クラジェクに」

「だから、盗聴するのよ。それに、ホールへの訊問で、カランの話の裏が取れるでしょう」

送話器の向こうに沈黙が降りる。「わたしはここを離れるわけにいかない」

「離れる必要はないわ。ホールのところへは、わたしが行く」ひと息ついて、「デル・コルソに同行してもらおうと思っているの。財務関連のこと、それに、モロの動きも把握しているから。カランのことは伏せておくつもり」

ダンスはその危険度と、おそらくは、ステラの動機も推し量っている。「カランに例の電話をさせる必要があるな。それもすぐに。カランの身柄を押さえたことを、モロに知られたくない」

「一時間以内にそちらに行くわ」そう言って、電話を切った。

これから数時間のあいだに問題になりそうなことを、ざっと思い浮かべてみる。カランからモロへの連絡に伴う不確定な要素。モロが密談に応じた場合に必要となる複雑な手順。ピーター・ホールのような手ごわい相手に切り込める公算……。そして、マイケルのオフィスに向かった。

マイケルは、書類を鞄（かばん）に入れて帰り支度をしていた。

「力を貸してほしいの」

顔を上げてステラを見てから、また同じ作業を続ける。

「これからピーター・ホールのところへ行くのよ。あなた抜きで訊問したくないわ」

顔をそむけたまま、マイケルが音をたてて鞄を閉じた。「アーサーの意向は？」

ステラは一瞬迷った。「いっしょに行け、と」

マイケルが鞄を机に載せたあと、憤懣（ふんまん）もあらわな視線を向ける。「それなら、しかたないでしょうね」

これほど急な頼み事をして、ソフィアを祖父母に預けっぱなしにしなくてはならないことに、せめて謝罪をしたかった。しかし、今の状況では、あまりに個人的すぎるように思えた。「あとで、あなたの家に迎えに行くわ」

コートを着たマイケルが、返事もせず、目を合わせようともせずに出ていった。

ステラは裁判所に赴き、当直の判事に会った。ピーター・ホールの名を見て、判事の眉が上がったが、ステラは、最小限にとどめるつもりだと説明した。裁判所を出るときには、許可証を手にしていた。

ダンスに電話をかけ、盗聴器の準備を頼む。それから、車でカランの部屋に向かった。

カランの部屋には、警察の手配により、内線電話とヘッドフォンが二台、テープレコーダーが一台用意されていた。この光景に、ステラの神経が過敏に反応した。必要な措置だとはいえ、ひとつ手順を進めるたびに、カランを拘束していることが洩れ伝わる危険も増すのだ。

カラン本人も、いつもの落ち着きを失っていた。食事が口に合わず消化不良を起こした人間のようだ。しきりに指輪をいじり、腫れた指を揉んで、アイリッシュ・セーターからありもしない糸くずをつまみ取っている。

「時間だ」ダンスがステラに告げた。

カランは顔を上げようとしない。突然、自身の殻に深く潜り込むように、動きを止めた。

「刑務所のことを考えろ」ダンスが言う。「励みになるぞ」

一連の情動が、カランの瞳に現われては消えた。憤り。生き延びられる確率の最新の試算。刑務所内での処遇に関する客観的予想。そして、わきにある電話機を見つめた。

迷いを振り切るように、手を伸ばす。

ステラとダンスはその向かいに坐っていた。ふたりのためにヘッドフォンが用意されていたが、ふたりとも、手に取らなかった。

カランが、暗記している番号を押した。呼び出し音を一度鳴らしていったん切り、ふたたびかけ直す。

カランがじっと耳を澄まし、目をすぼめた。回線がつながった。

「おれだ」ひとこと言って、また送話器を置く。

部屋が静寂に包まれた。ステラは、モロが携帯電話を手に取る姿を思い描いた。誰にも知られることのない番号の、カランとの連絡だけに使われる電話機……。しかし、身に染みついたその用心深さ、その絶えざる不安の大きさまでは、想像が及ばない。電話をかけるという単純きわまりない行為でさえ、このありさま……。

カランは片手を電話機に載せている。

ステラは腕時計を見た。秒針が静寂の長さを更新していく。一分、やがて二分が過ぎた。

鳴って。ステラは声に出さずに願った。ダンスがたまらず緊張の吐息をつく。カランが顔を上げずに視線をそちらに向けた。瞳孔が凍りついている。

電話が鳴った。

すかさずダンスがテープレコーダーのボタンを押す。

懸命に震えを抑えながら、ステラはヘッドフォンに手を伸ばした。同じことをするダンスの姿が、視界の隅に入る。ふたりはカランをじっと見守った。

ふたつめの呼び出し音。

ゆっくりと、カランがうなずく。

受話器をつかみ取るその音が、ダンスとステラがそっとヘッドフォンを耳に当てる音を消した。

「もしもし」カランが応じる。

長い沈黙。やがて、ステラにとっては十四年ぶりの、けれど、いつどこで耳にしても聞き分けられたはずの声が響いた。

「何事だ？」ヴィンセント・モロがきく。

口調は静かで、丁寧だった。それでいて、尊大さと猜疑心が入り混じった微妙な響きを伴っている。それは、果てしない凄絶な争いを勝ち抜いてきた者、みずから生み出した闇の世界に君臨する者の声だった。

カランの顔の筋肉がぴんと張り詰めている。「問題が起きた。アフリカ系アメリカ人の友人から、ある警告を受けた」

言葉を切って、待った。「警告？」静かな声が尋ねる。

「おれが有名な弁護士の部屋から出てくるのを見かけた人間がいるらしい。そのうえ、わが女検察官が薬物検査に取りかかるようだ」

「それで？」

「おれも年貢の納めどきだ。現金五十万と、祖国に住む場所がほしい。おれの国じゃなく、おまえの国に」

「なるほど」声は冷静を保っていた。そのあとに続く沈黙だけが、驚きを表わしている。おもむろに、モロが言った。「いくつか、手続きが必要になる」

カランの額には汗が浮いていた。押し殺した声で、切迫した状況を訴える。「おれたちには時間がない」

〝おれたち〟という言葉に、重層的な意味が込められていた。ふたりが互いを知悉していること。四十年の長きにわたって、裏切りに満ちた世界、友情の成り立たない世界で、友情にごく近い絆を結んできたこと。そして、潜在的に一方がもう一方を破滅させる力を持っていること。

「では、会うべきだろうな」依然として感情のこもらない声。「いつもと同じように」

カランが唇をなめた。「同じではないほうがいいと思う。尾行を見つけやすいように、屋外の、どこか新しい場所で会いたい。ふたりだけで」

前よりも長い沈黙が降りる。ステラは思わず唾を飲み下した。モロに聞かれるような気がして、息をすることさえためらっていた。

ようやく届いたモロの声は、静かさを増していた。「それは、信頼性の問題か？」

カランの動きが止まる。まるで、侵入者のくぐもった足音を耳にしたように。「用心の問題だ」

「わかった。では、こちらも用心するとしよう。電話のそばで待て」

通話が切れた。

7

マイケルの家に向かう途中、ステラは精根尽きかけているのを感じた。スターの死骸(しがい)を発見してからというもの、ほとんど睡眠を取っていなかった。この四十八時間、ほとんど何も食べていない。この二十四時間で自分のためにしたことといえば、シャワーを浴びて服を替えただけ。カランとモロの通話に立ち会ったことで、アドレナリンを使い切ってしまったのだ。まぶたが重い。まるで酔いが回ったように、夜の巷(ちまた)の風景――街明かりや行き交う車――が遠く、実体を持たないものに見えた。不眠と背信の渦の中で、うそであってくれと願ったいくつものことを目(ま)の当たりにして、現実感覚が摩耗してきている。

ステラは、この三十分のあいだの確固たる事実にしがみついた。ダンスとカランが待っているという事実。モロが待ち合わせ場所を指定してくるのに備えて、ダンスが警察の応援を手配したという事実。ピーター・ホールが家にいるという事実。面会のために心の準備を整える時間が四十分あり、その四十分のあいだにマイケルの家に寄って、ホール邸まで車を走らせなくてはならないという事実。自分が疲れきって正気を失いかけているという事実……。

もしかすると、これは救いかもしれない、とステラはふと思った。マイケルとのことを思い煩わずにすむ。

玄関のドアをあけたマイケルが、じっと探るような視線をステラに注いだ。まるで、自分の悪感情と距離を置こうとするように……。ようやく口を開くと、「顔色がよくありませんね」

ステラは外套のポケットに両手を突っ込み、寒さに背を丸めた。「運転してもらえる？　疲れているの」

マイケルが片手を差し出す。ステラは鍵の束を取り出して渡した。

ふたりは車に乗り込んだ。ステラは助手席側の窓に頭をもたせかけた。顔が冷えたが、構わなかった。急がずに淡々と、マイケルが車を走らせる。「いったい、どうなってるんです？」

どこまで話すべきか、疲れた頭で懸命に考えた。「フィールディングは殺されたのよ。薬物を投与されたあとに大量のヘロインを打たれたの。ウェルチは、偽装のための道具だった」

マイケルがステラの顔をうかがう。その情報を、自分なりに咀嚼しようとしているのだ。「ホールはそのことを知ってるんですか？」

「何かを知っているはずよ」

マイケルが黙り込んだ。ステラと同様、ホールの関与がどの程度のものか推測を巡らしているらしい。そのとき、別の考えがステラを襲った。自分はヴィンセント・モロを追い詰めるために、アーサー・ブライトを破滅させようとしている。そして今度は、もし力及べば、ピーター・ホールを破滅させることになるだろう。しかし、起こりうる結果の中でただひとつ確かなのは、モロの命運ではない。郡検事になる望みを、ステラがみずからの手で葬り去ってしまうということだ。

マイケルに目を向けた。その横顔は、何か別のことを考えているように見える。癖毛、折れた鼻、厚ぼったいまぶたが、対向車のライトにぼんやりと浮かび上がった。

「眠らせて」ステラは言った。

マイケルが横目で見て、無言でうなずいた。

ステラは座席に背を預けて、目を閉じた。車は走り続ける。無意識の底から、遠い昔の記憶がかりそめの安堵とともに、鈍い眠気が襲ってきた。無意識の底から、遠い昔の記憶がよみがえる。クリスマスの晩、デパートのイルミネーションを観に、両親がステラとケイティを連れて車で出かけたときのこと。屋台の店でホット・チョコレートを買った。帰りの車中、妹といっしょに後部座席に縮こまって坐り、四肢に温もりを、舌に甘みを感じながら、両親の頭の輪郭を見て、ふたりが交わすささやき声に耳を澄ましていた。ミトンをはめたケイティの手が、ステラの手に重なり……。

ステラは眠りに落ちた。

誰かが肩を揺すっている。

ステラははっとして、目をあけた。

夜のことで、ホール邸に続く石敷きの車寄せには、滑走路を思わせる地表用の照明が並び、その縁に積もった雪を淡い銀色に染めている。

車が停まると、ステラは肝を据えた。

マイケルも屋敷をじっと見つめている。ステラと同じく、こういう場所に近づくときは、みずからの出自を思い起こさずにいられないのだろう。ステラの場合、自信を脅かすその小さな芽が、運命の分岐点に立たされたせいで、千倍にもふくらんで感じられた。しかし、わずかな睡眠で得られた活力が背中を押してくれた。

「感謝するわ」

「何をです？」

「運転してくれたこと」

ふたりは車を降りた。湖を渡る寒風をべつにすれば、スティールトン市内よりこのあたりのほうが寒さがきびしいようだ。標高が高く、建物も、歩道も、人も――冷気の刃(やいば)を鈍らせるものが何も――見当たらない。玄関に続く小道には、凍結防止の塩が撒(ま)いてあった。

ピーター・ホール本人が、ドアをあけて出迎えた。タキシードを着込んでいる。今夜が演奏会の初日であることは、前もって連絡を入れたときに聞いていた。ホール・デベロップメント所有の特別席に、何人か招待客が来るらしい。ホールはこれまで何度もストラビンスキーの『火の鳥』を聴いている――それも、間違いなくもっといい演奏で、とさりげなく付け足した――から、ステラの申し出なら喜んでその楽しみを犠牲にするという。ただし、演奏後の祝賀会でホスト役を仰せつかっているので、招待客に失礼のないよう、その時間には間に合わせたい、と。

ホールはこの話をするとき、用向きについては穿鑿(せんさく)しなかった。ステラが会いたいというだけでじゅうぶんだ、というように。しかし、この慇懃(いんぎん)な対応で思い知らされたのは、ステイールトンという街の中で、ステラの占める地位がひとつなのに対し、ホールは多彩な顔を持っているということだった。ステラの側からは重大そのものの申し出でも、ホールにしてみれば、それに応じるのは単なる社交上の義理であり、儀礼的な便宜に過ぎないのだ。

そのことが、マイケルの姿を認めたホールの反応に、十二分に示されていた。ステラに向かって眉(まゆ)を上げてみせ、いらだちをあらわにする。時間を割いたのはステラのためで、同僚の検察官が同席するなら仕事時間中にしてほしいと、その表情が語っていた。ステラは以前ホールの前で感じたことを、ふたたび思い返した。妥協点を探ろうとする気質。好意への返礼としての好意。しかし、神経が極度に張り詰めた今、そういう印象に心を貸している余裕はない。

ホールが執務室にふたりを案内した。

部屋に入ると、手ぶりでソファに坐るよう促して、自分は向かいの袖(そで)付き椅子(いす)に腰を下ろす。飲み物を勧めはしなかった。ステラとふたりだけなら、きっと勧めただろう。

「さて」ホールがステラに言う。

ステラは息を整えた。自分の未来像が――今まで働いてきた目的、そして自分が何者であるかという認識のすべてが――ここで消散してしまうかもしれない。心のある部分では、ほかに選択肢がないことを願っていた。しかし、現実には、ひとつの選択肢をつくり出そうとしていた。

「トミー・フィールディングは殺害されました。ヴィンセント・モロの命令で。あなたに、その理由を聞かせてもらいたいと思っています」

ホールは少しも動じなかった。カランに似たブルーの瞳(ひとみ)だけが、驚きを示している。

「殺人については、まったくの門外漢でしてね。ヴィンセント・モロについても」

マイケルがぐっと身を乗り出した。力強く大柄な体が、まるで慈善舞踏会の会場にいるボクサーのように、場違いな雰囲気を漂わせる。ことさらに柔和な口調で、「モロとあなたはひとつ穴の狢です」

ホールが怒りの視線を向けた。嫌悪感がありありとうかがえる。「どういう意味か、説明していただきましょうか、デル・コルソさん」

「あなたのほうがよくご存じだとおもいますがね。

あなたは、ラリー・ロックウェルがモロの手駒で、アライアンス社がモロの隠れ蓑だということを知っていた。

モロがMBEの上前をはねてることも知ってたし、その隠蔽にも手を貸した。

球場の駐車場や飲食物、チームブランド商品の場内営業権を、誰も知らない〝地元業者〟に売った。モロがそれを利用して、賭博や麻薬、売春から得た金を洗浄し、合法的な収入として申告できるように」低く、棘のある声。「ぼくはこの手のことを、物心がついたころから目にしてるんですよ、ホールさん。あなたはフランキー・スカヴーロに似てる。タキシードを着た腰巾着です。ただ、もっと金を持ってるだけだ」

ホールが立ち上がった。「この家の中で、そんなふうに言われる覚えはない。いや、ほかのどこだろうと同じです。ヴィンセント・モロのことなど、わたしは何ひとつ知りません。公の場で、冗談にでもそんなことを言ったら、ただではすまないと思ってください。不作法にもほどがある」言葉を切り、ステラのほうを向く。「なぜこんな仕打ちを受けるのかはわかりません。しかし、もうじゅうぶんです。帰っていただいたほうがよさそうだ。弁護士を呼びますよ」

「呼んでください」ステラは冷ややかに答えた。「そうしたら、あなたを殺人の共犯で逮捕させます。そのあと、出廷誓約書を書いていただいたうえで、あなたの勾留を解き、ホール氏が取り調べに協力的であるという情報をマスコミに流します。ヴィンセント・モロは、きっと新聞を読むでしょうね」立ち上がって、わきのテーブルに置いてあった携帯電話を取り上げる。「この電話を使ってください。もしあなたが予備審問まで生きていられたなら、もう一度話し合う機会があるかもしれません。

それ以外の選択肢は、服役を除けば、ひとつだけ――フィールディングのような最期を迎えることです。

どういう最期かは、よくご存じでしょう。ですから、共犯の定義を話します。これは、フィールディングが殺された理由を知っていながら、そのことについてわたしに虚偽の説明をした行為を指します」神経の昂ぶりを抑えて、ステラは相手の顔をじっと見据えた。「共犯には、事前共犯と事後共犯があります。あなたがどちらに該当するかは、ご自分の弁護士にきいてください。わたしは、両方に相当すると思います」

ホールの顔から怒りが消えた。途方に暮れた、助けを乞うまなざし。この男がこれほど人間らしく見えたことはない。

ステラは相手の手首をつかむと、てのひらに携帯電話を押しつけた。「百年前、あなたのろくでもない曾お祖父さんが、この街を自分のものにした。今あなたは、その街をヴィンセント・モロに売ろうとしています。誰が聞いても、血は争えないと言うでしょうね。

弁護士を呼んでください、ピーター。われわれは、あなたの身をモロの手に委ねます」

ホールの指が、ステラの手を覆う。「わたしは、ヴィンセント・モロなど知らない。そんなことは、何ひとつ知らないんです」

ホールの指は冷たかった。ゆっくりと、ステラは自分の手を抜き取った。「では、あなたが知っていることを話してください。ひとつ残らず」

市長選が終わって間もないころ、トム・クラジェクからピーター・ホールに連絡が入り、ふたりだけで会いたいと言ってきた。

意外ではなかった。詳細を把握してはいなかったものの、クラジェクが掲げた公約の中に、最大限の努力を払ってブルーズを街に引き留める、という項目があったからだ。

ピーターはひそかに、クラジェクのほうを応援していた。対立候補のジョージ・ウォーカーは、球場を〝金持ちに給付される生活保護〟と罵倒していた。それが問題の核心だった。ピーターには、新たな球場を公費で建てたいという願いがあったからだ。クラジェクは物議を醸すのを恐れて、選挙前は立場を明確にしなかった。しかし、取引を結ぶ用意があることを、ピーターには内々にほのめかしていた。今なら、大手を振って話ができる。クラジェクが第三者を同席させないことを強く要求してきたのを、ホールは単なる用心以上のものとは受け止めなかった。あくまで準備段階なので、マスコミに洩れないよう配慮しているのだろう。

自宅で会うことを提案したのは、ピーターだった。しかし、実際にクラジェクの姿をここで目にすると、今なお最愛の女性である亡き妻アリックスの言葉が思い出された。

『トム・クラジェクの目は、鳥の目よ。のぞき込んでも、こちらを見返さないの』

確かにそのとおりだ。淡い色をしたクラジェクの目は小さく、冷ややかだった。どこにも情味が感じられない。顔つきも鳥に似ていた。嘴を連想させる鉤鼻、つるりとした皺のない造作、すばやく四方に向けられるまなざし。とはいえ、外見で評価してしまうと欺かれる。この男には、無尽の活力と、天与の弁舌の才、凡人をたじろがせるほどの強い権力欲が備わっているのだ。トム・クラジェクにとって、私利の追求という目標から一瞬でも目をそむけることは、時間の浪費でしかない。ピーターのオフィスの椅子に浅く坐った新市長は、あいさつもそこそこに、いきなり本題に入った。

「わたしはブルーズをこの街にとどめたいと思っています。あなたは公金で新しい球場を建てることを望んでおられる。わたしの経歴に傷をつけずにその要求を叶える方法があるはずです」

クラジェクの話しぶりは皮肉への傾きを持たなかったが、その言葉は、周囲をさっと見回す視線で締めくくられた。ミロの版画、窓から見える牧歌的風景……。ピーター・ホールがすでにして過分な恵みを享受していることの証しだ。ピーターは冷静に答えた。

「提案はいつでも歓迎しています」

クラジェクがポケットからペンを取り出し、唇に当てる。「わたしが市長になってから、まだわずか二カ月です。なのにもう、敵の足音が響いてきている。

昨年の十一月は、ジョージ・ウォーカーが勝ってもおかしくはありませんでした。例の麻薬騒ぎがなければ、おそらく、わたしは負けていたでしょう。そして、今度はアーサー・ブライトです。

すでにブライトは、東地区の超党派議員連合の支持を取りつけました。有権者の四十パーセントを占める黒人が、そろそろ自分たちの同胞が市長になる頃合いだと考えています。これに十パーセントが加われば……」指をぱちりと鳴らす。「わたしは、白人票の流出を防がなくてはなりません。より多くの黒人たちに、わたしが仲間であることを認識させなくてはなりません。そして、そういう諸々のことを、双方の機嫌を損ねずに成し遂げなくてはなりません」

クラジェクがもしこういう陳腐な謳い文句で人の心を動かす気だとしたら、自己陶酔もいいところだ、とピーターは思った。やがて、クラジェクの言わんとすることが呑み込めた。球場の建設費が、トム・クラジェクの利益に資するということだ。苦笑混じりに言った。「わたしの顔写真を東地区の広告板に使おうというわけじゃないでしょうね」

クラジェクがそっけなくうなずく。「そんなことをすれば、あなたはお荷物になる。あなたの役割は、荷を軽くすることですよ」

「どうやって？」

クラジェクの口もとに浮かんだ笑みは、神経症から来る痙攣のように見えた。「あなたは二億二千五百万ドルの公金を要求する。そして、それに五千万ドル上乗せした金額で、手を打つことになります」

ピーターはなんとか驚きを顔に出さずにこらえた。突然、クラジェクだけが会話の流れを把握し始めたことに、警戒心を強める。やんわりと、「気づかいには感謝します」

「茶化さないでください。わたしは真剣です。ホール・デベロップメントが、このプロジェクトを取り仕切る。アメリカ屈指の球場を、二億七千五百万ドルであなたが建てるんです。予算を超過したら、その分は自腹を切ってもらいますが、もし節減できたら、浮いた額を市と折半しましょう」

ピーターはすばやく計算した。総工費は、二億ないし二億二千五百万ドルというところだろう。クラジェクが巨額の心づけを差し出しながら、市にはおこぼれ程度の取り前しか求めないことが、さらなる警戒心をあおった。「ほかにも何か？」

沈着なその対応に、クラジェクが相好を崩す。ピーターが内心で興味を引かれていることを、感じ取ったのだろう。「球場は市が所有します。あなたは年百万ドルの賃貸料で、二十年の賃貸契約に署名をする。その見返りとして、球場の命名権、豪華な特別席、入場券の売上から収入を得て、駐車場や場内販売からも、相応の分け前を受け取る」

ピーターはこの数カ月間、球場をめぐる入り組んだ経済効果について、検討を重ねてきた。今では頭の中で数字をはじくことができる。問題は、どうやらクラジェクのほうもその計算に精通しているらしいことだった。ピーター同様、新市長は、球団オーナーの立場にある者ならこの申し出を拒みきれないことを知っているのだ。「あなたの政治課題のほうは、どうなります？」ピーターはきいた。

クラジェクがまた頬をゆるめる。「われわれの政治課題ですよ」

ピーターは即座に、好奇心の誘いに負けたことを悔やんだ。「例えば？」

「ブライトは、わたしが裕福なたかり屋に巨額の公金を差し出そうとしていると言うでしょう。その認識を、われわれは変えなくてはなりません」討論会で聴衆を前にしているように、口調が熱を帯びる。「球場はあなたのものではなく、わたしのスティールトン救済策の出発点です。都心部に新たな雇用をもたらし、湖岸地域に新たな息吹をもたらす総合基本計画の第一段階なのです。この計画は、わが地方自治体の全構成員に利益を還元します。

そこに、あなたの力をお借りしたい。

あなたには、湖の近くに球場を建てていただきます。このプロジェクトに携わる業者は、すべてスティールトンの地元企業とし、建設業者及び作業員の三十パーセントを少数民族から採用する。投じられる資金のすべてが市民の手に渡り、税収のすべてが市にとどまる」ダーツに興じるようなしぐさで、ペンをピーターに向けて、「という具合に計画を打ち出して、アーサー・ブライトを撃破するわけです」

「入札はどうなります？　運動施設の施工で最大手のメガプレックスは、ニューヨークの会社ですよ」

もはやクラジェクの顔に笑みはなく、説得のポーズも消えていた。「入札は行ないません。ゼネコンは、わたしが選びます。少数民族系の請負企業も、わたしが選びます。場内販売と駐車場の契約業者も、わたしが選びます。料金体系も、わたしが決めます」情実を施す政治家の鋭く如才ない目つきをピーターに向けて、「下ごしらえは終わっているんですよ、ピーター。あとはあなたが手に取るか、取らないかです」

ピーターは相手をじっと見つめた。これだけうまい話なら、代価も相当なものになるはずだ。そして、その代価の実体は、まだ明らかにされていない。

しばらくのあいだ、クラジェクは辛抱強く待っていた。やがて、書類鞄に手を伸ばし、書類を三枚取り出すと、ピーターに手渡した。

日付と署名が空欄になっている。しかし、条件はすべて明記されていた。ピーターへの利益配分、クラジェクの権限、球場建設予定地の精確な場所。誰の所有する土地なのか……？　そのとき、企ての全体像がおぼろげに見えてきた。

さりげなく尋ねる。「これは〝第一段階〟だという話でしたね。第二段階は……？」

「湖岸地域の開発をまっとうします」歯切れのいい口調。「港湾を浚渫して――」

「港湾の浚渫？　いったい、なんのために？　集団見合い用の遊覧船でも就航させるんですか？」

クラジェクが短い笑いを洩らした。「いずれそういうこともできるかもしれません」

何か裏がありそうだ。ピーターはそれを突き止めずにはいられない気持ちになった。

「スティールトンを再生させるという話には、もろ手を挙げて賛成します。しかし、冬の湖岸地域は、ツンドラ地帯並みに不毛な場所ですよ。港湾を浚渫するというアイデアは、妄想に近いものではないでしょうか」

椅子に坐り直したクラジェクが、敵意を含んだ冷徹な視線で見つめ返す。「この計画に乗る気があるんですか？」

「返事をする前に、計画の中身を知りたいんです。そして、その行く先を」

言葉をひねり出そうとするように、クラジェクが両手の指先を山型に合わせた。意を決した口調で、「あの一帯をカジノにします」

そういうことか。

頭の回転が急に鈍くなったような気がした。しかし、建設予定地の所有者や、クラジェクから土地の買収を勧められた者に訪れる僥倖の大きさは、容易に算定できる。同時にまた、土地開発業者であるピーターには、刺激に引き寄せられた射幸心や欲望が湖岸地域をどう変えてしまうか、いともたやすく想像がついた。

クラジェクが身を乗り出す。「あの地域は生気を失っています。治療法はギャンブルしかありません。アトランティックシティを見ればわかります。カジノがないころのあの街には、腐臭が漂っていました」

そして今は、犯罪の悪臭が漂っている、とピーターは胸の内でつぶやいた。しかし、クラジェクの言うとおりだ。ギャンブル以外に将来の展望はない。

「法の整備が必要になりますね」ピーターは論を進めた。

「あなたの助力があれば、さほどむずかしくはありませんよ。それに、あなたの利益に叶うことでもある」短い笑みをよぎらせて、「特に、開発業者としてのね」

これが取っておきの餌というわけか。ピーターは口をつぐみ、その沈黙の解釈を相手に委ねた。

受け取った書類を膝に載せて、取引の条件を検討する。

二ページめに目が留まった。

「この、少数民族系のオーナーというのは？」

「有権者に呼びかける前に、ラリー・ロックウェルをブルーズのオーナー陣に加えていただきます。第三者の査定した価格による五パーセントの株式所有者として。あなたの顔を黒く塗りたくるわけにもいきませんからね。ロックウェルは次善の策です」

温かみのない物言いはクラジェクの武器で、時折粗野な言葉を交えるのも、ピーターがクラジェクの陣地に入り込んでいることを思い出させるためらしい。ピーターは冷やかすように答えた。「この地で、真の機会均等が実現するというわけですか。わたしと組む建設業者や下請け業者の選定は、すんでいるんでしょうね？　場内の販売業者も」

クラジェクが目をすぼめる。「それはまだ具体的には……」

「決めなくてはなりませんよ。どこと契約するにせよ、主導権を握るゼネコンぐらいはね。球場の建設は、若い夫婦が生涯最初に建てるわが家とはわけが違います」

おもむろにクラジェクがうなずいた。「もっともです。ほかには？」

ピーターは言いよどんだ。クラジェクは今、ピーターの胸中で行なわれている損得勘定をのぞき込むように、こちらを注視している。この男の弱点は、損得を離れた他人の思惑というものに想像が至らないことだろう。しかし、ピーターには、その思惑があった。球場を建設し、自分の名を街の歴史に刻むという夢。自分の一族が得た富の一部を還元して、アマサの製鋼所とともに衰退しつつある土地を、ふたたび生き返らせたいという願い。それは、アリックスを失ったことによって芽生えたものだった。妻のいない人生にどんな意味があるのか、子どもたちが成人したときに、父親の人生にどんな意味を見出すのか、真剣に、じっくりと考えたその結果として……。これがどんな実業家も拒みえない取引であるという事実は、本能的なためらいとはうらはらに、ピーターの望みの輪郭をもっと鮮やかにし、大きく現実に近づける力を持っていた。

しかし、クラジェクはその思いを受け止められる相手ではない。そこで、ピーターは言葉を呑み込み、相手の描くピーター・ホール像に照準を合わせた。

「第二段階でも」考え抜いた答えを返す。「わたしが開発業者に……？」

クラジェクの笑みは和やかで、満足げだった。結局、ピーターはまんまと期待に応えてしまったのだ。「適正な価格であれば、なんの問題もないと思いますが」

「では、そのことも取引条件に盛り込んでください――ホール・デベロップメントは、いかなる開発業者の入札にも優先して、市と二カ月間の交渉権を持つ、と」

クラジェクのまなざしからは、何も読み取れない。ピーターは言い足した。「あなたは球場を欲しがっている。カジノを欲しがっている。湖岸地域を開発したがっている。

シャム双生児のように、わたしと運命をともにしたがっている」書類を差し出して、「下書きを願います、トム。あなたを信用します。あなたはわたしを必要としているんですから」

話を終えたホールが、暗い窓のほうを向いた。ステラは、優美なタキシード姿の男を見つめながら、ダンスの姿を思い浮かべた。荒涼としたカランの部屋で、フィールディング殺害犯に銃を向けている刑事部長の姿を……。ホール邸の電話が鳴る瞬間を、情勢が動き始めたことをダンスの声が告げる瞬間を、ひたすら待ち続けた。そして、頭の隅で、過去が解き明かされつつあることを感じていた。隠されてきたこの街の腐敗の構造……ホールとジョニー・カランを結びつける、動かしがたい一連の出来事……。

「フィールディングのことを、話してください」ステラは声に力を込めた。

8

世の中には、その職務のために生まれてきたような人間がいる。

ピーター・ホールはトミー・フィールディングのことを、常々そういう人間だと思っていた。頭がよく、勤勉で、強迫神経症と紙一重の仕事ぶり。ときに潔癖すぎて、日々の業務管理や細部の掌握を、最終的な成果より重視しているように思えることがある。トミーにとって、統括責任者という地位は、高収入を保証してくれるばかりではなく、美意識を満たすものでもあるようだ。ピーターは、そんな皮肉っぽい見かたをしていた。

しかし、それはそれでいい。ピーターは経営実務と会社の舵取り(かじ)に専念して、細かい雑務はトミーに任せる。変更注文、過剰請求、工期に遅れる下請け業者、効率の悪いお役所仕事のせいで山積する書類……。トミーの献身ぶりには逃避という一面もある、とピーターはにらんでいた。仕事とは関係のない何か、おそらくは心の内にある何かから、逃げずにはいられないのだ。もしそうなら、実利主義者のピーターとしては、トミー・フィールディングの労働意欲の源であるその病が、永遠に癒(い)えないことを祈るばかりだった。

　スティールトン二〇〇〇が始まる前までは。十一月の、あるうすら寒い日までは。

　その日のことはよく覚えていた。これほどよく覚えていることを知ったのは、トミーの死体が発見された朝だった。あの朝以来、ふたりで打ち合わせをしたときの情景が、意思とは無関係に、繰り返し頭に浮かぶ。妻が事故で命を落としたときと同じだった。ただし、妻の死に関しては、今回と違って後ろめたさを感じなかったが……。

　その日、トミーがピーターのオフィスに現われた。きちんと折り目のついたスラックスに、房つきのローファーと、丸首のセーター。つややかな黒い髪を光らせたその姿は、フィッツジェラルドの小説の登場人物がポートレースに赴く姿を連想させた。しかし、その厳粛な面持ち（おもも）ちは、法廷に呼ばれた証人のようだった。

「これ以上、報告書に署名をするわけにはいきません」

　ピーターはその理由を知っていた。ただトミーの決意のほどを試すために、問い返した。「なぜだ？」

「わが社が詐欺（さぎ）罪に問われるからです」

　トミーの声はいつも軽やかで、学生のようだった。今はその口調が、含みをまったく感じさせないという点で、さらに学生くさくなっている。

「政治の世界では」ピーターはそっけなく答えた。「詐欺というのは相対的な概念だ。

必要に応じて定義も変わる」

トミーが窓に目を向けて、轍が刻まれた大地と、球場の鉄鋼の枠組みを眺め下ろした。

「あなたはここに坐って、夢を見ている。わたしの目に見え始めているのは、史上まれに見るほど腐りきったプロジェクトです」

ぶしつけな言葉が、いらだちと不安をそそった。「わたしが見ているのは、われわれと市の双方にとって有益なプロジェクトだ。われわれが条件に口を出したり、取引先に指図したりする必要はない。気取った言いかたをするなら、きみは、完璧さを有益さの敵に回す愚を犯しかけている。まるで、進むべき道がほかにあるとでもいうように」

トミーが腰に両手を当てる。「われわれはうそを申請しているんですよ、ピーター」身もふたもない言いかただ。ピーターは立ち上がった。「しかたがないんだ。きみはアーサー・ブライトを市長にしたいのか？　そんなことになったら、それこそ大問題に発展するぞ」

「そうでしょうとも。そして、どの報告書を見ても、わたしの名前が載っている」

「誠実に署名をした結果だ」

「これ以上はできません」声がうわずり、ピーターを見据えた暗いまなざしに、新たな決意が宿っている。「ありのままの状況を聞いても、あなたがそんなふうに落ち着き払っていられるものか、試してみましょうか。

少数民族経営の建設会社、わがアライアンスは、体裁だけの企業です。トレーラーには経理と電話番しかいない。わたしがカーブの打ちかたを知らないのと同様、ラリー・ロックウェルは建築のことを知りません。アライアンスが得意としているのは、わが社の小切手を現金にすることだけで――」

ピーターは口をはさんだ。「詭弁を弄する気はないが、もともと、それがあの会社のやりかたなのかもしれない。だとしたら、われわれの問題ではない」

「では、誰の問題なんです？　あの会社は、やりもしない仕事の労賃を請求してきます。ゼネコンはその仕事の穴を埋めて、膨れ上がった請求書と、にせの変更注文書をよこします。だから、わが社は二重に支払いをすることになる。市はだまされて、うちは節減分の金を失う。いったい、誰がこの問題を解決してくれるんです？」

ピーターは机の横を回って、トミーのわきに立った。ことさらにもったいぶった態度で、眼下の球場を眺める。ほかの相手に対してはめったにないことだが、ピーターはときどき、こんなふうに、トミーの顔を正視できなくなることがあった。

努めて口調を和らげながら、「われわれが関知すべき問題ではないと言っているんだ。市の遵守監査官の認識では、アライアンスは職務をまっとうしているし、プロジェクトにはじゅうぶんな数の少数民族がいることになっている。それが、ここからわたしが見ている現実だ。それが、きみの見ている書類の内容だ。それが、この球場を竣工に導く労務態勢だ」相手の顔を見て、「わたしがこの状況を好んでいると思うか？　とんでもない。今のきみのような気持ちを味わうか、死にかけた街の見捨てられた区域を見つめるか、どちらかひとつを選ばされる立場にいないことを、ありがたく思うんだな。きみは、何枚かの書類に署名するだけでいいんだから」

トミーがピーターの肩に手を載せた。瞳が痛憤の翳りを帯びている。「どうして、こんなことができるんです？」

どうにか笑みをこしらえて言った。「きみはもう十年も不動産開発に携わって、いろいろな政治家や、ありとあらゆる利益団体と、折り合いをつけてきたじゃないか。今さら、そんな質問をするのか？　空請求をよこした相手に何も与えずにすんだことなど、一度もなかったはずだ。自由企業の宿命だよ」

トミーは笑みを見せない。か細い声で、「その〝相手〟とは誰です？　ラリー・ロックウェルだけですか？　あなたには、全貌がわかっているんですか？」

返事ができなかった。

肩に載った手に、力がこもる。「これは、ただのちっぽけな不正ではありません。どこかの幽霊会社が一万ドルばかり余分にかすめ取るのを見逃すような行為とは、規模が違うんですよ。百万ドル単位の金が動いているんです。

誰かが、その金を懐に入れている。適法なＭＢＥの仕事を横取りしている。市を食い物にしている。監査官を買収して――」

「どうして、そんなことがわかる？」ピーターは口をはさんだ。

「誰が見たって明らかです。ラリー・ロックウェルに、それほど価値があるんですか？　それほど、ブラック票を集めるのに、それほど重要な役割を果たしているんですか？　それほど、ブライトが怖いんですか？」

的を射た質問ばかりだ。耳を傾けていたピーターは、この問題をトミーがいかに深く掘り下げて考えたかを知った。ついに、全体像を把握してしまったらしい。

おずおずと切り出してみた。「もし節減分の分け前を心配しているのなら――」

「ボーナスの問題だと思っているんですか？」トミーが肩から手を離してあとずさり、まじまじとピーターを見つめた。「わたしが〝心配〟しているのは、手が後ろにまわることです。父の日に刑務所で七つの娘と面会する気はありません。でも、もっと〝心配〟していることがあります」

「それは……？」

「あなたのことです。事情はともかく、あなたのように立派な人が、腐敗への道を歩みかけている。あなたの身に起こることなら、わたしの身に起こってもおかしくはない」声が落ち着きを取り戻す。「わたしは報告書に署名をする気はありません。アライアンスの請求を認可する気もありません。ひとつの仕事に二重の支払いをする気もありません。自分が知りもしない人間をかばう気はないんです。

あなたが決断するまで、二カ月待ちます。その相手に伝えてください。わたしは肚を決めている、と。必要とあらば、ブライトのところへ行くつもりです。あなたも、もう協力はしないと宣言してください。こんなことからは手を引いて……」

「そんなわけにはいかない。われわれには、完遂すべきプロジェクトがある」

「いいでしょう。その連中は、少数民族を欲しがっているんでしたね？　ロックウェルに言って、ほんものを雇わせたらどうです？　誰かがこの取引を徹底的に調べ始めたら、何が出てくるか、わかったものじゃありませんから」

聞き入っていたステラは、怒りと、無益な同情とを感じた。同情はフィールディングに対するものだった。ホールのためを思って立場を越え、その代償に命を落としたのだ。怒りはホールに、そして、ホールに惹かれた自分に対するものだった。

「トミーのことを、誰に話したんですか？」

ホールが視線を落とす。この男の冷静さからすれば演技だとも考えられるが、その姿は、殺人の共犯者には見えなかった。自分が選択を誤り、道をたがえたことが、有能で敬愛すべき部下の死にどうつながったのか、経緯をなぞって、後悔に浸っているようだ。とはいえ、ホールのように策に長けた人間——誠実さにすら矛盾し合う両面があるような人間――を相手にした場合、そこを見分けるのはむずかしい。だからこそ、偏った判断を下すのを恐れて、マイケルに同席してもらったのだ。

「誰にも話していません。わたしはトミーに足留めを食わせました。報告書に署名がされないまま、ひと月が過ぎ、ふた月が過ぎて……神経戦のようでした。どちらも、何も言わない。そこまでこじれてしまったんです」

ステラは無言でマイケルに目を向けた。「それだけですか？」マイケルが問いただす。

「そのあとあなたは、ある朝目覚めて、トミーがヤク中だったと知った。不完全なこの世界の、よくある意外な出来事にすぎなかった、と」

ホールは視線を上げない。またしても、道を選びかねているらしい。弁護士を呼ぶという現実的な道か。あるいは、トミー・フィールディングから懇願された道か。

顔を上げたホールが、覚悟を決めたようにステラの視線をとらえた。「クラジェクから電話がありました。トミーが死ぬ五日前に」

「報告書が必要なんです」クラジェクが言った。「アライアンス社から、支払いがないと言ってきている」

自分でもその件を気にかけているにもかかわらず、相手の横柄（おうへい）な口ぶりに、ピーターはむっとした。「支払いがないのは、仕事をしていないからです。トミー・フィールデイングがそのことに引っかかったらしくて、なにせ純朴な男ですから、わたしも同じように引っかかるはずだと思っているようですね」

「この街で望みを叶えるためには、一定の手順を踏まなくてはなりません。あなたは、われわれが正しいことを行なっていると信じていますか？」

「はい。そしてトミーも、自分が正しいことを行なっていると信じています」

「トミーは正しくありません。もし球場を完成させたいと願うなら」

ピーターは立ち上がって窓辺に近づいた。冬にはめずらしい快晴だ。川の向こうに、曾祖父の遺産――瀕死の製鋼所の煙突――が見える。しかし、数百メートル下方には、何もない大地から、球場の若芽が萌え出ていた。鉄鋼の枠組みが陽光を反射してきらめいている。

「トミーは節を曲げないでしょう」ピーターは言った。「必要ならブライトのところへ行くと言っていました」

沈黙。クラジェクが冷たく言う。「そうさせるわけにはいきません。絶対に」

とたんに、怖気がピーターを襲った。トミーを今の立場に据えたのは自分だ。トミーが暴いた事実から、目をそむけたいと願ったのも自分だ。その自分の目下の責務は、わが身に何が降りかかろうと、プロジェクトを頓挫の危機から救い、なおかつトミーの手を汚させないことだった。「わたしがトミーの職務を引き継ぎましょう。わたしが請求を認可し、報告書に署名します。そうすれば、トミーの名は書類に残りませんから」

クラジェクが疑わしげな声を出した。「それだけで、トミーをブライトから引き離しておけますか？」

「はい」きっぱりと答える。「そのように計らいます」

「ぜひ、そうしてもらいましょう」市長の声の調子が高くなって、懸念と警告の意を伝えた。「じつに多くのものがあなたの肩にかかっているんですよ、ピーター。球場ばかりでなく、計画の第三段階がそっくり。あなた自身の立場も含めてね」

この相手に足もとを見られる状況に立ち至ったことで、ピーターは自分自身を呪った。

「トミーのことは、わたしがなんとかします。安心してください」

電話を切った。

それで話が終わったものと思っていた。

トミーが死ぬ前日の午後、ピーターは、本人に話をした。

トミーの目は疑念と失望に満ちていた。ふたりのあいだに、二度と修復できない亀裂が入ったことは明らかだ。

「なぜ、あなたがこの仕事を……？」

「きみがやらずにすむように」

眉間（みけん）に生じた皺（しわ）は、トミーの懊悩（おうのう）がさらに深まったことを告げていた。「あなたは、これを続けるつもりですか？」

「ああ。球場を完成させるためにね。そこで、きみに頼みがある」

「なんでしょう？」

「アーサー・ブライトに近づかないでもらいたい。もし近づけば、このプロジェクトを破滅させるだけではすまない。わたしを破滅させることにもなるんだ」

トミーがピーターの顔をじっと見つめたあと、ゆっくりとかぶりを振った。それは拒否ではなく、嘆きと幻滅のしるしだった。心にどれほどの重荷を負っても、トミーがピーターを裏切るはずはない。

「きょうはもう帰りたまえ」穏やかに言い聞かせた。「少し眠ったほうがいい。このプロジェクトだけが仕事ではないんだから」

トミーは家に帰った。ふたりが顔を合わせたのは、それが最後だった。

連絡は、トミーの前妻アマンダから入った。受話器を置いたピーターは、アリックスのことを頭に浮かべた。

アリックスは、運転中に氷の破片にタイヤを取られ、横滑りを起こして電柱に激突死した。車を運転するときにスピードを出しすぎるのが、アリックスのただひとつの欠点だった。そのほかは、あらゆる点で申し分なく、まばゆいほどに魅力的な妻で、面倒見のいい母親でもあった。だから、警察から事情を聞く前に、ピーターは子どもたちの無事を確信していた。アリックスが不注意を起こすとしたら、ひとりのときだけだ。おののき震えながら、ピーターは椅子に坐り込んで、トミーの死がアリックスの死と同じように、裏のないものであることを祈った。事故でありますように、と。

「トミーはむだに死んだ」ステラは言った。「ただモロを安心させるだけのために」

ホールは打ちひしがれているように見えた。ヘロインではなく自分の野心がトミー・フィールディングの命を奪ったという現実を、直視できずにいるのだろう。

「モロのことを知っていれば……」ホールが言う。

「知っていれば？」と、ステラ。

「わたしは今回の件を、よくある政治的な駆け引きだと思っていたんです。クラジェクが、自分の将来や票田や支持者たちのことを気にかけているんだろう、と。労せずして儲ける人間や、内部情報で土地を売買する人間、クラジェクにリベートを渡す人間はいるでしょう。だから、まあ、公共工事に絡んだ収賄の類だと想像していました。まさか殺人とは……」息をついてから、小さな声で続ける。「今、やっとわかりました。捜査に協力する場合は、秘密保持と身辺の警護を求めるつもりです」

ステラはいらだちながら、モロとの唯一の接点であるカランのことを思い、なぜ電話が鳴らないのかといぶかった。「あなたの言葉を信用できる根拠は？」

「モロについて知らなかった、ということですか？　根拠を示すのは無理かもしれない。しかし、わたしが弁護士に連絡しない理由のひとつは、今、真実を話しているからです。起こったことを、ありのままに」

「ほう」マイケルが声に疑念をにじませる。「証人もなしで」

ホールがそちらをにらんだ。このふたりは互いに虫が好かないようだ。社会的な立場よりも根の深いところにある、男同士の敵愾心（てきがいしん）だろうか。そのとき、ホールがマイケルを拒絶するように背を向けて、壁に掛かった色鮮やかなミロの版画に近づいた。

慎重な手つきで額をはずす。

隠し金庫があった。版画を机に載せたうえで、壁に顔を寄せ、金庫をあける。

ステラの位置からは内部が見えなかった。ホールが書類を引っ張り出して、最初の二ページをめくる。ステラのほうを向いて、「さあ、どうぞ」

ステラは書類を受け取った。三ページめのいちばん下に、湖岸地域と、二カ月の交渉権に関する文章が走り書きしてある。それ自体には意味がなかった。法的な拘束力を持たないからだ。しかし、ホールの意図が別のところにあることは、もうわかっていた。

「クラジェクの筆跡ですね」ステラは言った。

笑みの断片らしきものが、ホールの目もとをよぎる。「クラジェクの筆跡です。必要になったときのために、取っておいたんです」

車がホール家の門衛詰め所を通り過ぎたところで、マイケルがふたたび口を開いた。

「信じられませんね」

「モロのこと？」

「ええ。モロは眷族(ファミリー)に〝合法事業〟しか許してません。ジョン・ゴッチのような犯罪王が刑務所送りになったのも目にしてるし、自分の時代が長くないことにも気づいてます。すでに麻薬取引は、扱いにくく、リスクの高すぎる商売になった、と。それに、次世代の連中、例えば法学の学位を取ったニック・モロなどが、父親のやってきたような稼業(かぎょう)を好まないことも、知ってるはずです。

この件は、どこを取っても、真相を暴くのは簡単ではありません。でも、場内営業に関しては、ぼくの見かたで間違いないでしょう。モロはそうやって、第二段階のための資金を洗浄しようとしてる。でも、それは一時しのぎにすぎません。モロのほんとうの狙(ねら)いは、土地の売買とにせのＭＢＥから得た利益を、湖岸地域の開発に投資して、最終的にはカジノの営業権を取ることです。それには度胸もいる。やりがいのある大事業ですよ。そう、人を殺すに値するほど……」声が低くなり、蔑(さげす)みの響きを帯びる。「トミー・フィールディングを殺したのはモロかもしれない。でも、モロの孫は、ピーター・

ホールと同じくらいの人望を集めることでしょう。そして、同じくらいずる賢く立ち回ることでしょう」

「ホールを信じていないのね？」

「ええ。でも、証明はできません。結局、あの男は傷も負わずに逃げおおせるでしょう。あの手合いは、みんなそうなんです」

ステラは窓の外に目を向けた。夜の一本道を覆う闇を、ふたりを乗せた車のヘッドライトが切り裂く。「ホールが必要になると思うの。クラジェクを押さえるために」

「あの男は、それをちゃんと知ってるんですよ。弁護士なんて必要ない。すでに保険として、クラジェクに罪を着せてる。あの打ち明け話をした理由はただひとつ、自分の身の保全を図ること。それと、あなたが、協力しなければ命が危ないと思わせたからですよ。でも、本気ではなかったんでしょう？」

「ええ」

マイケルが横目でステラを見た。「ホールとのあいだに、何かあるんですか？」

ステラは口もとに笑みをよぎらせた。「わたしのことを郡検事に推してくれている。いいえ、推してくれていた」

「そして、クラジェクのことを市長に推してる」

嫌味ではなく、さりげない忠告だった。ふたりが得た情報は驚嘆すべきもので、互い害毒は、殺人よりはるかに凶悪なものだったのだ。

「モロは誰とも接触しない。だから、ホールの話は基本的に信用できると思うの。麻薬の販売網と同様、ホールはクラジェクだけがモロに会う。クラジェクはいわば中卸し。自分への指示がモロから出ているとは、けっして認めないでしょうね。報復が怖いし、失うものが大きすぎるから」

その先は話さなかった。モロをとらえるための唯一の頼み、モロの唯一の泣きどころが、ジョニー・カランだということは。しかし、このままカランの部屋に戻るわけにはいかない。カランの電話を受けて警戒したモロが、あの部屋を見張らせているかもしれないからだ。

自動車電話が鳴った。

ステラはすばやく受話器を取った。「自分のオフィスに行ってくれ」そっけないダンスの声。「地下の駐車場から入って、誰にも見られないように。そちらに連絡を入れる」

ステラは身構えた。「何があったの？」

一瞬の間があって、「あんたの〝友人〟から、電話があった」

9

自分のオフィスに入ったステラは、アーサー・ブライトの姿をそこに見つけて、はっと身をこわばらせた。

ブライトはステラの椅子に坐っている。「ナットから、自宅に電話があった」

その存在は、痛ましさと同時に、不穏な印象を放っていた。十一時を過ぎて局内は真っ暗だというのに、失いかけている身分にしがみつくように、スーツを着込んでいる。ひどくやつれた表情だ。発覚の瞬間が刻々と迫るなかで、リーザンに事情を打ち明けられない逼塞感が、心を蝕んでいるに違いない。

「なんと言っていました？」

「モロがカランに、署の自分のオフィスで待つよう指示してきたらしい」

「それだけですか？」

「ナットの話では、警察の尾行の有無を確かめる手だろう、ということだ。モロの手下がカランを止めたり殺したりする可能性もないとは言えん」

ステラは机のへりに腰かけた。「ナットは今、どこにいるんです？」カランの家の車庫か

「車の後部座席に横になって、カランの頭に銃を突きつけている。カランの家の車庫から生きて出られていればの話だが」

ステラは考えを巡らした。カランの読みは、おそらく正しい。密会に別の人間を送り込んだり、カランに刺客を差し向けたりするのは、モロにとって露出の危険をいたずらに大きくすることだ。「モロは第三者の介在を望みません。カランがひとりでいるのを確かめたいんでしょう」

ブライトがうなずく。「ナットは、応援として特殊捜査隊を二チーム待機させている。一方を東地区に、もう片方を西に配置ずみだ。ダウンタウンには配置していない。モロが市警本部を見張っていると困るからな。だが、もちろん、捜査隊のこれからの行動と移動先は、まったく未定だ」

「市警本部長には、もう連絡したんでしょうか？」

ブライトが視線をそらした。今の質問を聞いて、秘密が公になるまでの時間がいかに短いかを、あらためて認識したのかもしれない。「まだだ」

ステラは黙り込んだ。命と世評と職歴が危機にさらされているこの状況で、確かな結末を想定できないまま、一連の決断を下すことが要求されているのだ。これほど重大な捜査活動なら、本来、市警本部長の承認を得なくてはならない。しかし、本部長はクラ

ジェクの腹心であり、知らせれば捜査自体がつぶされかねなかった。そういう事情のせいで、ダンスの立場はいっそう微妙なものになる。カランが失敗してモロを取り逃がしすようなことがあったら、ダンスとステラは、途轍もない責任を背負わされるだろう。

ステラは向き直って、街を見渡した。

検察局の隣り、裁判所と市警本部を擁する古典装飾様式の庁舎には、明かりの灯った窓がほとんど見当たらない。最小限の警察官と清掃業者がいるだけなのだろう。モロがそこにカランを誘導したのは、警告も込めてのことだ――罠にかけようとしても、警察の動きの変化ですぐにわかる、と。

数分が過ぎた。

ステラは部屋の中を歩き回った。ブライトはじっと動かず、机を軽く指で叩いているだけだ。緊迫した空間に閉じこもっていると、刑務所の運動場にいるような心地がした。

「あなたのことを、気の毒に思っています」ステラは沈黙を破った。

ブライトが測るようなまなざしを向けてから、ゆっくりとかぶりを振る。そのしぐさが示すのは苦悶なのか拒絶なのか、判然としなかった。やがて、ブライトが口を開いた。

「聞かせてくれ、ステラ。わたしは、悪より多く善をなしただろうか？」

相手の表情を観察しながら、ステラは答えを模索した。

総じてみれば、ブライトは優秀な検察官だった。黒人社会に対しては象徴としての存在感を示しながら、スティールトンの政界の中では、反感を招くような人種絡みの発言を避けていた。職を得たのも、昇進したのも、本人に実力があったからだ。ステラが今ここにいるのも、ブライトのおかげだった。しかし、不本意ながら、ブライトは、自身の支持基盤を食い物にし続けるモロに手を貸してしまった。しかも、その汚点をかかえてなお野心を捨てられず、腐敗の種を宿す市長をまたひとり、スティールトンに誕生させようとしていたのだ。

絞り出すように、ステラは言った。「わたしも知りたいところです」

答えたとたん、相手と自分の悲嘆が、またも胸に迫った。ブライトがふたたび、望みを絶たれたように顔をそむける。自暴自棄のあまり、破滅をもたらした子飼いの部下の口から、赦免の言葉を、慰めの哀歌を引き出そうとしたのだ。

今のステラには、それはあまりに過大な要求だった。

電話が鳴った。

ブライトがびくりと身を震わせてから、反射的に受話器を取り上げる。ステラはその手から受話器を奪った。

「こちらに来てくれ」ダンスの声。「カランのオフィスへ。地下道を使って」問い返す前に、電話が切れた。

ステラはブライトを見下ろした。「カランのオフィスに行きます」そう伝えたあとで、不安に襲われる。「衝動に走らないよう、お願いします。われわれを裏切れば、あなたは、ダンスとわたしが殺されることをひたすら祈るしかなくなります」

ブライトが首を振った。「わたしは、ここから動かない」

沈んだ声。自発的な心の動きを失ってしまい、自分がもはや枢要(すうよう)の地位にないことを、あらためて思い起こしているのだろう。しかし、その言葉には、別の含みも感じ取れた。ブライトはもう、ジョニー・カランと顔を合わせたり、記憶に勝る鮮明さでビデオテープに収められた自分の姿を直視したりすることができないのだ。

そのビデオテープの入ったハンドバッグを持って、ステラは部屋を出た。


検察局と市警本部をつなぐ地下道は、民間防衛の時代に造られたものだった。想像力を欠いた当時の都市計画担当者たちが、核攻撃を受けた際には郡検事と警察との連絡を絶やすべきではない、と決めたのだ。しかし、実際の恩恵は、おもにスティールトンの冬の自然災害から、検察と警察の双方が守られたことだった。あるいは、今夜に限って言えば、ステラの動きが外からわからないという点にある。

荒涼とした、息苦しく薄暗いコンクリートの通路。ステラはひとりきりだった。できるかぎり足を速めて進む。階段室に着き、大理石のロビーに出たところで、ようやく人心地がついた。エレベーターに乗り込んで、カランのオフィスに向かう。

部屋にはダンスとカランのふたりしかいなかった。ダンスが顔を上げてステラのほうを見たが、カランは関心も払わない。万力にはさみ込まれたような、張り詰めた表情をしていた。ダンスの拳銃（けんじゅう）は膝（ひざ）に載せてあった。

「まだ待機中だ」と、ダンス。「電話には盗聴器を仕掛けてある」

カラン本人が許可したのだから、当然、裁判所命令は不要だろう。腑（ふ）に落ちないのはモロのことだ。電話で具体的な言葉を使うのをあれほど慎重に避けていながら、なぜここに連絡を入れるような危険を冒すのだろうか。

カランはまだ顔を上げない。

考えに沈む、濁ったまなざし。自宅の地下駐車場に下りて車を出し、ダウンタウンを通り抜け、ダンスといっしょのところを見られないように、ここの駐車場に乗り入れて……。その気の張りようは、想像がつく。市警本部の暗い片隅で、トミー・フィールディング殺害犯とともに次の展開を待つステラの緊張感も、比べると色あせるほどだ。

ようやく、カランがダンスの顔を見た。「どちらに勝たせたいんだ、ナット？　ヴィンセントか、おれか？」

刑事部長が肩をすくめる。「どちらも応援する気にはなれないな」

ステラは腕を組み、壁にもたれかかった。

クラジェクはステラの手に落ちた。まずホールを大陪審に立たせ、次に、ラリー・ロックウェル、市の監査官、白人経営のゼネコンを締めあげる。ステラとしては、トム・クラジェクを塀の中に送り込むつもりでいたが、たとえそれが無理でも、政治生命を断つことはできるだろう。そして、クラジェクの凋落とともに、ヴィンセント・モロの計画の第二段階を頓挫させることとも。

しかし、モロ本人となると、そうはいかない。モロを仕留めるには、モロ自身の助けを借りる必要がある。

ステラは、モロと同じ思考の道筋をたどろうと努めた。

モロはまだカランを殺そうとはしていない。それは、いびつな義理堅さの表われだろうか？　もっと現実的に考えるなら、入念な計画を立てずにカランを始末するのはむずかしいと踏んだのか……。それとも、カランと直接顔を合わせるより、ステラにカランを逮捕させるほうが危険が少ないと判断したのか……。モロほどの人間なら、補強証拠でもないかぎり、カランに証人としての価値がないことは承知しているはずだ。

これらすべての推理に対して、ステラは、モロの夢の力を、天秤の片方の皿に置いてみた。

夢。ブライトの夢。ステラの夢。ダンスの夢。ホールの夢。クラジェクの夢。これほど沈滞した街なのに、スティールトンには、夢やそれに類似した想念があふれている。しかし、マイケルの言うとおりだとすれば、ヴィンセント・モロのものほど壮大で豪胆な夢は、ほかにない。眷族の大改造、権勢の拡充と継承……。

モロにとって、もしまだホールの陥落を知らないとしたら、野望達成のいちばんの障害となるのはカランだ。フィールディングの死がモロの指示によるものであることを、カランだけが知っている。その情報がステラの手に渡れば、モロの企ては水泡に帰しかねない。

カランが初めて振り向き、ステラの姿を認めた。

「ヴィンセントが餌に食いつかない。あんたの匂いをかぎつけたんだ」

その口調には、かすかな非難と、未来を閉ざされつつある男の捨て鉢な満足感が同居していた。やっぱりモロの頭のよさにはかなうまい、とでも言いたげな……。

「その推理がはずれるように、祈ることね」ステラは冷静に答えた。

返事はない。この女は、利用価値がなくなれば、おれの残りの人生を悪夢に塗り替えるつもりだ、と。ステラはそのとおりのことを思っていた。

カランがふたたび床をにらむ。

部屋の光景が、ステラをいらだたせ始めた。シンダーブロックの壁、事務机、汚れたタイル。そして、カランの姿。

マイケルはどうしているだろう？

ステラはその考えを振り払おうとした。マイケルとの仲はもう修復不可能だ。仕事上の関わりがなければ、二度と顔を合わせることさえないかもしれない。ソフィアには、よほどの偶然でもないかぎり、もう会えないだろう。

くぐもった呼び出し音に、はっとさせられた。

緊張したまま、カランが金属製の抽斗をあける。中にある電話機がまた鳴った。新しい携帯電話。誰も知らない番号。モロとの連絡に一度だけ使って、あとは捨てるもの。この場合は、モロがまだ一歩先んじていることを示す優越のしるしでもあった。

カランが携帯電話を耳に当てる。じっと聞き入ったまま、動かず、口も利かない。

数秒後、電話機を置いた。蛍光灯に仮借なく照らし出された顔が、青ざめている。

「会うことになった」ダンスに向かって言う。「ヴィンセントが会おうと言ってる」

「場所は？」

「新しい球場だ」

ステラは息を呑んだ。カランの冴えない声音にも、はっきりと不安が聞き取れる。広い場所とはいえ、球場は塀に囲まれていて、警備会社の監視下にある。その会社にモロの息がかかっていることは、今や疑いようがない。警察がモロの目をかすめて入り込むのは不可能だ。もちろん、盗聴装置や赤外線カメラを仕掛けることもできない。監視や盗聴の手立てとなるのは、カラン本人だけ。そして証人も、ほかにはいない。

「いつだ?」沈黙を破って、ダンスがきいた。「どうやって会う?」

「今からだ」焦点を定めるように、目がすぼまる。「南西の角のゲート。そこがあくことになってる。そこから中に入って、グラウンドの中央で待つ」低い声に皮肉な響きを持たせて、「消息不明のジミー・ホッファの死体は、フットボール場のエンドゾーンに埋まってるらしいぞ。でも、まあ、野球はもう少しおとなしいスポーツだからな」

ダンスがカランをじっと見据えた。「応援を呼ぶ」

カランの声が、侮蔑でふくらむ。「そうだろうとも。だが、やつの手下の警備員に見つからないよう、じゅうぶん距離を取れ。新しいジョークの種になるのはごめんだ」

ダンスがポケットを探ったあと、開いたてのひらを差し出した。小型のマイクが載っている。テレビ番組でよく見かけるものだ。「これをTシャツに留めろ。話し声がすると同時に、こちらに音声が届くようになっている」

「適当な機器さえありゃ、ヴィンセントにだって傍受はできる。テープに録るだけのほうが、おれは安全だ」

返事はない。カランが声を荒らげた。「おれの死刑執行令状を書いてるつもりか」

ダンスの表情が険しくなった。抑揚のない口調で、「テープだと、あとでしか聞けない。姿も見えないんだから、こちらには対応する手立てがなくなる。身体検査をされたら、テープは見つかるだろう。モロはあんたを殺して、悠々とテープを持ち去る。

そんな結末のために、あんたを生かしておいたわけじゃない。殺すつもりなら、モロの手を借りる必要はないんだ」

覚悟はしていたつもりだが、ステラはそれでも寒けを覚えた。生か死かという場に、カランを送り出そうとしているのだ。ダンスが平然と締めくくる。「カナダをめざして逃げてもいいぞ。そのときは、十分ほど待ってやる。運がよければ、あんたは同僚の銃で殺してもらえるだろう」

向き直ったカランの視線が、ステラの目を射抜いた。「マイクをつけろ」ダンスが繰り返す。「あんたの息づかいが聞こえなくなったら、モロをほうって、あんたを追う」

カランの目はまだステラに据えられている。胃が引きつるのを感じながら、ステラはうなずいた。

時間が止まったようだった。

カランが振り返り、ダンスのもう一方の手にある銃を見つめる。一瞬のち、マイクを受け取った。

セーターをまくり上げて、ぴったりしたTシャツの腹部にマイクを留めた。肌が三センチほどあらわになり、盛り上がった贅肉（ぜいにく）がのぞく。ステラは、ビデオテープに映った若いカランを、残忍な男の裸体を思い起こした。

「おまえはどこにいるつもりだ？」カランがダンスに尋ねた。

「音響設備のある車に乗る」

カランのまなざしが、ふたたび自分の内面に向けられる。生き延びる確率を計算しながら、行動の選択肢を頭に巡らしているのだろう。あるいは、幼なじみのヴィンセント・モロに命乞いが通じるかどうかを……。

ダンスが顎でドアを示す。「モロがお待ちかねだぞ。ほんとうに来るとすれば」

カランが唇を引き結んだ。ことさらにゆっくりと、ダンスからステラに視線を移す。

「詰めを誤るなよ」ダンスが言った。

カランが背を向けた。その後ろ姿が、暗い通路に消えていく。

ステラはじっと見送った。そして、ダンスに伝えた。「あなたといっしょに行くわ」

10

司令所となる車中で、ダンスとステラはカランの息づかいに耳を傾けた。

車両は救急車を装っていた。しかし、後部の窓は不透明ガラスで、監視装置、盗聴装置、警察の技師たち、盗聴防止機能のある電話機などが、車外から見えないようになっている。ダンスの合図で、車は検察局の地下駐車場から音もなくすべり出した。

「まだ近づくな」ダンスが送話器に向かって言う。「あとで包囲の指示を出す」

車が停まった。モニターから低い口笛が洩れ出すのが、かろうじて聞き取れた。カランが〈ダニー・ボーイ〉を吹き始めたのだ。

「この車の現在地は？」ステラはきいた。

「検察局のわき——球場まで六ブロックの場所だ」

カランの口笛がやんだ。

ステラはその姿を思い浮かべた。ひとりきりで、刺すように冷たい夜気のなか、裁判所と球場をつなぐ不毛の無人地帯を歩く男。夜になると、そのあたりは闇に包まれる。

カランの姿が目につきにくいのと同様に、ゲートの手前で襲ってくる者がいた場合、その姿も目につきにくい。ダンスとステラは身を固くして、銃声がしないかと耳をそばだてた。

カランの足音と規則正しい息づかいのほかは、何も聞こえない。

重圧に耐えかねて、逃げ出してもおかしくはない状況だ。カランは、暗黒の夜空に浮かぶ鉄鋼の枠組みをめざして歩いている。もしステラがその立場に置かれたら、何をしていたかわからなかった。

隣りでダンスが送話器を握り締めた。

薄暗い車内で、音声技術の担当者が、じっと耳を澄ましながら音量を上げる。

靴音、次いで、湖を渡る風の音。

カランの銃には、弾が込められていない。

いったい、どんな気持ちのものだろう？　モロが近くにいるのかどうか自問するその胸中を、ステラは推し量ってみた。背信のもたらす結果を、あれこれと思い描き、比較考量しているのか……。

カランは数秒のうちに死ぬかもしれない。あるいは、何年、何十年も生き続けるかもしれない。少なくとも六件の殺人罪をステラによって免除され、おそらくはスイス銀行の口座から現金を――ヴィンセント・モロから受け取った、血で汚れた現金を――引き出して、すべての敵をあざ笑いながら。

投獄への恐怖と、そして同じぐらい大きな希望の力とが、カランを球場に向かわせているのだろう。最後の勝利、永遠の勝利への甘美な期待感が……。

金属のきしむ音がした。鉄製のゲートが開いたらしい。

ダンスの目がすぼまる。と、モニターから初めて人の声がした。

「中に入ったぞ」カランのささやく声。

ステラはダンスの顔をうかがった。

刑事部長が首を振る。

おそらく、カランは鉄鋼の梁の下を通過するところだろう。待ち伏せされる危険性の高い場所だ。

ふいに靴音がやんだ。

土の上に出て、グラウンドの中央に向かっているらしい。あるいは、立ち止まって周囲を見回しているのか。聞こえるのは、ゆっくりと規則正しく繰り返される息づかいだけだった。

ダンスが送話器を口もとに寄せた。「準備態勢に入れ」その声は波長を変えられ、耳を傾ける警察官以外には、理解不能の音声となる。

モニターに顔を近づけたステラは、無意識に息を殺していた。

低い、切迫感のないうめきが聞こえた。カランの緊張が解けたしるしだ。

「やあ、ジョニー」

ステラは目を閉じた。

あの晩と同じ静かな声で、ヴィンセント・モロがきいた。「われわれは、付き合って何年になる？」

「四十九年」カランの声のほうが低音で、モロがテノールだとすると、こちらはバリトンだ。「聖母マリア小学校の、二年のときからだ」

「そうだな。そして、四十九年間、おまえがおびえている姿は一度も見たことがない」

ひどく柔和な口調が、ステラの耳にはまがまがしく響いた。ダンスはまだ指示を出さない。

カランも黙っている。呼吸が荒く、よく聞こえるようになった。

モロの声。「二十年もこんな暮らしを続けてきて、なぜ、今おびえる？」

また沈黙が訪れる。

ようやく、カランが答えた。「おまえの友だちの黒婦人(ダーク・レディ)のせいだ。ノヴァクとフィールディングの件を見破った」

黒婦人。ステラは、胸の内で繰り返した。

向き直って、ダンスにささやきかける。「突入の指示を……」

「あの女のことだけではあるまい」モロが言う。「そこまで心配しているほかの理由を聞かせてくれ」

しばらくのあいだ、音声がカランの息づかいだけになった。「おまえを心配させているからだ。こんなところまで出てこさせるほど」

ステラはダンスの顔を見つめた。「指示を出して、ナット」

ダンスがごく軽く首を振る。

あなたは、あの男の死を願っている……。

モニターを通したモロの声は、依然として柔和だった。「おまえは大事な友人だ。だから、この荷物を持ってきた。中を見てくれ」

静寂。ばね式の錠をはずす金属音が聞こえる。

「なんのつもりだ、ヴィンセント?」カランの声音が変わった。しわがれただみ声には、紛れもなく恐怖の響きが聞き取れる。

静かに、モロが答えた。「おまえに同胞(はらから)の抱擁(ほうよう)を捧(ささ)げる。そして、別れを告げる」

生々しくおぞましい映像が、ステラの頭に浮かぶ。開いた鞄(かばん)にかがみ込むカラン。その頭に銃を突きつけたモロ。片手はカランの服を探っている。

「やめろ」カランのかすれた声。「おれは盗聴器をつけてる」

沈黙が漂った。「おまえに、もっと忠誠心があればな、ジョニー」声に殺気がこもっている。「それなら、おれは安全だ。盗聴されていようと、おれに失うものはない」

カランの呼吸が速く、荒くなる。返事はない。

モロの声が、さらに穏やかになった。「そうは考えなかったのか？」

ダンスがステラの顔を見守りながら、送話器を口もとに寄せた。

殴られたような、くぐもった叫び声がした。懸命に音を聞き取ろうとするダンスの顔がこわばる。

「何をしているの」ステラは言った。「早く突入させて」

車内に銃声がこだました。

「突入」ダンスがどなる。

車がタイヤを鳴らして発進し、ステラの体が内壁に押しつけられた。サイレンが甲高い音をたて始めたとたん、遠くから同じ音がいくつも、夜のしじまを破って響き渡る。

ステラが金属の手すりをつかむと同時に、車が速度を上げた。

「どうするの？」

ダンスも手すりをつかんでいる。「中に入る」

車が減速せずにカーブを曲がった。

後部の窓から、球場のゲートと鉄柱の基部が見えた。車ががくりと揺れて停まる。

後部のドアを勢いよくあけて、ダンスが飛び出した。ステラも急いであとに続いた。

靴底が凍りついた地面を打つ。

　そのとき目に入った光景が、ステラの足を止めた。

　無数の警察車両のヘッドライトが、グラウンドを煌々と照らし出している。ゲートのわきにいる制服警官が、セミ・オートマティックのライフルの銃口を警備員のひとりに向けていた。グラウンドを囲む光は、黄色い目の群れのようだ。照明に浮かび上がる鉄鋼の塔門。その上部は闇の中に溶け込んでいた。叫び声が周囲に乱れ飛ぶ。

　ステラの前方で、ダンスも立ち止まっていた。

　その見下ろす先に、人の体があった。横ざまに丸まった体は動かず、巨大な胎児を思わせる。

　近づいていくと、見覚えのあるアイリッシュ・セーターが目に入った。

　カランが横向きに倒れていた。右目はこちらを見つめ返しているが、左の眼球がなかった。眼窩から血が滴り落ちている。

　そのわきに、空の書類鞄が口をあけて転がっていた。

　ダンスが無表情に死体をじっと見据える。その時間の長さだけが、感情の質と量を表わしていた。立ち尽くしたまま、身じろぎもしない。

「このほうがよかったんだ」思いを吐き出すように、「これであんたも、カラン殺しでやつを押さえることができる」

ステラは返事をせずに、視線を上げた。

グラウンドの中央に、武装した警官に囲まれた人影が見えた。孤立無援の痩身を動かすことなく、じっとたたずんでいる。

ステラはそちらに向かった。

数メートルの距離まで近づいたところで、男が振り向き、その顔が明かりに照らされた。かつて、ジャック・ノヴァクのオフィスで目にしたときと同じように。

モロが姿勢を正した。寄る年波は隠せず、顔には皺が目立ち、髪は灰白色に変わっている。しかし、全身に漂う冷然とした威厳は、今も健在だった。そのまなざしが、ステラの目をのぞき込む。

「相変わらず、きれいなお嬢さんだ」柔らかい声が言った。

十四年、とステラは声に出さずにつぶやいた。その年月分の腐敗と、その年月分の死。

しかし、今、それを口に出す必要はない。

次に顔を合わせるのは、法廷の中だ。

背を向けて、ステラはその場を離れた。

11

鉄鋼の塔門の裾に寄りかかって、ステラは、起きたことの一部始終を頭に叩き込もうと努めた。濃密な一時間を駆け抜けた狂熱のエネルギーが去って、手足が重い。周囲の物音や人の動きが、ひどく遠く感じられた。

カランは死んだ。ステラは、ダンスとマイケルの助力を得て、ジャック・ノヴァク殺しとフィールディング殺し、ティナ・ウェルチ殺しを結びつけることができた。遠からずクラジェクが失脚し、それとともに、湖岸地域の開発計画も終焉を迎えるだろう。

ヴィンセント・モロは警察の手に落ちた。

それはステラが切望したことだった。しかし、モロ自身の切望の強烈さ、権力構造を変えようという夢が、最終的には、本人の勘を狂わせたのだ。そして、あまりに多くを知りすぎた男カランに関する危惧の念が……。

やるべきことはまだ多い。モロは弁護態勢を整えてくるはずだ。審理はひと筋縄ではいかないだろう。しかし、ステラには勝つ自信があった。それに、カランの件と同様、法の正義が味方についている。

しばらくしてようやく、そばにダンスがいることに気づいた。

「話がある」

ステラは両手をコートのポケットにさらに深く突っ込んだ。「なんの話？」

ダンスが身を寄せて、「アーサーのことだ」

ステラは向き直った。頭がうまく回らない。ダンスの声音は、冷静で控えめだった。

「カランは死んだ。あんたはモロを殺人罪で訴追できる。クラジェクの件では、ホールがいる。アーサーと例のビデオテープは、なんの足しにもならない」

ステラは胸の中で、ため息交じりに言った。わたしはいつも一歩遅れている。けれど、ひとつ、わかったことがあった。ダンスがカランの死を望んだ最大の理由は、アーサー・ブライトの身を守ることだった。

「テープのことを知っているのは、もうモロだけだ。そして、誰にも話さないだろう」

ステラは相手をじっと見つめ返した。「わたしたちが知っているわ」

ダンスの口調は粘り強かった。「あんたはアーサーを市長にしたがっていた。それには確かな根拠があった。わたしが言いたいのは、その根拠はまだ生きている、ということだ」ステラにしか聞こえないよう声をひそめて、「アーサーの後押しがあれば、あんたはスローンを飛び越して郡検事になれる。だが、独力ではまだ無理だろう。アーサーを破滅させたら、あんたには行き場がなくなる」

それは真実だった。

その現状認識を、ステラは頭に巡らせた。声を低くして答える。「そして、アーサーが市長になれば、あなたは市警本部長の椅子に収まる」

ダンスが探るような視線を向けた。「それのどこが悪い？　すべてが善か悪かで、だから物事がどう起こったかだけが大事だと、まだ思っているのか？　もっと柔軟な考えかたをしてもいいんじゃないのか？」

ステラは、その問いかけについて、そして、モロを陥れるためにカランを利用したという露骨な告白について、考えを巡らした。ふたりを囲む建造物、コンクリートと鉄鋼の巨大な塊が、意識に入り込んでくる。「わたしは柔軟になりつつあるんじゃないかしら。でも、アーサーは、より高き善のために不正を働いたのだと、自分で信じ込もうとしていた。今も同じことが言えるかどうか、あやしいものだと思うわ」

一瞬言いよどんだダンスが、ステラの顔をのぞき込む。「本人にきいてみればいい」

ステラは背筋を伸ばした。「あなたとアーサーは、こうなるのを読んでいたの？」

「いや」ダンスがかすかに口もとをゆるめる。「モロがカランを殺すまでは、ただの妄想だった」

ステラは黙り込んだ。ナサニエル・ダンスはステラより明敏で、多様な思惑をかかえている。しかし、その思惑のどれひとつとして、ステラの昇進を見込んだものではないはずだ。「それほど黒人市長を望んでいるの？　それとも、アーサー本人を？」しばらく返事がなかった。やがて、ぽつりと言う。「両方だよ。いい頃合いだ。だから、あんたにとっても、いい頃合いだと思う」

その言葉を払いのけるように、ステラは首を振った。「アーサーが今でも市長の座を望んでいるかどうかさえ、わからないのよ。彼がわたしを望んでいないことは、確実でしょうけど」

「アーサーはあんたを必要としているんだ。チャールズ・スローンのことは忘れてい い」振り向いたダンスが、鉄鋼の枠組み越しに、ブライトの待つ暗い建物を仰いだ。「クラジェクやマスコミの連中がかぎつける前に、アーサーにいきさつを話しておかないといけないな。あんたの答えを聞くのは、そのあとだ」

ステラが待っているあいだ、ダンスがヴィンセント・モロ連行の指示を出した。そのあと、凍てつく寒さの中を、連れ立って無言で検察局に向かった。

二時三十分を回っていた。街はひっそりと静まり、局のロビーには浮世離れした空気が漂っている。ほの暗い照明に、警備員がひとり。エレベーターで上に向かいながら、ステラは、アーサーに何を言われるか、自分は相手に何を言うのか、想像してみた。

到着した階は暗かった。頼りになるのは、ステラのオフィスの、わずかにあいたドアから洩れる明かりだけだ。ドアの蝶番がきしむ音がした。

ステラは立ち止まった。戦慄と驚愕に身がわななく。

ドアにぶら下がった人間の輪郭が見えた。その足は、床に届いていない。

「まさか、そんな……」

ダンスの声だ。駆け寄るそのあとに、ステラも続いた。ドアがこちらに開く。ブライトの体の重みのせいだった。

眼球が、ノヴァクのときと同じように充血している。苦悶に満ちた顔。

ダンスが低くうめきながらその体を抱きかかえ、首縄代わりのベルトから浮かせた。ステラは震える手で首からベルトをはずした。体はまだ温かい。

ブライトを床に横たえ、ダンスが口移しで息を吹き込んだ。ステラは吐き気をこらえながら電話に駆け寄り、救急車を呼んだ。

振り向いてみると、ドアの内側にある金属のコート掛けに、まだブライトのベルトが巻きついているのが目に入った。やがて、ダンスが顔を上げた。涙が頬を伝っている。

ステラは椅子にどさりと沈み込んだ。

ブライトは、ジャックと同じように死んだ。ただし、その死にざまを見せるために、ステラのオフィスでみずから首を吊ったのだ。寒くはないのに、ステラの歯ががたがたと鳴った。ダンスの瞳(ひとみ)に浮かぶ苦悶の表情を、正視できなかった。

「これがアーサーの答えね」ステラは口の中で言った。

はるか下方から、救急車のサイレンの音がかすかに聞こえる。しゃがれた声で、ダンスがきいた。「ビデオテープはどこだ？」

「わたしのバッグの中」

ダンスが廊下に出る。

ブライトの死体のわきに、バッグが落ちていた。ダンスがすばやくテープを取り出す。

「コピーは取ってあるわ」ステラは告げた。

12

五日後、ステラはブライトの葬儀に参列した。マイケル・デル・コルソに頼んで、隣りに坐(すわ)ってもらうことにした。その場に行ってみると、つらかった。

ふたりはほとんど言葉を交わさず、ステラも、あえて説明はしなかった。この先も、話す機会が訪れるかどうかはわからない。話をすれば、ブライトの秘密、そしてステラ自身の秘密——ブライトの死にいつまでも責任を感じるだろうという事実——を明かすことになる。

しかし、時の流れは滞らない。葬儀当日は快晴だった。聖スタニスワフ教会と同様、初期移民たちの血と汗で建てられた第一バプティスト教会には、ステンドグラスから射(さ)し込む陽光があふれている。三列めの席に腰を下ろしたステラは、リーザン・ブライトの姿を見つめながら、その身に課せられた苦しみを思った。

リーザンは息子と娘にはさまれて坐り、ふたりの手を握っている。泣いてはいなかった。しかし、やつれきった顔は別人のようだ。夫の自殺になんの理由も見出せず、どんな兆しを見逃したのか、どこで道を間違えたのかと、自分を問い詰めているのだろう。そして、その答えを知ることはけっしてない。

知るほうが、リーザンには幸せなのだろうか？　子どもたちはどうだろう？　ステラが胸にかかえた秘密には、この家族の将来を変える力がある。しかし、それが傷を癒すほうに働くのか、傷口を広げる刃となるのか、ステラにはわからなかった。

郡検事代理となったチャールズ・スローンが、アーサーの棺の前に立ち、低い声で弔辞を述べていた。

「アーサー・ブライトは、私生活におけるその曇りなき理想を、公人としての生活に持ち込み……」

きょうだけは、スローンがうらやましかった。真実と向き合わずにいられるその立場が。

しかし、時の流れは滞らない。スローンの弔辞は、死者への頌徳にとどまらず、ブライトの後継者としての名乗りも兼ねていた。今このときも、周りじゅう至るところで政局は大きく動いている。通路をはさんでステラの反対側には、補佐役ふたりを従えたトマス・クラジェク市長の姿があった。

しかし、そう長くその座を保っていられないことは、クラジェク自身も承知していた。

その沈んだ表情は、死者ではなく、みずからに向けられたものだろう。すでにステラとマイケルは、ラリー・ロックウェルに大陪審の召喚状を送った。ピーター・ホールは、弁護士の助言に従って、クラジェクからの連絡に応じないことにしている。ステラがダン・リアリーに流した最初の情報が、クラジェク弾劾をにおわせる見出しとなって紙面を飾り、あわてた規定遵守監査官たちは、司法取引に目を向け始めた。ホールはいちはやく取引をすませていた。弁護士以外の人間との音信を断ったホールの意向を汲んで、ステラは、訴追の取り下げに同意した。ホールに残された課題は、ステラと同じように、自分が他人の死にどんな役割を果たしたのかを、個人として突き詰めることだろう。

　ステラの隣りでは、マイケルがスローンの話に耳を傾けていた。厳粛な面持ちだ。しかし、内心では別のことを考えているようだ。それが何なのか、ステラは知りたくてたまらなかった。

　こんなふうに、ステラに深い孤独感を味わわせようとしているのだろうか？

　重い気持ちで、意識を演壇に向けようと努めた。けれど、またしても、知っていることや目に入るもののほうが、スローンの言葉より強く訴えかけてくる。この男がスティールトンの次期市長の座に収まることを、ステラは確信していた。

　ヴィンセント・モロがカラン殺害のかどで正式に起訴された際、記者会見が行なわれた。会見の席に臨んだのは、ステラと、功名を立てる機会を狙うチャールズ・スローン。しかし、事件を解決したのも、ウォーカーの失脚がモロとカランの陰謀だったことを明らかにしたのも、ステラだった。これはクラジェクにとって最初の大きな痛手であり、ジョージ・ウォーカー復権の狼煙ともなった。

そして今、そのウォーカーの、そしてスローンの命運を左右しかねない秘密を、ステラは胸にかかえ込んでいる。麻薬と倒錯セックスに溺れたブライトが娼婦殺害の一端を担っていたと知れれば、側近であるスローンが大きな打撃を受けることは間違いない。ウォーカーへの影響は、間接的で、はるかに小さいものだが、根強い人種的偏見を持つ白人有権者の反発を買うことも考えられた。ただし、ウォーカーはスローンと違って、そういう事態への備えを固めつつあるようだった。

そこまで考えたところで、ステラの目は自然とナサニエル・ダンスを探していた。

その姿はすぐに見つかった。ダンス夫妻は、アーサーの家族とともに着席している。ダンスの哀悼の念と、リーザン・ブライトに対する気づかいは、心からのものだった。しかし、ダンスが気づかっていることは、ほかにもある。それがステラの確信を裏づけた。自分が知っていることをウォーカーも知っているという確信だ。

そう思うきっかけになったのは、ウォーカーからの働きかけだった。

ウォーカーは、直接会って、ステラの業績に感謝したいと言ってきた。それ以外のことには触れず、何かを知っているそぶりも見せなかった。しかし、ステラの選挙参謀を通して、会見の趣旨が伝えられた。ウォーカーの打診とは、そしてステラが用意すべき答えとは、郡検事選挙でステラを応援したら、その見返りに市長選挙で自分を支持してくれるかどうかというものだった。

つまり、沈黙を守ることは、ステラ自身の利益にもつながるというわけだ。ステラはまだ返事を決めかねていた。とはいえ、ウォーカーの言い分は理解できる。一連の出来事――ウォーカーの被った冤罪、クラジェクの失脚、スティールトン二〇〇〇絡みの汚職――によって人種間の緊張が高まるなかで、オノンダガ川を越えて手をつなごうということだ。すでにウォーカーは、第一の措置を講じている。市長になったあかつきには、新球場が完成するよう取り計らうと公言したのだ。

こういう動きを、ステラは少しも意外には思わなかった。意外なのは、そして悩ましいのは、自分の中の野心がふたたび頭をもたげてきたことだ。

まだ喪に服して五日めだというのに、自分が死に追いやった人物の椅子に、自分が坐りたいと願うなんて……。

ひとひらの暗い諧謔が、薄雲のように頭をよぎった――どんなときでも、父さんなら話を聞いてくれる。

ステラは目を閉じた。

父に会いに行こう。もう二週間近く、顔を見ていない。

ふたたび顔を上げると、ジョージ・ウォーカーが演壇に立っていた。

その押し出しは、ブライトとは正反対だった。肉づきのいい堂々たる体軀。白い髪に、気さくな容貌。そして、ひと世代前の牧師を思わせる声音。市議会議長にまで昇り詰めたのは、常に公明正大な言動を心がけたからこそだ。しかし、同時に有能さと器用さと妥協の才に恵まれなければ、政界の荒波を乗り越えることはできなかったはずだ。そして、必要とあらば非情にもなれる胆力の大きさ。ついさっきスローンと握手を交わし、悔やみの言葉をかけたその温和な表情の裏で、相手に気づかれないように、スローンの政治生命を絶とうとしているのだ。

今、その声は、リーザン・ブライトに語りかけながらも、部屋じゅうに響いている。

「アーサーは、与えて、与えて、与え続けました。あなたもそうです。あなたがアーサーに憩いの場を与えたからこそ、アーサーは、幾度となく、われわれに与えることができたのです。もし、その結果として、われわれがアーサーを疲れさせてしまったのだとしたら、今ごろになってあなたに感謝を捧げるのは、遅すぎるかもしれませんが……」

もしかすると、この言葉が、何よりの薬になるかもしれない。しかし、効き目のほどは定かではなかった。それに、ジョージ・ウォーカーであれ、ほかの誰であれ、ステラがリーザン・ブライトに対して負った責務を、軽くすることなどできないのだ。

聖歌隊が『アメイジング・グレイス』を歌い始め、朗々とした声を室内に響き渡らせた。そして、ようやく式が終了した。

スローンとウォーカーを含む六人の付添い人が、アーサーの棺を教会から運び出す。通りしな、ウォーカーがステラと目を合わせて、小さく会釈（えしゃく）した。

ステラは思わず、マイケルの袖（そで）に触れた。「どこかよそに出られない？　お願い」

マイケルが一瞬ためらったあと、同情心からか、悲嘆の重苦しい空気から逃れたいからか、うなずきを返した。

もうひとつ、やり残したことがある。

「少し待っていて」ステラはマイケルに伝えた。

教会の外で、ダンスを見つけた。階段の最下段に立ち、向こうが気づくのを待ってから、いっしょに人の群れから離れた。

ふたりはあの日以来、ブライトのことを話題にしなかった。ダンスは今も話そうとしない。

「渡したいものがあるの」

ステラはハンドバッグに手を入れて、クッション入りの封筒を取り出した。宛名はステラ本人になっている。「なんだ？」と、ダンス。

「ノヴァクのテープの、最後のコピー」

ダンスが問いたげなまなざしを向けた。驚いているのか、単に好奇心をかき立てられたのか……。しかし、問いを口にはしなかった。ステラのほうも、自分の行動の理由をすべて把握しているわけではない。それでも、明らかなことがひとつあった。ウォーカーが何をするにせよ、ステラがどんな決断を下すにせよ、このテープと、ステラの知るその内容が影響を及ぼすことはないのだ。

「もう用のないものだから」ステラは言った。

13

ステラとマイケルは、聖スタニスワフ教会の前庭にあるベンチに腰を下ろしていた。冬の庭園に花は見当たらず、芝も成長を止めている。しかし、陽射(ひざ)しは暖かく、ワルシャワの町も静けさに包まれていて、ここは格好の避難場所だった。あの日、第一バプティスト教会の外で群がってきた記者たちに、この数日間追い回され、ブライトの死に関して質問責めにあっていたのだ。そして、この数日間、ステラは曖昧(あいまい)な痛惜の仮面を身にまとっていた。ダン・リアリーを含む何人かの記者たちが、不審の目を向けてきた――ブライトが自殺したそのタイミングだけでも、記者としての勘が騒ぐらしい――が、真相が知れることはけっしてないだろう。今のステラには、報道陣に力を貸す理由もなかった。

マイケルだけはべつだった。ステラは言った。「どこから話を始めればいいのかも、わからないわ」

マイケルが目を向ける。「あなたが切り抜けたことのいくつかは、ぼくにも理解できます。でも、あなたはぼくを殺人の共犯者呼ばわりしたんですから、〝ごめんなさい〟くらいじゃとても足りませんよ」

どんな言葉なら〝足りる〟のか？　たぶん、どんな言葉でも足りないだろう。けれど、ステラが今差し出せるのは、これまで不安で誰にも差し出せなかったもの、つまり真実だ。単に職務に関するものだけでなく、自分で知るかぎりの、自分に関する真実――。語ろうとするその決意と語ることの意味の重さが、ステラの言葉を押しとどめた。心の奥底にある本能は、決意に従えと告げていたが、それでもなお、怖さはぬぐえなかった。

ステラは上体をかがめ、両腕を膝に載せて、目の前の地面を見つめた。そして、話さなければならないとわかっているところから、話し始めた。父のこと。ジャック・ノヴアクのこと。そして、ノヴァク殺害後に起こったすべてのこと。

マイケルが黙り込む。どんな反応が返ってくるのか、予想もつかなかった。嫌悪か、無関心か、あるいは、できるだけのことはやったのだという型どおりの慰めか。ところが、マイケルは、「ほんとうに、自分がアーサーを殺したと思ってるんですか？」

あけすけなその問いが、ステラの罪悪感をいっそう深くした。「ある意味ではね。あの人を守るという意思を、なんとか任期をまっとうさせるという意思を、伝えておくべきだった。頑張って自分で乗り越えようとしていたんだから、せめてそれぐらいの希望を持たせるべきだったわ。わたしはアーサーになんの希望も与えなかった」

「しかし、ダンスに取引を持ちかけられたあとでも、アーサーの身を守る気はありましたか？」

「わからないわ」ステラは口をつぐんだ。それは、自分でも繰り返し胸に問い続けてきたことだ。「もしアーサーが辞職すれば、暴露はしなかった。それだけは確かね。でも、市長になるのを後押しする気は……。モロは相変わらずアーサーの弱味を握り、それがわたしにも及ぶことになる。そんな力関係がアーサーの行動にどう影響するか、わたしはもう目にしてしまった。自分としては、政界から身を引いていたはずだと思いたいところね」

マイケルの表情を読むのはむずかしかった。思いやりより、一歩引いた冷静さが前面に出てきているように見える。「ぼくが何を考えてるか、気になりますか？」

「とても気になるわ。わたしは、ソフィアだけでなく、あなたを好きになり始めていた。それが怖かった。あなたに裏切られたという思いは、単にカランの心理作戦に引っかかったという以上の害を、わたしに与えた。そうなることはわかっていたのに」ゆっくりとマイケルのほうを向いて、「どうすればあなたを信じられるのか、わからなかった。事件についてではなく、わたしとのことで。今はとにかく、信じようとしているの」

マイケルが測るようなまなざしを向ける。しばし考え込んでから、「わかりました。ひとつずつ話しましょう。

まず、アーサーを殺したのはアーサーです。自分の真の姿と、自分のしたことを、一度も受け入れようとしなかった。ひたすら、その事実にふたをしてきた。あなたはそのビデオテープを見せるしかなかった。アーサーがそれを直視できなかったのは、あなたの落ち度じゃない。あなたがアーサーを追い詰めたわけじゃないんです。

あなたはおそらく、ダンスの申し出にも乗らなかったでしょう」穏やかな、淡々とした口調で続ける。「あなたは、すばらしい欠点に恵まれてるんですよ、ステラ。自分も含めて、人をきびしく裁きすぎる。でも、倫理上の選択を迫られたとき、曇りのない目で見ることができるんです」

ステラは安堵（あんど）の中に痛みを感じた。マイケルの掲げた問いは、個人的な軋轢（あつれき）を避けるためのものではなかった。ステラが向き合わなくてはならないものの中枢（ちゅうすう）にまで届く問いだった。口先だけの慰めよりも有益なもの――公正な言葉だ。ステラとしては、そこに容認の種子も蒔（ま）かれていることを願うばかりだった。

「これから、どうすればいいのかしら？」

さまざまな含みを持つ質問だ。口にしたステラ本人にさえ、意図がはっきりつかめない。マイケルは、ただこう言った。「ぼくには、なぜ今回のことが起きたか、自分なりに考えたその結果を伝えることしかできません。その先は、あなたしだいです」

その返答は、ある意味では正しかった。いつもどおり、自分のために自分で選べばいい。それがステラのたどってきた道だ。しかし、今は、自分の選択を気にかける他人がひとりもいないと思うのが悲しかった。「全部がわたししだいということはないでしょう。わたしは、あなたへの仕打ちについても、今のわたしを作っている経験や人間関係についても、なんとか説明しようとしたわ。ほかにどうすればいいの？」

視線を落としたマイケルは、言葉を吟味しているように見えた。声を和らげて、「ほんとうに、不意打ちを食らったような気分でした。マリアのことだけじゃなくて。ぼくは、ソフィアがあんなふうに傷つくところを、二度と見たくない。あの子の気持ち、あなたにはわかりますよね？」

これも胸に刺さる言葉だった。自分が好意を寄せた男性より、おびえた子どもの気持ちを理解するほうがたやすいのだ。「ええ」素直に答える。「わかるわ。でも、あなたに対して悪かったと思う気持ちは、もっと強いの。どうすれば信じてもらえるか、わからないけど」

マイケルが首を傾けた。「誰かと、こんな話をしたことがありますか？」

「いいえ。ジャックとのことがあって以来、したいとも思わなかった」

「それなら、きっとそこに何か意味があるんですよ」

ここまでは理解してもらえたようだ。いずれ、マイケルへの信頼を取り戻せば、残りの部分についても、わかってもらえるように話ができるだろう。

けれど、それは先のことだった。今わかっているのは、マイケルが和解の手を差し伸べてくれたことだけだ。そして同時に、ひとつの質問に答えてくれた。まだジョージ・ウォーカーに、郡検事に推してくれる気があるのなら、話を受けよう。もし相手にその気がなければ、次の機会を待つだけだ。望むものが何であれ、努力なくしてそれが成就（じょうじゅ）することなどありはしない。

ステラは黙って、父のこと、ジャック・ノヴァクのこと、そして、今隣りにいる男のことを頭に巡らした。そして、「すべての意味があるわ」と答えた。

謝辞

『ダーク・レディ』の執筆はたいへん繁雑な作業だった。女性の人生、都市における政治、人種間の衝突、政治腐敗、組織犯罪、野球場の建設、実在しない街……。ざっと挙げただけでも、書かねばならない題材がこれだけ並ぶ。当然、筆者は助けを求めることになった。

　幸いにも、数々の助力を得ることができた。クリーヴランドでは、次の友人たちが貴重な助言を寄せてくれた。元郡検事で現在は下院議員のステファニー・タブズ・ジョーンズ、郡検事補であり犯罪捜査部長も務めるカーメン・マリーノ、郡検屍官（けんしかん）エリザベス・バルラージ博士、郡検屍事務所のマンディ・ジェンキンズ博士ならびにシャロン・ローゼンバーグ博士、連邦検事補ロジャー・バンバーガーならびにジェームズ・ウーリ。作家のグロリア・ブラウンは、スティールトンという街の設定に際し、その緒となった実在の地域に関する情報を提供してくれ、また、聖スタニスワフ教会のウィリアム・グーラフ神父は、みずからの教会と教区の歴史について、惜しみなく詳細な話を聞かせてくれた。クリーヴランドの街自体からも、大いなる恵みを得た。その歴史、地勢、街並みを多分に参考にさせてもらう一方で、スティールトンの衰退を描く筆が重くなるほど、クリーヴランドの都市としての再生には感銘を受けた。もちろん、スティールトンはクリーヴランドではない。クリーヴランドの人々に変革の意志があればこそ、かの地はスティールトンにならなかったのだと思う。

サンフランシスコの友人たちからも、力添えをもらった。巡査部長リチャード・コーレイアとロン・カーンズが、ナサニエル・ダンスとジョニー・カランを取り巻く世界についての検証を快く引き受けてくれ、公金を不正流用する手法については、地区検事補ジョージ・バターワースが詳細に解き明かしてくれた。筆者みずからはまり込んだ迷宮から救い出してくれたのは、いつもの〝役員会〟。殺人課警視ナポリアン・ヘンドリクス、検屍官ボイド・スティーヴンス、弁護士ヒュー・アンソニー・レヴァイン、ことに地区検事補のアル・ジャンニーニには世話になった。さらにニューヨークでは、元連邦検事補であり、「ピザ・コネクション」事件で検察側の長を務めたディック・マーティンが、無類の見識を開陳してくれた。

球場建設をめぐる政治と経済も、複雑きわまりなかった。次に挙げる面々に、心からお礼を言いたい。クリーヴランド・インディアンズの本拠地であるジェイコブズ・フィールド、このすばらしい球場建設に陰の立役者として尽力したトム・チーマ。新旧の要素を見事に融合させながら、アメリカでも有数の球場設計を手がけてきたマイケル・カー。さまざまな都市において球場建設に携わってきたスティーヴ・アゴスティーニ。球場をめぐる政治上の諸問題については、クリント・ライリー、ジム・ロス、ダグ・カムストックが、総体的な意見を聞かせてくれた。

以上に記したすべての事柄に加え、当然、人間に関わる素材が必要になる。以下の面々に感謝を捧げたい。地域社会活動家マーゴ・セイント・ジェームズと、臨床心理士ケン・ゴットリーブ博士ならびにロドニー・シャピロ博士が、ステラ・マーズ、アーサー・ブライト、ジョニー・カラン、ジャック・ノヴァク、トミー・フィールディング、ティナ・ウェルチ、ナターシャ・ティルマンなど、種々雑多な登場人物たちの内面の諸相をとらえる作業に手を貸してくれた。そして、ゴールドマン・センター——ウィットとユーモアにあふれたアルツハイマー病患者たちの治療施設——に勤めるミシェル・ワーグナーには、いくら感謝しても足りない。

このほか、支えとなってくれながら、名前を出すのを望まなかった人たちにも、お礼の言葉を述べたいと思う。心当たりのかたが何人かいるはずだ。

次に挙げる人々の意見が、本書の価値を高めてくれた。格別の感謝を捧げる。妻ローリー、親友フィリップ・ロトナー、アナ・チャヴェス、フレッド・ヒル。有能な秘書アリスン・トーマスが、本書の各場面について絶えず構成上の提案をしてくれたおかげで、本人と筆者の双方が、目標を高く維持できることになった。そして、いつものように、すぐれた出版社であるクノップとバランタインが、大いに励ましてくれた。とりわけ、サニー・メータとリンダ・グレイに感謝する。

最後に、ジョージ・ブッシュとロン・カウフマンへ。その友情についても、『ノー・セイフ・プレイス』執筆における助力についても、筆者がふたりに負うものは計り知れない。一冊ばかりの本を——まして、おそらくふたりの好みよりは暗めの本書を——献ずることで、その借りを帳消しにするつもりはない。近く返礼の機会が訪れるのを楽しみにしている。

リチャード・ノース・パタースン

訳者あとがき

書評家・北上次郎氏作成の番付によると、リチャード・ノース・パタースンは『罪の段階』でリーガル・サスペンス界の西の横綱（東はスコット・トゥロー）の座に就き、続く『子供の眼』でトゥローを押しのけて東の正横綱に昇り詰めた。

そのあと、前二作からのスピンオフという形で『最後の審判』が書かれ、次に、架空の都市レイクシティを舞台にした『サイレント・ゲーム』が書かれる。それから、*No Safe Place*（未訳）をはさんで、この『ダーク・レディ』の登場である。

舞台は、オハイオ州の架空の都市スティールトン。その名のとおり、かつては製鉄で栄えた街だ。『サイレント・ゲーム』のレイクシティと同じ郡にある。主人公は、その郡の検察局で殺人課の課長を務める女性検事補ステラ・マーズ。『サイレント・ゲーム』にも、辣腕（らつわん）の検察官として登場した。

このオハイオ州だが、多くの辞書に〝アメリカ中西部の州〟と書いてあって（『サイレント・ゲーム』でも、〝中西部〟ということになっている）、これはどうも、誤解を招きやすいのではないか。アメリカ合衆国の中央西寄りにあるのかと思いますよね？　ところが、いくつかの辞書には、〝アメリカ北東部の州〟と書いてある。おい、おい、どっちなんだ？　中西部と北東部じゃ、ずいぶん違うだろ。

とまあ、じつは訳者が混乱してしまいましてね。だって、あの五大湖のひとつであるエリー湖の南岸に位置して、つまりカナダと国境を接しているわけだから、「中」でも「西」でもあるはずがない。地図を見ても、かなり東、かなり北に寄っています。

よく調べてみたら、〝中西部(ミドルウエスト)〟というのが曲者(くせもの)なんです。アパラチア山脈より西、ロッキー山脈より東の広大な地域を指すらしい。北はカナダ国境から、南はオハイオ川、ミズーリ州、カンザス州まで。要するに、アメリカ合衆国本土の東部と南部と西部を除く全域ですね。東海岸の大都市から見て、〝西部〟よりはこちら側にあるという意味で〝中西部〟と呼ばれるのだろうけれど、合衆国全体の中では、やや東寄りの中央北部一帯ということになる。その広大な地域の、オハイオ州は北東の隅にあたる。

だから、街としては、スティールトンは寒い、暗い。謝辞にあるように、地理的にはクリーヴランドをモデルにしているようだが、製鉄業の衰退から立ち直れないという点で、大いに趣きを異にする。気候もきびしく、経済状況もきびしい街だ。

その斜陽の街の再生プロジェクトである〝スティールトン二〇〇〇〟をめぐる攻防、そして一見つながりのない二件の死亡事件を軸に、物語は展開していく。法の正義や、政治理念の戦い、都市の盛衰、立身欲と使命感の相克、親子や男女の愛憎など、幾層もの大テーマを掲げ、それぞれのテーマと真っ向から切り結びながら、それより何より、フィクションとしてのおもしろさが勝ってしまうという、相変わらずのパタースン節。物語のトーンが暗いぶんだけ、パタースンの〝明るい〟特質が際立っていると言えるかもしれない。人物造形の深さ、情景描写の鮮やかさには定評のあるところだが、人間心理の暗部を鋭くえぐっていながら、パタースンの作品は、けっしてノワールへの傾きを持たない。お堅い〝文学〟にもならない。娯楽小説の枠をはみ出すことがないのだ。

限界？　そうかもしれない。おもしろい小説しか書けない作家という意味ではね。

ただし、この『ダーク・レディ』で、リチャード・ノース・パタースンは新たな一歩を踏み出している（*No Safe Place* という助走はあるが）。大きなセールスポイントだった法廷シーンが、ここにはない。女性検事補が主人公だというのに、リーガル・サスペンスではなく、ポリティカル・サスペンスになってしまっているのだ。これ以降に書かれた作品は、いずれもポリティカル色が濃い。進化か、単なる方向転換か……。

蛇足ながら、パタースンお得意の〝人物スピンオフ〟の跡を、わかるかぎりでたどっておこう。主人公ステラ・マーズのほかにも、『サイレント・ゲーム』出身者がいる。老弁護士ソール・ラヴィンと検屍官ケイト・ミチェリだ。ふたりとも、なかなか渋い重要な役どころをこなしている。それから、スポーツ施設建設の大手メガプレックス社の副社長として本書に登場したポール・ハーシュマンが、現在のところの最新作 *Balance of Power*（二〇〇三年）にアイダホ州選出の上院議員として再登場する。

（二〇〇四年七月）

リチャード・ノース・パタースン著作リスト

The Lasko Tangent (1979)『ラスコの死角』小林宏明訳／ハヤカワ・ミステリ文庫
The Outside Man (1981)『アウトサイド・マン』小林宏明訳／ハヤカワ・ミステリ文庫
Escape the Night (1983)『ケアリ家の黒い遺産』大西央士訳／扶桑社ミステリー文庫
Private Screening (1985)『サイレント・スクリーン』田村義進訳／扶桑社ミステリー文庫
Degree of Guilt (1992)『罪の段階』東江一紀訳／新潮文庫
Eyes of a Child (1994)『子供の眼』東江一紀訳／新潮文庫
The Final Judgment (1995)『最後の審判』東江一紀訳／新潮社――二〇〇〇年に *Caroline Masters* と改題
Silent Witness (1997)『サイレント・ゲーム』後藤由季子訳／新潮社
No Safe Place (1998)
Dark Lady (1999)　＊本書
Protect and Defend (2000)
Balance of Power (2003)

R・N・パタースン
東江一紀訳
罪の段階（上・下）
TVインタビュアーが人気作家を射殺した。レイプに対する正当防衛か謀殺か。残されたテープを軸に展開する大型法廷ミステリー。

R・N・パタースン
東江一紀訳
子供の眼（上・下）
真相は、六歳の子供だけが知る。息詰まる裁判は終わった、しかしその後に……。すべての法廷スリラーを超えた圧倒的サスペンス。

J・グリシャム
白石朗訳
パートナー（上・下）
巨額の金の詐取と殺人。二重の容疑で破滅の淵に立たされながら逆転をたくらむ男の、巧妙で周到な計画が始動する。勝機は訪れるか。

J・グリシャム
白石朗訳
路上の弁護士（上・下）
破滅への地雷を踏むのはやつらかぼくか。虐げられた者への償いを求めて巨大組織に挑む若き弁護士。知略を尽くした闘いの行方は。

J・グリシャム
白石朗訳
テスタメント（上・下）
110億ドルの遺産を残して自殺した老人。相続人に指定された謎の女性を追って、単身アマゾンへ踏み入った弁護士を待つものは――。

A・ヘイリー
永井淳訳
殺人課刑事（上・下）
電気椅子直前の連続殺人犯が元神父の刑事に訴えたかったのは――米警察組織と捜査手法が克明に描かれ、圧倒的興奮の結末が待つ。

B・ヘイグ
平賀秀明訳
極秘制裁（上・下）
合衆国陸軍特殊部隊にセルビア兵35名虐殺の疑惑——法務官の孤独な闘いが始まる。世界中が注目する新人作家、日米同時デビュー！

B・ヘイグ
平賀秀明訳
反米同盟（上・下）
韓国兵のレイプ殺人容疑で合衆国陸軍大尉が逮捕された。米軍に対する憎悪が日に日に増すなか、法務官はどんな戦略を駆使するのか。

F・マシューズ
高野裕美子訳
カットアウト（上・下）
テロで死んだはずの夫が副大統領誘拐犯の一味に……。CIA情報分析官だった著者がリアルに構築する爆発的国際謀略サスペンス！

F・マシューズ
中井京子訳
王は闇に眠る（上・下）
ジャック・ロデリックとは何者だったのか？〝タイシルク王〟の失踪という史実に基づき、東南アジア現代史の暗部を抉る渾身の巨編！

B・ネイピア
藤田佳澄訳
ペトロシアンの方程式（上・下）
50年前マンハッタン計画に参加した物理学者の日記。そこには地球壊滅爆弾の製造方法が記されていた。新兵器は阻止できるのか！

L・ネイハム
中野圭二訳
シャドー81
ジャンボ旅客機がハイジャックされた。犯人は巨額の金塊を要求し政府・軍隊・FBI・銀行はパニックに陥る……。新しい冒険小説。

S・ハンター
染田屋茂訳
真夜中のデッド・リミット（上・下）
難攻不落の核ミサイル基地が謎の部隊に占拠された！　ミサイル発射までに残されたのは十数時間。果たして、基地は奪回できるか？

S・ハンター
染田屋茂訳
クルドの暗殺者（上・下）
かつてアメリカに裏切られたクルド人戦士が、復讐を果たすべく米国内に潜入した。標的は元国務長官。CIA必死の阻止作戦が始まる。

S・ハンター
佐藤和彦訳
極大射程（上・下）
大統領狙撃犯の汚名を着せられた伝説のスナイパー・ボブ。名誉と愛する人を守るため、ライフルを手に空前の銃撃戦へと向かった。

S・ハンター
玉木亨訳
魔弾
音もなく倒れていく囚人たち。闇を切り裂く銃弾の正体とその目的は？　『極大射程』の原点となった冒険小説の名編、ついに登場！

R・ラドラム
山本光伸訳
暗殺者（上・下）
僕はいったい誰なんだ？　記憶を失った男は執拗に自分の過去を探るが、残された僅かな手掛りは、彼を恐ろしい事実へと導いてゆく。

R・ラドラム
山本光伸訳
シグマ最終指令（上・下）
大量虐殺の生還者か、元ナチス将校か……父の幻影を探るべく、秘密結社〝シグマ〟に挑む国際ビジネスマンと美貌のエージェント。

G・M・フォード
三川基好訳
憤怒
誰もが認める極悪人が無実? 連続レイプ殺人事件の真相を探る事件記者と全身刺青美女が見たのは……時限爆弾サスペンスの傑作!

G・M・フォード
三川基好訳
黒い河
不正工事の口封じのため証人を片端から殺害する極悪人。元恋人まで襲われた一匹狼の憤りが炸裂する、問答無用のサスペンス名編!

M・グルーバー
田口俊樹訳
夜の回帰線(上・下)
炎暑のマイアミ。呪術師たちがいま、戦いの火蓋を切る——知と血が絢爛に交錯する、驚愕のスーパーナチュラル・スリラー、登場!

トマス・ハリス
宇野利泰訳
ブラックサンデー
スーパー・ボウルが行なわれる競技場を大統領と八万人の観客もろとも爆破する——パレスチナゲリラ「黒い九月」の無差別テロ計画。

T・ハリス
菊池光訳
羊たちの沈黙
若い女性を殺して皮膚を剝ぐ連続殺人犯〈バッファロゥ・ビル〉。FBI訓練生スターリングは元精神病医の示唆をもとに犯人を追う。

T・ハリス
高見浩訳
ハンニバル(上・下)
怪物は「沈黙」を破る……。血みどろの逃亡劇から7年。FBI特別捜査官となったクラリスとレクター博士の運命が凄絶に交錯する!

コリン・ハリスン
黒原敏行訳

アフターバーン（上・下）

〝運命の女〟の前に命を投げ出す男たち……。苛烈な暴力と大胆な性描写で、心の闇に囚われた男女の悲劇を綴る、ロマン・ノワール！

D・フルマー
田村義進訳

快楽通りの悪魔

また一人娼婦が殺され、黒い薔薇が残された。一九〇七年の米国南部を震撼させた、猟奇殺人事件の真相とは？　歴史ノワールの逸品！

D・L・リンジー
山本光伸訳

刻まれる女

完璧な美貌とグロテスクな異形を併せ持つモデル。虜になった彫刻家を待ち受ける罠とは？　驚愕の展開が閃くリンジーの会心作。

マーティン・J・スミス
幾野　宏訳

人形の記憶

婦人警官テレサは暴行を受けて瀕死の重傷を負い、記憶の一部を失った。徐々に取り戻す彼女の記憶に悪夢の真実が隠されていた。

S・カーニック
佐藤耕士訳

殺す警官

罠にはまった殺し屋刑事。なけなしの正義感が暴走する！　緻密なプロットでミステリー界に殴り込みをかけた、殺人級デビュー作。

J・カッツェンバック
堀内静子訳

精神分析医（上・下）

一通の脅迫状からはじまった自殺ゲーム。精神分析医を襲った不運の結末は？　ベストセラー作家が仕掛ける超絶サイコ・スリラー！

S・ダフィ
柿沼瑛子訳
カレンダー・ガール
―〈タルト・ノワール〉シリーズ―
金髪美女に化けたレズ探偵サズが謎の女を追って淫靡な〝秘密の館〟に潜入！ 女同士の肉欲と愛憎に絡みつく非情な組織の掟とは？

L・ヘンダースン
池田真紀子訳
死美人
―〈タルト・ノワール〉シリーズ―
誰もが愛した恩師の不審死――真相を究明するのはわたししかいない！ パンキッシュなヒロインが活躍する鮮烈のシリーズ第1作。

S・ヘイター
中谷ハルナ訳
トレンチコートに赤い髪
―〈タルト・ノワール〉シリーズ―
恐喝者殺しの容疑者にされたロビンは、自ら犯人探しに乗り出した！ お騒がせレポーターの迷探偵ぶりを描く、注目の新シリーズ。

K・マンガー
務台夏子訳
女探偵の条件
―〈タルト・ノワール〉シリーズ―
でかい、強い、抜け目ない――無免許探偵ケイシー・ジョーンズが、自分自身を唯一の武器に、警察を尻目に真犯人を追い詰めていく。

T・フェンリー
川副智子訳
壁のなかで眠る男
―〈タルト・ノワール〉シリーズ―
21年前の白骨死体。元ストリッパーのコラムニスト、マーゴが殺人犯を追う。酸いも甘いもかみわけた熟女45歳のパワーが炸裂！

S・ブラウン
長岡沙里訳
私でない私
墜落事故で上院議員候補夫人と取り違えられた女性記者エイブリーは、候補暗殺の陰謀に気づき、真相を探ろうと演技をつづける……。

新潮文庫最新刊

塩野七生著
ローマ人の物語 8・9・10
ユリウス・カエサル
ルビコン以前（上・中・下）
「ローマが生んだ唯一の創造的天才」は、大改革を断行し壮大なる世界帝国の礎を築く。その生い立ちから、〝ルビコンを渡る〟まで。

谷村志穂著
海猫（上・下）
島清恋愛文学賞受賞
薫――。彼女の白雪の美しさが、男たちを惑わすのか。許されぬ愛に身を投じた薫と義弟・広次の運命は。北の大地に燃え上がる恋。

逢坂剛著
相棒に気をつけろ
七つの顔を持つ男と、自称経営コンサルタントの女……。世渡り上手の世間師コンビが大活躍する、ウイットたっぷりの痛快短編集。

志水辰夫著
裂けて海峡
弟に船長を任せていた船は、あの夏、大隅海峡で消息を絶った。謎を追う兄が触れたのは、禁忌。ミステリ史に残る結末まで一気読み！

松久淳＋田中渉著
天国の本屋
うつしいろのゆめ
自称〝プロの結婚詐欺師〟イズミを待ち受ける、絶対あり得ない運命……人との出会いがこよなく大切に思えてくる、シリーズ第2弾。

佐藤多佳子著
神様がくれた指
都会の片隅で出会ったのは、怪我をしたスリとオケラの占い師。「偶然」という魔法に導かれた都会のアドベンチャーゲームが始まる。

ダーク・レディ（下）

新潮文庫　ハ - 37 - 6

Published 2004 in Japan
by Shinchosha Company

平成十六年九月一日発行

訳者　東江一紀（あがりえかずき）

発行者　佐藤隆信

発行所　株式会社新潮社

郵便番号　一六二―八七一一
東京都新宿区矢来町七一
電話　編集部(〇三)三二六六―五四四〇
　　　読者係(〇三)三二六六―五一一一
http://www.shinchosha.co.jp

価格はカバーに表示してあります。

乱丁・落丁本は、ご面倒ですが小社読者係宛ご送付ください。送料小社負担にてお取替えいたします。

印刷・株式会社光邦　製本・株式会社植木製本所

ISBN4-10-216016-7 C0197